KB266735

굽이쳐 흐르는 강

굽이쳐 흐르는 강

首河수하 堅鶴弼견학필 지음

새로운사람들

차례

흐르는 시간은 멈출 수가 없고 먹는 나이는 거절할 수 없다고 했던가. 어느 시인은 가장 아름다운 인생은 물처럼 사는 것이라는 의미로 '상선약수上善若水'라고 표현한 바 있는데, 물처럼 살다가 물처럼 가는 것이 인간의 삶이라면 우리의 삶을 이렇게 진지하게 표현한 말도 흔하지 않을 것 같다. 일찍이 공자도 흐르는 강물을 가리켜 "흐르는 것이 저와 같도다."라고 하지 않았던가.

인생이란 자신의 역사이기에 그것을 기록하는 일은 충분히 의미가 있는 일이라고 하겠다. 앞만 보고 달려온 인생, 뒤돌아보니 출발점에서 너무 멀리 왔음을 새삼 느끼게 되는 순간이다. 인생의 황혼기에 이르면 누구나 자기가 걸어온 삶의 로드맵을 되돌아보는 것이 결코 나만의 일이 아닐 것이다.

일찍이 미국 텍사스 오스틴대 심리학 교수 샘 고술링이 지적한 대로 "흔적 살펴보기snooping"는 자신의 흔적이 자신의 모든 것을 다른 사람에게 말해주는 것이기 때문에 더욱 소중하다.

그렇지만 나 자신을 정직하게 드러내고 다른 사람과의 관계를 숨김없이 기록해 보는 것이 결코 쉬운 일이 아니기에 두려움이 앞선다. 왜냐하면 잘한 일, 자랑할 만한 점은 내세우고 허물은 감추려는 함정이 있기 때문에 더더욱 그렇다.

내 삶의 흔적이 다른 사람들에게 때로는 배움과 깨달음, 위안과 용기를 줄 수 있는 경우도 있을 것이고, 또 자신의 발자취를 남기는 일이 스스로 후회를 줄이게 될 경우도 있을 것이다. 뿐만 아니라 뒤쫓기듯 살아가는 삶에 지친 사람들이나, 여러 가지 사유로 고통 받는 이들이나, 진정한 사랑의 삶을 희구하는 사람들에게 내 마음을 담은 이 기록들이 도움이 되었으면 한다.

나는 국권이 상실되고 일제의 폭악 정치가 극에 달했던 시기, 대동아전쟁이 치열했던 1935년에 태어나 밤하늘 별자리가 초롱초롱 빛나는 전형적인 시골 마을에서 어린 시절을 보냈다. 그 후 민족해방, 6·25전란, 4·19혁명, 5·16, 민주화운동 등을 겪으면서 고난과 영광의 한국 현대사의 흐름 속에 묻혀 살아왔다. 개인적으로 생각할 때 해방 공간에서 아버지를 여의고 누구 하나 인도하고 지도해 줄 것을 바랄 수도 없는 형편에서, 망망대해에 혼자 떠돌아다니는 만경창파의 돛단배처럼 정처 없이 흘러 온 삶이었다.

일찍이 파스칼이 설파했던 "이 무한한 공간의 영원한 침묵이 나를 전율케 한다."는 명언이 생각나는 순간이 수없이 많았다. 돌이켜 보면 살아온 세상은 연륜으로도 머리로도 사랑으로도 상식으로도 이해가 안 되는 대목이 너무 많았다 싶기도 하다.

그래도 내게는 언제나 기억하며 믿고 있는 성경 말씀이 있었다.

"사람이 마음으로 자기의 길을 계획할지라도 그의 걸음을 인도하시는 이는 여호와시라"(잠. 9장 16절)와 "누구든지 주의 이름을 부르는 자는 구원을 받으리라"(행. 2장 21절) 하는 말씀이었다.

나는 학문적으로도 현대사에 큰 흔적을 남길 문제적 저서는 아닐지라도 몇 권의 저서와 연구물들을 나름대로 열심히 썼다. 그것들이 다른 사람이 보기에는 보잘 것 없는 것들일는지 몰라도 나에게는 긍지의 산물임을 솔직히 고백하고 싶다.

또한 나는 존경받는 선비도 선망羨望의 학자도 못 될 것 같고, 나의 인생 사용설명서를 아무리 회고해 보아도 후학들에게 소중한 인생지침서가 될 만한 것이 과연 얼마나 있을까 하는 의문이 앞서기도 한다. 더욱이 요즈음은 전문가의 시대라고 하는데 일상의 관계를 적어보는 것이 어딘지 모르게 쑥스럽기도 하다.

100여 권이 넘는 작품을 남긴 일본의 작가 시바료타로는 자전적인 소설은 끝내 쓰지 않았다고 하는데 그 이유는 단 한 마디, '자신을 이야기하는 건 어렵다'는 것이었다. 또 채근담에 "바람은 대나무 숲을 지나도 소리를 내지 않고 기러기는 연못 위를 지나가도 그림자를 남기지 않고 지혜로운 이의 마음은 언제나 깨끗하게 비어 있다."고 했으니 조심스러운 마음만 앞설 뿐이다.

이 책은 일상의 철학자로 알려진 알랭 드 보통Alain de Botton(스위스 출신 영국작가)이 말한 것처럼 거창한 정치, 사회, 경제적 이념에 관한 것이 아니라 가족, 친구 등 일상의 관계에 대한 글 들이 주류를 이루고 있다.

일찍이 이병철(삼성그룹의 창업자)이 강조한 "너의 이름보다는 너의 꿈을 남겨라."는 말도 생각해 보면서 나는 평생 동안 스스로의 성실한 노력으로 생활을 꾸려가지 않으면 안 되는 처지였다. 그래서 이것이 가장 중요하고 보람 있는 일이라고 생각해왔기에 앞으로 우리 가문에서 국가와 사회를 위해 많은 것을 나누고 봉사했으면 하는 간절한 여망에서 주춧돌을 심는 심경으로 책을 펴내게 되었다.

"보잘 것 없는 삶의 흔적들, 순간이 모여 자신의 인생이 된다.(혜민 스님)"는 말도 있지만 나는 내 인생에서 소중한 기억으로 남은 순간들을 감히 가감 없이 굽이쳐 흐르는 강물들이 들려주는 삶의 이야기들, 인생 고백의 이야기들을 기록해 보기로 하였다.

학창시절과 결혼 이전 시기, 결혼 이후 자녀들이 성장하던 시기, 사회활동을 열심히 하던 시기에서 정년퇴임할 때까지의 시기, 정년퇴임 이후의 시기로 나누어 책장 언저리에 모아두었던 원고, 신문에 실었던 글들, 여러 단체에 스피치나 강연한 것들, 평소에 하고 싶었던 이야기와 생각들을 정리하였고, 축사 또는 기념사 등을 수정 없이 그대로 옮겨 적어 보기도 했다.

이 책이 나오기까지 여러 가지로 염려해 준 여러 분들과 어려

운 여건 속에서도 흔쾌히 수고해 주신 출판사 〈새로운사람들〉 이
재욱 사장님께도 고마운 마음을 전하고 싶다.

2013년 새봄에 부산 오륙도가 보이는 서재에서

首河 堅鶴弼

1장

민족은 깨어있는 정신을 원한다

I.

8.15해방과 더불어 시작된 미군정 3년은 오늘의 한반도를 운명 지운 민족사의 고빗길이었다. 이 기간의 역사 상황은 한국정치의 방향을 틀 지워 놓았을 뿐만 아니라 현재까지도 한국정치 발전에 많은 영향을 미치고 있다.

특히 민족통일 문제가 오늘의 우리 민족에게는 최대의 과제이기 때문에 이와 관련해서 미군정기의 역사적 상황을 재조명하여 이를 교훈삼아 보자는 데 이 글의 목적이 있다.

80년대에 접어들면서 지식인들, 특히 젊은 학생들이 통일에 대한 연구에 관심이 높은 것도 우리가 직면하고 있는 정치·경제·사회·문화 등 오늘의 현실이 지난 역사의 그 무엇에서 기인한다는 뜻에서 그 개념概念을 밝혀 보려는 데 있을 것이다.

1985년 동아대학보

그렇다면 미군정美軍政 3년간을 어떤 시각에서 조망해 보느냐가 중요한 관건이다. 왜냐하면 보는 시각에 따라서 그 성격 규정은 물론 분석 결과도 달라지기 때문이다.

먼저 미군이 한반도에 진주한 것을 해방자의 의미로 볼 것인가, 점령자의 의미로 볼 것인가 하는 성격 규정이 선행되어야 할 것 같다. 즉 한국이 '해방지역'으로 인정받을 것인가 아니면 패전국인 일본과 마찬가지로 '점령지역'으로 규정되어 단순히 점령의 주체가 일본에서 미국으로 바뀐 것인가 하는 문제다.

당시 우리 민족은 해방을 맞이하였지만 역사의 주체로서 스스로의 힘으로 국권國權을 회복하지 못했기 때문에 한 군사작전 (BLACKLIST 작전)의 점령군들이 전개한 통치 하에 놓이게 되었으니 결국은 미국을 비롯한 연합군에 의한 점령지역으로 규정되어 패전국과 같은 취급을 받을 수밖에 없었다.

제2차 세계대전 후 미국이 루즈벨트와 스탈린 간의 합의의 테두리 안에서 미군정의 정치를 구축하고자 한 것은 당연하다 하겠다. 미국의 구상은 극동지역의 전후처리 문제, 특히 한국 문제 처

리에 있어서 군사점령, 군정을 거친 후 신탁통치信託統治 형태形態
를 거쳐 한민족에 의한 독립된 통일정부를 수립한다는 것이었다.

이에 따라 한반도에 진주한 미군은 점령자인 동시에 해방자이
며 보호자적인 성격과 의식을 분명히 하려 하였으나 한국의 자주
적인 정치사회 질서에 관한 사전준비나 계획은 없었기 때문에 많
은 시행착오를 행하였던 것이다.

II.

그렇다면 미군정의 기본정책 방향은 무엇이었던가. 이를 이해
하기 위해서는 소련의 협조를 얻어 전후의 세계평화를 구상하고
전후처리 문제에 관하여 스탈린과 합의를 한 루즈벨트와는 달리
트루먼 대통령은 냉전정책冷戰政策으로 정책 전환을 하게 되었다
는 시대사적 배경에 대한 인식이 전제되어야 할 것 같다.

미국은 새로운 국제기구를 통하여 지역적인 블록bloc 형성을
저지하고 소련을 미국의 통제 아래 두고자 하였으므로 미군정의
정책 역시 이와 같은 기본목표와 이를 위한 세계전략의 테두리
안에서 전개되었다고 볼 수 있을 것이다.

냉전정책이란 본질적으로 반민족혁명정책이며 최소한의 현상
유지정책이라고 할 수 있다. 한국의 해방은 일제日帝의 갖가지 식
민지植民地 유제遺制와 정치·경제적 모순을 청산, 극복하고 독립

운동 과정에서 제기되었던 민족주의적 이상을 실천할 수 있는 새로운 역사적 계기가 될 수 있는 것이었다. 해방이 곧 민족공동체, 즉 민족통일정부의 수립을 의미하는 듯하였으나 이데올로기에 의한 민족통일의 와해와 민족분단의 역사가 시작되어 세계정치에 본격적으로 편입되는 계기가 되고 말았다.

미군정이 철저히 추구한 반공산주의 정책과 한국정치의 자유민주주의화 정책은 한국의 사회경제적 조건과 이를 바탕으로 한 세력관계에 비추어 볼 때 처음부터 풀 수 없는 모순적 개념들의 결합이었다.

미군정의 '정치적 의도政治的 意圖'를 노골적으로 표현한 맥클로이가 미국의 대한정책에 내재한 모순점을 지적하면서 제2차 대전 후 미국의 대아시아개입정책을 성격 짓고 있는 가정, 즉 공산주의를 택하지 못하도록 하고 미국이 지원하는 한국의 지도자는 미국의 권력과 국가이익에 의문을 제기하지 않는 반공산주의적 리더십을 갖춘 인물이어야 하고 바로 이 인물이 반공산주의적 리더십을 공고히 하는 과정이 뒤따라야 한다고 말했음은 미군정하에서의 한국정치발전의 성격을 예시한 것이라고 해석된다.

이러한 의미에서 유추해 본다면 미군정의 정책적 기조는 실제에 있어서 한반도의 분단화 정책을 지향하는 것이었고 남북의 통일정부를 수립할 수 있는 방법들로 보아지는 신탁통치 문제와 미소공동위원회美蘇共同委員會에 대해서도 루즈벨트와 스탈린 사이에 이루어졌던 전후처리 문제에 관한 합의로부터 한국문제를 UN으로 옮겨가는 전략적 전환을 위한 과도적 표현에 불과했던 것이라는 해석 또한 가능해진다.

이러한 시각에서 볼 때 미군정의 기본노선은 이승만의 단독정부수립운동 세력의 지지에 있었던 것임을 알 수 있다. 뿐만 아니라 좌우합작운동左右合作運動에 대한 미군정의 지지는 사회주의세력이 반대하는 입법의원立法議院의 설립을 위한 전술적 표현에 불과했다는 해석을 할 수도 있다.

한편 미군정은 일본의 식민주의에 의해 형성된 한국인의 규범의식의 틀(민족의식)을 왜곡 또는 단절시켜 이를 반공주의적 의식으로 대치시키기 위하여 미국식 교육정책을 도입하여 자유민주주의체제를 수립하기 위한 통치를 기도하였다.

그러나 미군의 한반도 점령 자체가 한국인의 자발적이고 자기 결정을 전제로 한 정치 체제적 선택의 가능성을 배제하였기 때문에 자주적인 민주적 정치 발전의 가능성을 구조적으로 어렵게 하였다. 더욱이 한반도를 둘러싼 미소美·蘇의 이해대립의 첨예화는 남한 내의 보수 세력과 사회주의 세력 간의 갈등이 가속화됨에 따라 미군정 당국은 사회주의 세력을 통제하게 되었다. 이에 따라 냉전의 이데올로기가 한국인의 모든 가치판단의 기준을 규제하여 체제비판의 공정성과 타당성이 검토되기 전에 체제 비판이 곧 공산주의 운동과 동일시되는 흑백 논리가 강요되어 한국인의 민주적인 정치의식과 가치관 형성은 억제되고 말았다.

이는 한반도에 미소 양국이 각기 자국에 유리한 정부를 수립하여 한반도가 자국에 대한 공격기지화 되지 않고 또한 한반도에 우호적인 정부가 수립되도록 해야 한다는 미소의 전략에서 기인된 것이며 미국의 외교 전략상 남한에 친미 반공산주의적 정부를 수립시켜야 할 미군정의 정치적 필요성에 따라 UN을 통한 한국문제처리를 시도하였던 것이다.

이상의 점들에서 볼 때, 한국에 있어서 정치발전의 기본적 틀은 미군정 하에서 추구된 냉전정책에 의해 밖으로부터 부과되었다는 결론에 도달하게 된다.

III.

앞에서와 같은 성격과 정책적 기조를 가진 미군정이 한국의 정치발전에 미친 영향을 정치제도화와 정치발전주체의 존재양상을 중심으로 간단히 살펴본다.

미군정의 통치과정에서 한국사회가 겪은 변화는 자족적 성장自足的成長이라는 개념으로 설명되기는 어려운 변화이며 일정한 법칙과 불변의 성장경로를 따른 정치진보를 뜻하는 단계론으로 설명하기도 어려운 변화과정으로서 현상現象·구조 성격 등의 변화 사이에 가로놓인 과도적 상태라고 할 수 있다.

왜냐하면 미국식 자유민주주의 체제의 도입은 한국인 스스로가 쟁취한 것이 아니고 미군정을 통한 타율적인 것이었고 바로 이 때문에 민주주의 제도는 하나의 자기충족적인 예언으로 되어 현실 실험을 통해 변질되지 않을 수 없었기 때문이다.

그러나 미군정에 의한 민주주의 제도의 이식은 한반도에 있어서 해방정국의 혼란을 해소하는 제도적 장치였을 뿐만 아니라 미군정의 정치제도화의 역할과 공헌은 한국정치발전의 시원적始源的 계기를 마련하였다는 점에서 결코 부인될 수 없을 것이다.

이러한 정치제도들은 그 조직체 내지 절차들의 적응성·복합성·자율성·결합성의 기준에서 측정해 볼 때, 자유민주주의의 이데올로기를 기초로 한 정치제도에 대한 지지 범위는 확대되어 갔다고 볼 수 있겠으나, 정치발전의 주도층이 미군정의 철저한 반공산주의적 단합정당의 성격이 농후하고 인물과 권력에 종속되는 취약성 및 분열성으로 응집력이 약하였기 때문에 정치제도화의 수준은 낮은 것으로 평가될 수밖에 없다. 따라서 미군정의 정치제도화의 노력은 관료주의적 권위주의 체제의 기초를 마련한 셈이다.

다음으로 미군정이 한국의 정치발전의 존재양상에 작용한 점을 보면, 미군정의 통치과정에서 전개된 일련의 정책들은 민족의식의 본원적 일체성과 자아준거성自我準據性에 큰 상처를 입혀 자주적 정치발전을 어렵게 하였다고 볼 수 있다.

끝으로 미군정이 한국의 정치발전에 남긴 공과功過를 평가해 보면, 미군정이 추구한 반공산주의 이념은 대한민국 정부수립 후 줄곧 공식적인 이데올로기로서 국시화國是化되었다는 점, 미국의 대한정책이 광복 후 한국의 정치체제를 형성시킨 기반이 되었다는 점, 근본적인 목적이 어디에 있었든지 간에 이승만 지지 세력의 비민주적인 관헌의식官憲意識의 정당성을 보장했고 그것이 상보작용相補作用을 해서 새로운 정부형태 속에서 전근대적 비민주적인 국가통치의 멘탤러티가 계승, 확대 재생산되는 것을 보장한 결과를 초래했다.

한편으로는 이러한 지배체제를 이데올로기적으로 정당화시키기도 한 한국 국민에게 자유민주주의적인 사상 도입과 민주제도 이식民主制度移植을 통하여 우리의 민주정치 발전을 위한 요소들을 생산하려고 노력하였다는 점 등이다. 이러한 민주의식 자체가 비록 외부적 요인에 의한 것이라 할지라도 정치문화의 무대 위에 등장한 것까지는 옳았다고 할 수 있다.

문제가 있었다면 이것과 전통적 규범의식의 틀 속에서 자리 잡고 있었던 민족의식과 연계를 이루지 못하였기 때문에 민족주의와 민주주의가 융합될 수 없었다는 점이 지적될 수 있다. 뿐만 아니라 미군정 통치에 있어서 그 책임을 회피할 수 없는 것으로 친일세력 배제와 토지개혁을 실현하지 못했다는 점을 들 수 있다. 해방된 한국정치의 과제는 일제식민지정책의 잔재 청산, 즉 친일세력의 배제와 물적 유산의 청산인 토지개혁 문제였다.

그러나 미군정은 포고 제1호布告第1號를 통하여 조선총독부 시대의 한국인 관리를 재등용하여 일제의 잔재를 청산하지 않았으며 과도입법의원회過渡立法議院會에서 이들을 처단하기 위한 특별

법을 만들었으나 군정 당국이 이를 공포하지 않았다. 또 유효한 반공을 위한 민주개혁의 입장에서 토지개혁(3.7제)을 주장하였지만 실현되지 않았다.

여기에 정통성이나 민주화론의 뿌리가 연유되기 때문에 오늘날까지도 거론되고 있는 것이 아닌가 하는 생각이 든다.

이상에서 살펴 본 바와 같이 우리 현대사의 조망을 통한 교훈을 삼기 위해서는 미군정 3년사를 되돌아보아야 하고 여기에 대한 연구는 보다 철저하고 객관적으로 이루어져야 할 것이다.

[동아대학보, 1985년 8월 19일 월요일]

2. 동북아의 군사질서 변화와 한국의 안보환경

I.

제2차 세계대전이 끝남과 동시에 전개된 국제적 권력구조의 재편성에 따라 일본은 극동에 있어서 미국의 중요한 동맹국이 되어왔다.

미국과 일본의 관계는 일본의 독립성의 증대로 특징지을 수 있는데 미국에 대한 일본의 완전한 독립성 회복은 무엇보다도 잠재적인 세계강국으로 부상하게 되었기 때문이고 이것은 세계 어느 지역보다 격화되었던 아시아의 냉전 상황에서 일본만은 방위보호막의 우산 밑에서 경제성장의 호조건을 이용하게 되었던 것이다.

그 하나의 예로 6.25 전쟁 발발 2개월 후부터 1957년 6월까지 일화日貨 2,800억 엔 어치의 군수품을 생산하여 팔아 오늘의 경제적 번영의 기틀을 다지게 되었다.

또 미국이 냉전 하의 아시아에서 일본을 주요 맹방으로 삼지 않을 수 없었던 이유로 중국 대륙이 공산화됨에 따라 전략적으로 중요한 위치에 놓여 있는 일본마저 공산세력의 지배 아래 놓이게 된다면 동북아시아에서 남아시아에 이르는 광대한 궁상弓狀지역의 비공산 세계는 전부 중대한 위협에 직면하게 된다는 측면에서 일본을 아시아 자유세계의 최대 보루로 한 전략적 고려에서였음을 부인할 수 없을 것이다.

이와 같이 미국은 일본이 자국과 비공산세계의 방위를 공동 부담할 것을 원하고 특히 후진국 원조에 있어서 미국의 기대가 컸으나 일본은 경제력이 증대되고 자국에 대한 자신이 커지자 대미관계에 있어서 더욱 자주성과 동등한 발언권을 주장하기 시작하였다.

결국 일본인 스스로가 지적하고 있는 바처럼 1963년 그때까지 10년간의 미일관계에서 발생한 커다란 변화를 일컬어 "애완물愛玩物에서 파트너로 From pet to partner"라는 문구를 발상하게끔 되었을 정도이다.

미국과 일본 간의 최근 몇 년간의 구조적인 정치 군사상의 재편성을 주시할 때 전전상황avant-guerre을 연상케 한다.

특히 금년에 들어와 지난 4월 9일 미국의 핵잠수함과 일본의 화물선의 충돌사고로 일본승무원 2명이 숨진 사건과 미일 군사동맹의 논쟁으로 지난 5월 8일 미일정상회담 후 발표된 공동성명에서 표현된 "미일동맹관계" 또는 "미일간의 적절한 역할분담"

이라는 용어들이 "군사동맹"또는 "군사적 역할 분담"을 의미하느냐 아니냐에 대한 논쟁이고 이토오 전 외상이 미국의 헤이그 국무장관의 일본 방문을 초청하였으나 신임 園田 외상이 6월 9일부터 18일까지 스즈키 수상을 수행하여 유럽 순방한다는 이유로 이를 취소한 사건, 과거 주일 미국 대사를 지낸 라이샤워 교수가 5월 9일 일본의 신문인들과의 회견에서 "핵무기를 적재한 미 함정이 일본에 기항도 하고 영해 통과도 하고 있으며 일본 정부의 구두 양해로 21년째나 행해지고 있다."라는 말에서 생긴 파문으로 일본의 야당들은 이것이 일본의 비핵3원칙, 즉 핵을 갖지도 않고 만들지도 않고 반입하지도 않는다는 원칙에 위배된다고 하여 이를 일본 국회에서 문제시 하였던 점 등을 보면 미일간의 관계도 심상치 않는 면이 있다.

안보 면에서 미일간의 관계는 어떻게 전개될 것이며 미일은 과연 한국의 안보를 위해서 어느 정도 순기능을 할 것인가를 고찰해 보기로 한다.

부산산업대학보 제185호

미일 안보조약 체결 이후 미국은 일본을 아시아의 안정 세력으로 성장시키기 위해 일본의 보호육성자로서 일본을 적극 지원하여 정치적으로는 친미서방국가로 성장할 수 있도록 유도하려 했고 군사적으로는 미국이 일본의 안정과 이에 필요한 동북아 평화유지에 책임을 지고 일본에게는 자위력 증강으로 미군 작전능력에 대한 간접적인 보완기능만을 기대하였다.

미국의 이와 같은 노력은 일본을 친미 서방국가로 성장시킨다는 점에서는 성공하였다고 할 수 있을지 모르나 미국이 구상했던 아시아의 집단안보체제 구성에는 효율적이었다고 볼 수 없다. 왜냐하면 미국은 중소의 침략을 방지하기 위해 아시아의 잠재적 강대국인 일본의 재성장에 역점을 두고 일본의 침략을 경험했던 아시아 제국의 일본에 대한 경계심 또는 적개심에 대해서는 깊이 생각하지 않았기 때문이다. 대일 강화조약 체결 과정에서 미국은 아시아제국의 강한 반대에 부딪쳐 일본을 재성장시킴에 있어서 대공방위를 위한 군사적 억제라는 모순된 두 가지 요구를 동시에 충족시키지 않으면 안 되었던 것이다.

일본의 대외정책의 기조는 미국을 중심으로 한 자유세계의 일원으로서 국제적 지위를 향상시키는 데 있었다. 일본의 대미 협조주의는 실제로 미국의 대일본 중요정책을 역이용하여 일본의 국가이익을 충족시키기 위한 계산된 현실주의적 외교노선의 추구라고 볼 수 있다.

이러한 점들은 미일 안보조약에 의하여 일본 내에 미군 기지를 인정한 것은 미국의 동북아 방위정책에 대한 협력이라 볼 수 있지만 다른 면에서는 미국의 동북아정책에 대한 지원협력에 주목적이 있기보다는 일본의 안전보장에 미국을 이용하려는 의도가 더 강하였다는 점에서도 찾아볼 수 있다.

그러나 1960년대에 접어들면서 미국의 대아시아 정책에 대한 수정론이 제기되어 "아시아인이 아시아를 위해 싸우지 않는 한 미국은 일본의 보호 · 성장에 중점을 두었던 종래의 태도를 바꾸어 동북아 방위를 위하여 일본의 군사적 · 경제적 부담을 요구하기에 이르렀다.

미국의 이러한 요구의 배경에는 일본의 경제성장에 따른 국제적 지위 향상(1968년 일본의 GNP는 자유세계의 2위로 부각되었다.)과 일본의 방위력 및 극동안보책임 증대와 일본이 자국의 방위를 미국에 맡기고 동북아의 평화보존에 대한 책임을 일본에 부담시키지 않으려는 것은 부당하다고 여겼기 때문이다. (미국은 군비유지를 위하여 국민소득의 10% 이상을 사용하고 있는 데 비해 일본은 불과 1% 이하를 소비하여 왔을 뿐이다.)

그런데 잘 알려져 있는 바와 같이 제2차 세계대전 종결 이후부터 지금까지의 국제정세를 움직여 온 기본 축은 미소 관계이고 특히 동북아 질서에 있어서도 미국과 소련 간의 대결양상의 변화에 따라 그 변화의 주류가 형성되어 왔다는 점을 감안할 때 지난 8월 14일 일본 방위청이 밝힌 방위백서에서 "소련이 유럽, 중동, 극동지역에 군사력을 증강시켜 동서위기가 고조된 시기에 동시에 여러 전선에서 개별적인 전쟁을 수행할 수 있는 능력을 보유하고 있다."고 밝히고 "지난 수년간 미국과 소련의 군사적 격차가 점차 좁혀져 이러한 추세로 나가면 가까운 장래에 소련이 미국의 군사력을 앞지를 것"이라고 전망하고 또 잠수함 350척과 약 2740척의 함정을 보유하고 있는 소련의 향상된 해군력으로 인하여 서방세계 국가들의 해상지배권이 크게 위협받고 있다고 지적하였다. 아울러 소련군 50여 개 사단이 극동지역에 배치되어 있다고 한다.

그러나 미국은 "수세 시대는 끝났다."고 외치며 '힘과 새 미국호美國號'를 출범시키는 격으로 레이건 정책은 대소 강경정책을 천명하며 소련군의 3분의 1이 극동에 배치되어 있는 점을 중시하고 새로운 전략적 가치평가에 의하여 과거 유럽 편향에서 아시아 태평양 쪽에 더욱 비중을 두어 중공의 군사력 강화, 한국-일본-'아세안'을 묶는 군사적 방어선 구축을 시도하고 있으며 일본 중심의 동아시아 전략을 일본, 중공, 한국으로 확대시키려는 움직임은 큰 변화로 지적되지 않을 수 없다.

특히 미국의 기본적인 동북아시아 전략의 하나는 일본의 군사적 증강을 통한 대소억제 기능의 분담이다. 소련의 군사력 강화에 대처하는 미국의 전략과 미군의 증강계획을 제시하고 일본의 방위력 강화로 미일 공동방위 문제는 이미 카터 대통령 재임 시인 1978년 6월 브라운 미 국방장관과 가네마루[金丸信] 일본 방위청장관과의 회담에서였고 이때 브라운 장관은 "미국이 유사시 일본에 항모 5척과 20개의 전투비행대대를 투입하겠다."고 약속한다. 또한 일본은 1978년부터 F-15이글기와 P-3C오리언 대잠수함 초계기를 미국에서 도입, '라이선스' 생산을 시작하여 일본 자위대의 무장 강화방안이 논의되었으니 이어서 지금까지 미군의 보호 아래 안보 면에서 무임승차의 혜택을 누려온 일본이 앞으로는 스스로 자체방위를 하는 방면으로 나갈 것임을 분명히 한 점을 볼 수 있다.

그런데 '브라운-가네마루' 회담의 내용 중 특히 관심을 집중시킨 것은 미일의 공동방위 문제가 구체적으로 논의된 점이다.

브라운은 이 회담을 통하여 태평양 해역에서 전쟁이 일어날 경우 미국 군사력만으로는 대처하기 힘들다고 지적하고 일단 유사시 미군은 인도양-호주-괌-하와이-미 서안에 이르는 석유 및 긴급물자 수송로는 확보할 것이며 일본은 일본-오키나와-대만에 이르는 서남항로와 오가사와라[小笠原] 열도 방향의 동남항로를 방위해 주도록 요구한 사실이다.

한편 소련이 오호스크해에 사정거리 7200km의 미사일 12발을 발사할 수 있는 델타1형, 16발의 2형과 3형, 24발의 타이푼형 잠수함을 배치, 이곳에서 직접 미 본토에 대한 미사일 발사가 가능해 미국은 이 해역에 대한 대처 방안도 마련한 것으로 알려졌다.

미국이 일본에 대해 대잠수함 초계능력의 증강과 기뢰비축 및 부설능력의 강화를 끈질기게 요구하고 있는 것은 이 3개 해협(소아해협, 쓰가루해협, 대한해협)의 봉쇄와 오호스크해의 초계를 일본에 의존하려고 하는 것으로 풀이된다.

미국은 3개 해협의 봉쇄 이외에 서태평양에 출몰하는 소련 함정의 조기 발견 및 섬멸 전략을 짜놓고 일본에 대해 125대의 P-13C 대잠초계기를 도입할 것을 요구하고 있다. 지역적으로는 일본 주변 해역과 서태평양항로 1천 해리의 방공防空 작전 능력의 보유를 기대하고, E-2C기는 미 항공모함이 각 4대씩밖에 보유하고 있지 않아 이것으로는 하루 24시간의 비행 감시가 불가능하여 일본에 대해 2개 비행대를 보유하도록 요청하고 있으며 특히 미국은 일단 유사시 신속배치군이 도착할 때까지 공백을 메우기 위하여 일본에 대해 최소한 60일 전쟁을 감당할 수 있는 전쟁 수행능력을 보유하도록 요청하고 있다.

이와 같이 미국의 대일 군사전략에 대한 구체적인 재편성은 80년대에 들어서면서 실질적인 미일간의 군사협상으로 표면화되고 있다. 최근 스즈키 수상의 방미로 레이건 대통령과의 협상, 하와이에서의 전략방위위원회에서 기술적인 협상, 오오무라 방위청장관의 방미 시 극동에서 유사시 미일이 공동으로 작전하기로 합의하였다는 사실 등은 일본의 방위력 증강에 기대를 건 미국의 동북아전략이 제대로 수립되는 것으로 여겨진다.

따라서 일본의 자민당은 지난 8월 13일 현 방위정책을 재검토

할 특별위원회를 구성하였는데 이것은 소련의 군사력 팽창에 대처하기 위해 일본이 방위력을 증강시켜야 한다는 미국 측의 요청에 따라 설치되는 것이라고 한 데서 더욱 그러하다. 아무튼 이상에서 본 바와 같이 미일간의 관계 변화에서 아시아의 군사적인 재편성이 전제가 될 때 한국과 일본 간의 안전보장 문제를 고찰해 보아야겠다.

III.

한일 간의 안보문제라고 하면 군사관계를 포괄하는 개념이 된다. 위에서 고찰한 미일 관계변화는 한일 군사관계나 동맹은 아니지만 한일 간의 군사협력이 진행될 수 있는 요인이 크다고 하겠다. 특히 전략적인 요청에 의해서다.

그런데 한일 간의 군사관계는 항상 간접적인 관계로 언제나 미국이 조정하여 왔는데 미국으로서는 한일 간의 군사지대를 하나의 군사지대로 보아왔기 때문에 한일 간의 군사관계는 미국에 의하여 조절될 수밖에 없었다.

이렇게 볼 때 미국의 군사적 요구의 변화는 곧 한일 간의 군사관계의 조정이 필요하게 되는 것이며 이는 북한의 군사적 관계에도 크게 영향을 미치게 됨은 말할 나위도 없다. 한국군사와 일본군사와의 관계는 일본이 미국에게 한국의 후방기지를 제공함으로써 간접적인 군사관계를 유지하여 온 것이다.

미일은 '극동 유사시'에 어떻게 대처할 것인가 하는 것이 그 논의의 대상이 되고 그 핵심은 한반도인 것이다. 이처럼 긴밀한 군사관계임에도 불구하고 우리와 직접적인 군사관계는 없었는데 미국의 동북아 전략의 일환으로 극동 유사시에 대비하여 미일 공동대처방안에 대한 연구를 서두르게 됨으로써 한일 간의 군사관계가 제기된 것이다.

일본군사는 미일 안보조약이라는 제약 속에서 성장하여 온 것이 그 특징인데 앞으로 극동 유사시 즉 한반도에서 군사 분쟁이 발발하였을 때 일본이 위협 또는 협력의 경우 등에 과연 어떻게 대처할 것인가가 주목거리다. 일본이 한국으로부터 얻은 이익은 여러 측면에서 고려될 수 있지만 안보 측면에 역점을 두었을 때 일본의 대한국 협력이 불가피한 요인들이었다.

첫째, 한국은 대륙(공산)세력의 일본 진출을 막아주는 방파제의 역할을 하여 대륙(중공)세력의 일본에 대한 위협을 예방하여 일본이 안전을 꾀하는 데 한국이 크게 기여하고 있는 점

둘째, 섬나라인 일본은 한반도가 대륙과 연결하는 지점으로 분단된 상태에서는 한국과 해양세력으로서의 공동운명선상에서 위치하고 있다는 점 등이다.

한편 일본은 미국이라는 군사적 대행을 통해서 한반도에서 일본에게 위험이 되는 세력을 대항하는 지역으로 가상하여 왔기 때문에 한국 군사를 일본이 미일 안보조약의 수단으로 보아 남한에

미군의 주둔 또는 자동개입이라는 형태로 일본에 대한 방어 또는 안보를 보장한다고 생각하였다. 그리고 일본은 미국이 한반도에 배치하고 있는 미국의 핵 억지력Nuclear-Defence이 지속되고 있는가를 주시하고 있다.

일본열도에 대한 미국의 핵 보호라는 미일 안보조약의 군사적 보장은 실제에 있어서 남한에 미국의 핵 배치가 이를 보장하고 있었던 것이다. 이러한 의미에서 한미일 관계는 군사적인 측면에서 핵이라는 연계를 통하여 긴밀한 관계에 있다고 할 수 있을 것이다. 일본에 대한 미국의 세계정책이나 특히 동북아시아 군사균형에 대한 변화와 한일 간의 군사적인 문제점을 전제하여 우리의 안보문제와 관련시켜 볼 때 동북아시아 전반에 걸친 군사 환경 속에서 생각할 문제이다.

일본은 이미 중공과의 군사교류를 간접적으로 시작하고 있으며(중공은 일본 자위대를 초청하여 중공 군사를 시찰시킴은 일본의 군사기술 도입의 징후가 엿보임) 특히 미국은 일본의 반대에도 아랑곳없이 중공에 대한 무기원조 및 지원을 결정한 사실로(지난 6월 16일 '알렉산더 헤이그' 미 국무장관이 중공에 공격무기를 판매하기로 결정하였다고 밝혔음) 미 · 중공이 본격적인 군사협력을 바탕으로 준동맹의 수준으로 밀착되어 가는 등 아시아의 군사 환경은 크게 변화하고 있다.

한일 군사관계가 앞으로 한반도의 군사 환경에 미칠 복잡한 영향을 고려할 때 일본의 새로운 군사기능의 등장은 불가피한 것이며 문제는 이를 어떻게 대처할 것인가 하는 것이다. 일본의 군사적 역할의 새로운 등장과 함께 우리 군사는 앞으로 남북한의 군사관계, 미국과의 협력관계, 중소 군사에 대한 복잡한 문제 등을 함께 고려하는 한편 새로운 군사정책이 필요하다고 느껴진다.

왜냐하면 일본의 동북아시아 군사관계에 대한 점차적인 개입은 한반도를 둘러싼 전반적인 동북아의 군사 환경을 변화시킬 수 있기 때문이다.

이와 같은 새로운 아시아의 군사 환경 속에서 우리가 일본과의 군사관계를 어떻게 처리해 갈 것인가 하는 것은 남북한 군사관계는 말할 것도 없고 대소·대중공 정책과 밀접한 연관성을 갖고 있으므로 대단히 중요하다.

IV.

이상에서 살펴본 바처럼 제2차 세계대전 이후 동북아지역에서 다시 일본의 군사적 역할이 시작되고 있다. 미국이 대소정책의 일환으로 일본에 군사 부담을 지우겠다는 것은 이해 할 수 있으나 우리로서는 어디까지나 한계를 두어야 할 것이며 일본의 재무장에 대해 조심스럽게 접근해야 한다. 그것은 어디까지나 우리의 안보적 이익과 일치되어야 하기 때문에 군사 안보 면에서 일본을 반드시 신뢰할 수 있는 것만은 아닐 듯하다.

지난 1965년 한일 국교정상화 이래 한국의 대일정책은 확실히 성공하였다고 말할 수만은 없다. 지난 16년 동안 우리가 일본으로부터 얻은 것은 별로 없고 200억 달러의 무역적자만 남았으니 말이다. 말하자면 우리가 2백억 달러를 일본에 원조해 준 결과가 되었는데 그것도 그저 준 것이 아니라 경제 메커니즘을 통하여 구조적으로 원조해준 것이기 때문이다.

그리고 일본의 자위능력 향상을 우리가 반대할 이유는 없으나 자위의 한계를 넘는 일본 군비증강은 우리의 안보에 절대로 도움이 된다는 보장이 결코 없는 한 일본의 방위비 증액이 미국의 국익에는 도움이 된다손 치더라도 이것이 곧 한국의 국익은 아니기 때문에 80년대에는 우리의 국익에 합당한 대일정책이 수립되어야 할 것이다.

왜냐하면 미국 미주리대학의 조순승 교수도 지적한 바처럼 몇 가지의 문제점이 있다.

(ㄱ) 역사적으로 일본의 군비확장이 있을 때마다 한국의 안보도 위협을 받아왔다는 점.

(ㄴ) 일본의 과도한 국방비 증액은 극동군사력의 밸런스를 깨뜨릴 우려가 있다는 점. 즉 일본이 GNP의 2%를 국방비로 사용할 경우 이것은 우리의 국방비의 7배가 되고 5년 후 일본은 소련, 중공, 미국에 이어 세계 제4위의 국방비 지출국가가 된다는 것이다.

(ㄷ) 미국의 대일 군비증강 압력은 소련의 기습 가능성에 대비한

다는 측면이 있지만 만일 소력이 일본을 기습한다면 미국의 개입은 불가피해질 것이다. 따라서 소련의 기습을 저지할 수 있을 정도 이상으로 일본의 군사력 증대가 필요치 않다는 논리가 성립된다.

(ㄹ) 일본인 스스로가 군사적 강대국화를 원치 않고 있는 입장에서 한국이 일본의 군비증강을 희망할 이유가 없다는 점이다. 왜냐하면 일본은 그 국민의 전통적 가치관으로 보아 군국주의화하기 쉬운 나라이기 때문이다.

(ㅁ) 강대국이 다 그러하였듯이 일본도 강대국이 되면 될수록 현상유지 정책으로 한반도의 통일보다는 분단 상태가 지속될 것을 원하게 될는지도 모른다는 점 등이 있기 때문이다.

일본은 81년 방위백서를 다루는 가운데 한반도 정세에 관한 새로운 인식을 담고 있다. 즉 북한이 지난 10년간의 군사력 증강으로 외국의 지원 없이도 단독으로 일정기간 전쟁수행 능력을 갖추게 되었다는 것을 지적하고 그 결과 한반도 지역정세는 예측을 불허하는 면이 있다는 분석을 하였다.

지난 5월 스즈키 일본 수상과 레이건 미국 대통령의 미일 정상회담 후 대소 인식에 있어서 미국과 견해를 같이하였으니, 오오무라 방위청장관이 인정한 것처럼 북한의 군사력 증강이 간접적으로 일본의 안보에도 영향을 주는 것이기 때문에 한국의 안보는 곧 일본으로 보아서도 대단히 긴요한 것이다. 한국이 일본의 방위에 방패 역할이 되고 있는 이상 일본도 응분의 보상을 해야 한다는 논리가 성립될 수 있다.

특히 미 국방성 관리가 밝힌 바에 의하면 한반도 유사시에 미일의 공동대처가 필요하다고 강조하여 미국은 한국과 일본 전역에 배치를 검토하고 있는 점을 볼 때 우리는 아시아의 군사국가로 등장할 일본의 새로운 역할을 주시하면서 한미일 3국을 안보면에서 연결 짓고 있는 한일 간의 기본관계에 관한 조약, 한미상호방위조약, 미일안보조약 등이 성실히 이행될 것을 바라고 우리의 국력을 다져나가야 될 것이다.

[부산산업대학보 제85호, 1981년 9월 1일 화요일]

3. 6월을 보내며

통일논의…기성세대의 경험도 큰 자산

계절적인 면에서 6월은 그 싱그러운 푸르름으로 인간의 마음과 생활에 풍요로움을 주는 축복된 달이다. 우리 민족사에 있어 6월은 어두운 계절이다. 그것은 소위 '골육상잔骨肉相殘'으로 불리는 부끄러운 6.25의 달이기 때문이다. 그러나 지난해 6월은 민족사에 축복의 달로 기록될 만했다. '6월 민주항쟁'으로 민주화의 탄탄한 디딤돌이 될 6.29선언을 얻어낸 달이었기 때문이다.

올해의 6월은 어떠한가. 6.25의 망령과 계절병 같은 불안 초조 위기감에 시달린 달이 아닌가. 6.10 남북대학학생회담 문제를 계기로 표출된 갖가지 국내 정치현상이 다시 분단分斷이라는 한계상황을 우리의 의식 속에 잠입시키고 있기 때문이다.

6.25는 어언 38년의 세월이 지나 이제는 역사적 기록으로만 남았다. 민족상잔의 6.25를 경험하지 못한 세대와 경험한 세대가

느끼는 시각의 차이가 너무나 크다는 것을 새삼 절감하게 된다.

원래 전쟁은 정치의 연장이라고 이해되는 국가 간의 이해관계의 충돌에서 비롯되는 것으로 대개 이민족異民族간에 일어나는 현상인 것이다. 그러나 6.25는 이민족 간의 전쟁이 아니라 우적友敵이 분별되지 않는 골육상잔이었다.

돌이켜보면 해방과 더불어 형성된 한반도의 분단구조가 보다 영속적 틀을 굳히게 된 계기가 곧 6.25전쟁이다.

역사와 문화 전통을 같이하는 같은 민족 내에 원한과 적개심이란 거추장스런 유산을 남겨 놓았으며 이는 오늘날까지 지속·심화되고 있다. 이 같은 내면화된 분단의식 속에서 통일의 논리가 존립할 여지가 없었다. 휴전 이후 오늘에 이르기까지 통일의 당위성 또는 그 필요성에 따라 쌍방이 협상안을 내놓고 여러 차례 대좌하였지만 한 걸음도 나아가지 못하였다.

그것은 양측이 타협 지향에 앞서 승부 지향적 태도를 취한 때문이라고 본다. 이처럼 남북한이 6.25에 기인되는 전쟁 공포증을 가지고 있음에도 불구하고 이를 감소시킬 수 있는 타협안을 찾지 못하고 상대방이 거부하는 협상안을 내놓게 되는 이유도 남북 양 정부의 이해관계와 양 체제의 성격에 있어서 양립할 수 없는 갈등에 기인된다. 서로의 대립 갈등으로 멸망하는 것보다 타협을 통해 망하지 않는 것이 서로의 공통이익임은 당연한 이치다.

따라서 남북한이 타협하지 않더라도 생존할 수 있고 현재 확보하고 있는 이해관계를 유지시킬 수 있는 통일방안을 제시하게 되는 방법도 있을 수 있을 것이다.

이와 같은 구조적 원인을 간파한 청년지식인, 종교인들이 이를 극복하기 위한 주장들을 제시하는 것이 곧 통일논의統一論議라고 하겠다.

최근 우리 사회에서 통일논의가 활발히 일고 있는 것은 6.29선언 이후 국내적으로 민주화의 물결이 강해짐에 따라 국민들이 국가의 의사결정에 적극 참여하게 되었기 때문이다.

서울올림픽 개최와 우리의 국력 신장으로 국제적 지위가 향상되어 대북한對北韓 우위와 자신감을 갖게

부산논단

되었고 더불어 소련과 중공을 비롯한 공산국가들도 개혁개방 정책에 따라 한반도의 평화유지를 원함으로써 북한도 그들의 정책노선을 어쩔 수 없이 수정할 수밖에 없는 국제환경에 직면하게 됐다는 점이 통일논의를 가속화시킨 것이다.

지금까지 통일논의는 집권세력의 손에서 초지일관 안보적 차원으로 다루어졌는가 하면 정부의 전유물처럼 돼 일반 국민에게는 그 논의가 제약돼 왔다. 이제 그 논의가 학생들의 요구에서든 각계각층의 요청에서든 정부가 보다 적극적인 자세로 문호를 개

방, 다양한 주장들을 수렴하여 국민적 합의를 이룩할 시점에 왔
다. 그러면 국민적 합의를 도모할 수 있는 바람직한 통일논의에
있어 유의할 점은 무엇인가.

첫째, 통일논의는 감상적이 되어서는 안 된다는 것이다. 북한
공산정권이 대남공산화통일 노선을 고수하고 있는 한 통일문제
는 국가존립의 문제와 직결되는 것이기 때문에 충분한 자료와 사
전지식에 기초한 것이어야지 무분별한 논의는 북한의 대남전략
에 플러스적 요인이 된다는 점에 유의해야 한다.

둘째, 민족통일이 아무리 중요한 민족적 지상과제라 하더라
도 폭력 내지 무력의 수단을 통해서는 안 된다는 점이다. 폭력이
나 무력의 수단으로 민족통일을 기도한다는 것이 얼마나 무모하
며 또 그것이 오히려 통일의 가능성을 퇴색시키게 된다는 것은
6.25전쟁을 통해서 분명히 실증되었기 때문이다.

셋째, 통일논의가 아무리 자유스럽다 해도 우리의 정치체제와
헌정憲政 질서 안에서 이루어져야 한다는 점이다.

우리에게 있어 자유민주주의는 이질적 이데올로기를 수용하
고 용해할 관대성을 갖고 있는 반면 동시에 자신을 지킬 수 있는
성스러운 자위권을 갖고 있는 체제로 이해되어야 한다는 점이다.
따라서 통일의 민족적 당위성에 집착된 나머지 자유민주주의 체
제를 부정하는 통일논의는 결코 용납될 수 없다.

끝으로 학생들은 통일을 논의할 때 우리 정부와 기성세대에게
만 비판과 충격을 줄 것이 아니라 김일성 독재정권의 독재성과

비타협적·반민족적 통일정책에 대해서도 적나라하게 비판해야 한다. 이렇게 할 때 자신들의 주장이 북한집단에 의해 이용되지 않기 때문이다.

통일은 분단 40년의 민족사를 경험하고 있는 우리 민족에게 부과된 최대의 과제이다. 이를 성취하기 위해서는 통일론이 오직 통일을 위한 것이어야지 그것이 정치권력 강화의 수단이나 정치투쟁의 도구로 사용되는 일이 결코 있어서는 안 될 것이다.

이제 6월이 다 가고 있다.

정부 당국은 이 6월에 만개했던 통일논의를 긍정적으로 수용하려는 자세를 취하고 있다. 학생들의 남북교류를 정부적 차원에서 주선하고 6.10사태로 구속 수배된 학생들을 해제해줄 자세를 취하고 있다. 이런 면에서 볼 때 학생들에게 어느 정도 통일논의에 대한 폭을 넓혀준 것으로 볼 수 있을 것이다.

그러나 마지막으로 꼭 기억해 둘 사실이 있다. 통일의 염원은 학생들보다 기성세대에게 더 진하다는 점이다. 따라서 통일 논의, 나아가 남북대화 문제를 어느 한 계층이나 집단에서 독점해서는 안 된다는 얘기다.

기성세대의 6.25에 대한 뼈저린 경험이이야말로 통일 논의를 준비할 가장 소중한 자산임을 분명히 인식할 필요가 있다.

[부산일보 〈釜山論壇〉, 1988년 6월 29일]

4. 21세기를 향한 학회 정립

그동안 역대 회장님과 임원 분들, 그리고 모든 회원님들의 노력 덕분에 우리 영남국제정치학회가 괄목할 만한 성장을 이루어 왔습니다. 능력과 덕이 부족한 제가 이러한 놀라운 발전의 진동 위에서 학회를 더욱 발전시켜야 하는 중차대한 임무를 올해 한 해 동안 맡게 되었습니다. 모든 회원님들의 격려와 질책, 적극적인 학회 참여를 부탁드리면서 98년 한 해 학회 활동의 주요 방향을 다음과 같이 말씀드릴까 합니다.

첫째, 우리 학회로서는 처음으로 학회지를 발간하기로 하였습니다. 논문 게재에 대한 수요가 폭발적으로 늘어나고 있는 데 비해 실을 수 있는 학회지의 공급은 크게 부족했던 것이 우리의 현실이었습니다. 이번 학회지 발간은 이런 문제를 해결하여 국제정치를 연구하는 회원들의 필요에 부응하고자 하는 학회 노력의 가장 중요한 한 부분이 될 것입니다. 특히 학회지의 양적 필요에 대한 부응과 함께 한국국제정치학회와 논의하여 본 학회지를 전국

규모로 인정받을 수 있도록 할 계
획을 가지고 있습니다.

둘째, 학회지 발간과 관련하여
논문을 게재하고자 하는 회원들
의 필요와 논문의 질적 향상 사이
에서 우리에게 가장 적절한 균형
을 취할 수 있는 방안을 마련하고,
가능한 많은 분들이 논문을 게재
하실 수 있도록 노력하고자 합니
다. 많은 분들이 논문을 게재하실

영남국제정치학회 학회 소식지

수 있도록 하되 논문의 질적 수준이 객관적으로 충분히 인정받을
수 있도록 하여 학회의 학문적 위상도 함께 높이고자 하는 이러
한 노력은 모든 회원들의 노력과 관심 및 이해 위에서 가능할 것
입니다.

셋째, 지금까지도 그래왔지만 시기적절하고 보다 많은 회원들
에게 유익을 주는 주제를 선정하여 학술회의를 개최함으로써 자
칫 정기총회를 위한 형식이 되기 쉬운 회원들의 학문적 만남이
더욱 내실 있는 만남이 되도록 노력하고자 합니다. 주제는 이미,
탈냉전과 IMF시대로 상징되는 세계경제체제의 위기 조짐의 변
화하는 세계질서가 한국에 주는 의미 그리고 한국의 과제가 무엇
인지를 연구·발표·토론하는 것으로 정하였습니다.

공모를 통해 접수되는 구체적인 주제를 보아야 하겠습니다만,

연구이사회가 올해 우선적 관심을 가진 세계경제의 변화와 상관되는 좋은 논문 발표가 신청·선정된다면 우리 학회로서도 국제정치경제 부분에 대한 관심을 본격화하는 학문 발전의 좋은 계기가 될 것으로 기대하고 있습니다.

넷째, 뉴스레터 발간을 정례화·내실화하고자 합니다. 회원 전체가 공감하고 필요로 하는 열린 소식지가 되도록 노력하겠습니다. 이번 뉴스레터는 학회 회칙을 실어 참고하시도록 했습니다. 올해 두 번째로 발간할 뉴스레터에는 본 학회 회원들의 성함과 주소를 정확하고 빠짐없이 실어 회원들에게 유익한 자료가 되도록 할 계획입니다. 어떤 주제이든 학회 발전에 도움을 주는 글을 보내 주시면 싣도록 하겠습니다.

국내외적으로 어려운 시기가 계속되고 있고 앞으로도 상당 기간 계속될 것으로 보고 있습니다. 이는 본 학회 운영의 어려움을 말하기도 합니다. 회원 여러분의 관심과 협력 없이는 좋은 학회로 발전시켜 나가는 것이 불가능하다는 것을 잘 알고 있습니다. 저와 올해 중책을 맡은 모든 임원들이 최선을 다하겠습니다. 격려해 주시고 많이 도와주십시오. 감사합니다.

[학회장 견학필(경성대학교 대학원장), 영남국제정치학회 학회 소식지(1998년)]

1948년 8월 15일 대한민국 정부가 수립된 지도 어언 60년이 가까워지니 사람으로 치면 이런저런 생각에 흔들리지 않는다는 불혹不惑의 나이를 넘어, 우리에게 주어진 시대적 사명을 깨닫게 되는 지천명知天命을 지나, 이제 세상사를 있는 그대로 보고 들을 수 있는 이순耳順의 경지에 이른 것 같다.

I. 정치발전

그 나라의 정치발전이란 GNP · GDP의 증가, 정치적 권리와 시민권의 확대, 언론자유의 신장, 억압적 정치체제의 제거, 국민보건 증대와 문맹해소, 실업의 감소, 굶주림에서 탈피, 여성 인권의 확장 등을 가져오게 하여 백성의 꿈인 "살고 싶은 나라"가 되도록, 정치가의 꿈인 "만들고 싶어 하는 나라"를 건립하게 되는 것을 말한다. 그리고 모든 국민은 우리 정치의 현실을 바로 보고, 바로 생각하고, 바로 말할 수 있는 여건이 갖추어진 나라가 되어야 한다.

이와 같은 나라가 되도록 하는 데는 국가 최고 지도자인 대통령이 주축이 되어 리드해 나가야 한다. 우리 대한민국은 짧은 정치사이건만 불행하게도 총 여덟 번의 정권교체를 체험하였다. 정권의 정당성에 대한 논의도 많았다.

민주주의 국가에서 정권의 정당성은 어디에서 오는가?

일반적으로 자유민주주의에서 정당성은 헌법 절차, 정부 업적 및 시민 감성에서 유래되기 때문에 정당성이란 유권자들이 정부와 정책을 지지하는 정도를 말한다. '막스 베버'는 합리적 및 합법적 권위의 행사는 절차 정당성procedual legitimacy에 기초한 것이고, 정부가 이미 공약한 바를 이행할 때 유권자들이 그것을 지지한다면 이는 업적 정당성performance legitimacy에 해당한다고 지적한 바 있다. 정치 지도자들이 민족주의적 감정을 고취해서 호응을 받는다면 그것은 감성적 정당성emotionl legitimacy이라고 할 수 있다.

II. 국가의 최고 통치자 대통령

1. 대통령大統領의 어의語意

큰대大+거느릴 통統+다스릴 령領의 합성어로서 크게 명령하는 최고 통치자를 의미하며 그와 관련된 모든 것을 말한다.

　대통령은 국내외의 시대상황에 따른 국민 전체의 욕구를 충족시키고, 합리적인 의사결정과 리더십으로 국가의 역량을 응집, 육성하는 통치자이며 초전문경영자이다.

2. 대통령의 임무와 권한

　우리 헌법 66조 2항에 "대통령은 국가의 독립. 영토의 보존, 국가의 계속성과 헌법을 수호할 책무를 진다."고 규정하고 있으며, 취임선서就任宣誓에도 "나는 국헌을 준수하고 국가를 보위하며--"로 되어 나라를 지키는 것이 대한민국 대통령의 최고 임무로 볼 수 있다. (국가보위가 대통령의 본업이다.)

　대통령의 권력 행사는 대부분 국회의 사전 동의를 얻어야 하지만 국가의 보위를 위한 업무를 위해서는 그 예외로 대통령의 긴급처분권緊急處分權―내우외환內憂外患. 천재지변天災地變에서 국가의 안전보장을 위하여―, 또 긴급명령권緊急命令權―국가의 안위에 관계되는 중대한 교전상태交戰狀態에서 국가를 보위하기 위하여―, 또 계엄선포권戒嚴宣布權―전시, 사변 또는 이에 준하는 국가비상사태에 있어서― 등 대통령의 권력 가운데 가장 강력한 권력으로 국민의 대표인 국회만이 법을 제정할 수 있다는 민주정치의 입법 원리와 충돌하는 통령의 권력이다.

　이런 대통령의 비상권력非常權力을 국회의 사전 동의가 아니라 사후 승인만 얻는 조건으로 행사할 수 있도록 한 것은 때로는 국가 보위를 민주정치의 원리보다 우선해야 할 상황이 있다는 판단 때문이다. 이는 바로 무엇보다도 대통령에게 국가를 지킬 권한부터 부여하자는 의미이고, 그만큼 대통령의 국가 보위 업무는 막중하다는 의미이다.

3. 대통령의 통치철학統治哲學

한 국가의 통치는 절대 권력을 가진 최고 통치자의 철학에서 비롯된다. 어떤 사고와 사명을 가지고 어떻게 전개하느냐에 따라 한 국가의 현재와 미래의 운명을 좌우하기 때문에 대통령의 통치철학은 통치적 권력관계에 의한 중요한 철학적인 문제가 아닐 수 없는 것이다.

지도자는 국가의 흥망성쇠興亡盛衰를 좌우한다. 세계의 많은 국가들의 현대사를 보면 지도자로 인하여 파멸에 임한 국가들이 많다. 국가의 힘은 총구銃口에서만 나오는 것이 아니라 국가를 잘 관리했을 때 나온다는 것을 생각해야 한다.

III. 과거를 알면 미래가 보인다

역사가 뿌리라면 국가와 민족은 줄기이고 이념은 거기에 매달린 나뭇잎이다. 도도하게 흐르는 역사의 흐름에서 파생된 산물이 국가요. 민족이며 이념이다. 대통령은 그가 혁명으로 집권하지 않았다면 본질적으로 역사의 계승자繼承者가 될 수밖에 없다. 왕이 사직의 수호자였던 것처럼, 종손이 가문의 계승자인 것처럼. 여기서 역사의 계승자란 의미는 국기國基를 수호하고 역대 정권과 정부의 법통을 계승한다는 것이며 더 구체적으로는 역대 대통령의 맥을 잇는다는 뜻이다.

이는 곧 지나간 역사를 총론적으로는 긍정하되 각론적으로는 비판적 선별적 계승을 해가는 자세이다.

또 국가의 최고 지도자인 대통령을 평가하는 데는 국민을 얼마나 열심히 일하도록 만들었고, 국민들의 행복감을 얼마나 증진시켰느냐 하는 것을 기준 삼아 총체적으로 객관적으로 균형 있게 되어야 하는 것이다.

한편 역사적인 평가를 할 때 지도자를 두 가지로 보는데 하나는 권력을 쟁취하여 단순히 그것을 행사하는 스타일의 지도자이고 다른 하나는 권력을 가지고 생산적인 정책을 통하여 나라를 새롭게 변모시키는 스타일의 실용적 노선의 지도자이다.

광복 60주년 국민의식조사(서울대 사회발전연구소, 조선일보, 한국 갤럽 공동조사. 2005년 조선일보 신년 특집)에 의하면 이승만 대통령 시절 가난이 61%, 박정희 대통령 시절 발전이 65%, 전두환 대통령 시절 속박이 36%, 노무현 대통령 혼란이 51%, 노태우 대통령 시절 혼란이 34%, 김영삼 대통령 시절 퇴보가 33%, 김대중 대통령 시절 자유가 31%, 가장 충격적인 사건은 IMF-월드컵 4강-노대통령 탄핵 등의 순이다.

역대 대통령에 대한 버전으로 운전면허증 시리즈와 밥솥시리
즈를 소개해보면 다음과 같다.

먼저 역대 대통령의 운전면허증 시리즈.

이승만-국제면허소지자, 박정희-과속 운전사, 전두환-난폭
운전사, 노태우-초보 운전사, 김영삼-무면허 운전사, 김대중-
음주 운전사.

다음으로 밥솥 시리즈.

박정희가 열심히 일해 밥솥을 하나 장만해서 밥을 지어놓고 죽
었는데 전두환이 들어서서 퍼먹었고, 그 다음에 노태우가 보니까
밥은 전두환이 다 퍼먹고 없어서 누룽지를 긁어 먹었다. 김영삼
이 밥솥을 열었는데 아무 것도 없어 박박 긁다가 솥단지를 깨먹
었고, 김대중이 들어가서 외국 돈도 빌리고 카드빚도 내서 전기
밥솥을 하나 장만하였다. 노무현은 110볼트냐, 220볼트냐 코드
만 만지작거리다가 밥을 못 지었고, 국민들이 배고프다고 아우성
을 치니까 이명박이 나타나서 '밥은 내가 해줄게. 내가 금방 지울
수 있어' 하고 그 전기밥솥을 장작불 위에 올려놓았다는 것이다.
누가 지어낸 것인지는 몰라도 기막힌 유머다. (한홍구 저. '한국 현대
사 이야기'. 2009년 한겨레출판. 34~35쪽 참조하여 부분 재정리)

1. 이승만 대통령(1. 2. 3대)

취임사 : "새 정신 새 행동으로 세계 문명국과 경쟁하자."

미국 정치외교의 속성을 잘 알고 미국을 잘 활용할 것을 강조

하여 한미상호방위조약을 체결하고 공산주의뿐 아니라 일본에 대한 경계도 소홀히 하지 않았고 당시 국제 역학에는 정통하였으나 등잔 밑을 잘 보지 못한 정치야맹증노인政治夜盲症老人이라는 평이 없지 않다.

그러나 우리에게 있어 이승만 정부는 민족국가건설nation building이란 시대정신을 실천하였음을 인정해야 할 업적이라고 하겠다.

노무현 대통령은 이승만 시대에 대해 자유당 시대를 완전히 독재시대, 암흑시대, 어두컴컴한 시대로 생각했다면서 그때 토지개혁, 농지분배를 단행하였는데 지나고 보니 정말 획기적인 역사를 바꾼 사건이었고 6.25전쟁이 발생하였을 때 국가 독립, 안전을 지켜냈고, 국민이 하나로 뭉쳐 체제를 지켜낸 일을 지적하였다.(조선일보 2004년 12월 16일자 대통령 달라졌나)

2. 윤보선 대통령(4대)

취임사 : "4.19정신 계승한 국민의 정부 실현"

"내 사전엔 타협은 없다."고 외치며 고군분투하다 지는 별이 된 강경 영국투사, 즉 꺾이지 않는다는 바다 갈대인 해위海葦. 일생동안 돈 걱정을 안 하고 살았으며 선거 패배 후 박정희 대통령을 인정하지 않았다.

3. 박정희 대통령(5. 6. 7. 8. 9대)

취임사 : "번영의 내일은 혁신운동으로(새마을 운동)"

소떼를 빨리 몰고 가려고 쌍권총에 채찍까지 든 카우보이라는 애칭을 가진 대통령으로 경제로 시작되는 조국통일과 근대화의 통치철학을 실천에 옮김.

역사적으로 보면 공화당 정부의 산업화 시대, 즉 경제발전, 수출 증진, 중공업 육성, 농업, 교육, 문화, 체육, 산림녹화 등 당시에 만들어 놓은 각 분야의 정책들이 지금까지 이어오고 있음은 박대통령의 국가와 민족을 위한 고민과 노력의 산물이라는 평이 많은 것도 사실이다. 노무현 대통령은 박정희 대통령에 대해서 "독재라는 부정적 평가를 받으면서도 한편으로 산업화 과정을 이뤄왔고 여기까지 왔다고 하면서 이 시대가 없었으면 오늘의 대한민국도 없다는 평가(조선일보 2004년 12월 16일자)

4. 최규하 대통령(10대)

취임사 : "국난 극복 위해 단합하자."

취임과 동시에 사임을 생각해야 했던 주막거리 무의탁 노인. "정권이란 깨지기 쉬운 유리그릇과 같다고 제게 무슨 욕심이 있겠습니까?" 하며 빈손으로 왔다가 빈손으로 간 대통령이라는 평.

5. 전두환 대통령(11. 12대)

취임사 : "정의로운 새 사회와 부강한 민주복지 국가 건설"

빈집에는 집이 없는 사람이 살 권리가 있다는 억지가 통했나?

단 8분 만에 정권을 장악한 군부 : 1980년 5월 17일 오후에 최규하 대통령을 면담한 전두환 보안사령관은 계엄의 전국 확대, 국회 해산, 국가보위부 설립 등에 대한 대통령의 동의를 얻고 신현학 국무총리 주재로 회의가 열렸는데 회의 의제는 계엄의 전국 확대 선포의 건이었는데 개회에서 폐회까지 단 8분이 걸렸다. 이 순간에 정권이 실질적으로 군인들 손으로 넘어갔다.

권력은 총구에서 나온다고 한 모택동, 정의사회구현을 외친 정책의 결과는 어떠하였던가.

6. 노태우 대통령(13대)

취임사 : "보통 사람들의 위대한 시대 열자."

행운으로 홀인원은 했으나 허리를 삐고 만사무의가 된 골퍼라는 평.

물태우의 민주화. 믿으주세요. 전두환 맨으로 일관, 감옥에도 함께 갔다. 군사정부에서 문민정부로 이행하는 과도기에 걸맞은 인물이라는 평이 없지 않다.

7. 김영삼 대통령(제14대)

취임사 : "변화와 개혁을 통해 신한국을 건설하자."

세상 변화에 어둡고 균형감을 갖추지 못했던 잠수함 선장.

번개작전으로 군부의 두 날개 자르고, 보수와 진보의 뒤범벅,

IMF 사태 초래. 역사 바로 세우기 운동을 전개, 탈 권위, 탈 군부 등 민주주의 심화를 위해 노력하던 시대.

8. 김대중 대통령(15대)

취임사 : "민주주의와 시장경제"

아들들과 이웃 건달에게 뒷문으로 재산 털린 후회 많은 노인.

가시나무새 대통령 : 가시나무새라는 전설의 새가 있는데 이 새는 알에서 깨어나 둥지를 떠날 때 일생동안 가장 높고 뾰족한 가시를 찾아 헤맨다. 그러다가 그 가시를 찾아내어 거기에 앉는 순간 가시에 찔려 죽는다. 새는 죽으면서 비명을 지르는데 그 소리가 매우 아름답다고 한다. 이 새가 가진 두 가지 운명 가운데 하나는 가장 높은 곳의 가시를 찾아 일생동안 헤맨다는 것으로 가장 높은 곳의 가시라 함은 제일 높은 지위, 만민이 올려다보는 자리, 세속적으로 말하면 대통령에 비유된다. 이 자리를 위해 일생을 투자하고 모든 시간과 정력을 대통령 자리 쟁취라는 한 곳에 집중한다는 것이다. 둘째 운명은 가장 높은 가지에 앉는 바로 그 순간 새의 운명은 끝나기 시작한다는 것인데, 높은 가시를 발견하고 열광하면서 그 가지에 앉는 그 순간 곁에서 보면 지극히 영광된 그 시간이 사실은 그의 빛나는 과거에 먹칠을 시작하는 시각이며, 몰락이 시작되는 전환점이라는 의미다.

김대중 대통령은 정치에 입문해 대통령이 되려는 출마 길목에 들어선 이래 다섯 번이나 죽을 고비를 넘겼고, 6년의 감옥생활과

10년의 연금과 망명생활을 했다. 햇볕정책, 007 수법으로 대북 상납, 남북 정상회담, 통치 이념의 혼란 등.

9. 노무현 대통령(16대)

취임사 : "평화와 번영과 도약의 시대로"

겉치레, 무책임, 선동에 휩쓸린 한국 정치에 대한 이성적 성찰이 필요하다고 한다(윤평중, "사회평론집"-생각의 나무, 2004).

사상 초유의 대통령 탄핵사건, 과거 현재 미래가 통합적으로 형성하는 역사의 순환고리에서 참여정부가 그 통치의 현재 시점을 특유의 무능과 무책임으로 얼룩지게 함으로써 한국의 과거와 미래까지를 송두리째 어둡게 하고 있다는 것이다. -과거사 청산 위원회가 그 예다.

참여정부는 국정 지지율이 최저 신기록을 경신한 허약한 정권 -현 정부 3년 반 동안 공무원이 2만6,000명이나 늘었고 연간 인건비도 5조 원이 증가해서 올해 사상 처음으로 20조 원을 넘었다(조선데스크, 김양기 부장. '혁신정부'의 실상. 조선일보 2006년 9월 1일자). 그러면서 2002년에 "반미장사"로 재미를 보았고 이번에는 전시작전통제권 이양이라는 "자주장사"로 재미를 본다.

국가 지도자는 "조국의 안전이 걸린 문제에서는 정당한 것인가, 그렇지 않은 것인가, 자비로운 것인가, 그렇지 못한 것인가, 칭찬 받을만한 것인가, 칭찬을 받지 못할 일인가를 넘어서야 한다. 조국의 생존과 자유를 지키는 일은 모든 것에 우선 한다."고

외친 16세기 어느 도시국가의 정치사상가의 말을 되짚어 볼 필
요성을 느끼게 하는 경우가 많다.

IV. 결론

미국의 미시간대학 경영학 교수 프라할라드는 리더십(지도자
의 덕목)에 대해서 "지도자는 좋은 선수여야 한다. 지도자는 동시
에 좋은 코치여야 하고 좋은 레프리라야 한다. 그리고 또 좋은 경
기 규칙을 만드는 사람이어야 한다. 그러나 무엇보다도 중요한
것은 지도자는 좋은 응원단장cheer leader이어야 한다."고 주장하
였다. 대통령은 아무나 되어서는 안 된다는 교훈이다.

요즈음 우리 주변에는 정치를 자신의 문제와 연결시켜 생각하
는 사람이 늘어나고 있다. 대통령이 언제 바뀌느냐 하는 것은 중
학생도 관심꺼리가 된다고 한다. 왜냐하면 대통령이 바뀌면 입시
제도가 바뀌기 때문이라는 것.

대통령의 주장이나 정책이 국내정치용, 즉 국가안보는 정권안
보나 정권 재창출을 위한 것이 되어서는 안 된다. 서양의 사회구
성 원리는 존재론存在論이고, 동양의 사회구성 원리는 관계론關係
論이다. 주역사상의 핵심은 관계론이다.

이 관계론의 중요한 것은 자리(위치), 즉 처지에 따라 생각도 달
라지고 운명도 달라진다. 개체의 능력은 개체의 처지와의 관계

속에서 생성된다는 것이 주역周易의 사상이다.

인사人事가 만사萬事라는 말이 있다. 대통령을 지낸 어른들을 만나보지 않아서 잘 모르겠지만 국가안보, 경제발전 및 국위선양에 대한 어떤 업적을 이룩한다는 것은 사람들에 의하여 이루어지는 활동의 결과이다. 이러한 국가과제를 정당하고도 효율적인 방법으로 수행하려면 충분한 자질과 능력을 갖춘 인재를 적기·적소에 등용해야 하는 것이다. 국가와 사회를 관리하는 지도자들은 시간 및 공간적으로 주어진 맥락을 정확하게 파악해야 하고 뚜렷한 비전을 제시해서 지도력을 발휘해야만 되는 것이다.

70%의 능력을 가진 사람이 100%의 능력을 요구하는 자리에 앉게 되면 30% 아부, 허식, 거짓으로 채우기 때문에 이런 사람은 자리에 앉히면 안 된다. (우리나라의 관리들이나 지도자들의 문제.) 대통령의 수준은 국민의 수준에 의하여 선택된다는 말이 있다.

[2008년 11월. NGO남북한통일문제협의회 민족공동체 지도자과정 특강]

6. 국가의 품격을 더 높여야 할 때

　　나라의 품격을 국격國格이라고 한다. 국격이란 국가의 품위나 품격을 말한다. 이 국격이란 경제부국이나 군사강국이라고 해서 자동적으로 높아지는 것은 아니다. 특히 우리나라는 압축성장과 민주화를 통해 최빈국最貧國에서 G20으로 국제정치적 · 경제적 위상이 올랐지만 국격도 함께 높아졌다고 하기는 부족한 점이 많다. 작년 11월 외국인 2500명을 대상으로 '한국 이미지'를 조사한 결과 '긍정적'이라고 답한 사람은 46.9%에 불과했다(조선일보. 2010년 3월 19일자).

1. 지금 대한민국의 국력을 보면 작지만 소강국이다

　　한국의 국토 면적 세계 230개국 중 110번째(992만6천ha), 인구는 세계 25위(남북한 합치면 세계 17위), 평균수명 74세로 세계 48위다. 조선기술, 반도체기술, 휴대폰기술, 인터넷기술, 교육열이 세계1위, 고속전철 기술이 세계 4위, 원자력기술 세계 5

위, 특허출원 세계 6위, 이를 종합 정리해보면 세계 1위에서 5위. 종합 국력을 보면 세계 9위로 평가된다.

2차 세계대전 후 원조를 받던 나라에서 원조를 주는 나라로 발전한 경우는 대한민국이 유일하다는 것이다.

이번 G20 정상회의에서 한국이 "170개 개발도상국을 도와야 한다."고 주도하여 경제개발 노하우를 전수하기로 하였다.

제프리 삭스(미국 콜롬비아 대 경제학 교수)는 경북도청 새마을운동 세계화사업추진 특강(2010. 11. 8)에서 '한국은 빈곤 퇴치의 좋은 모델'이라고 강조하면서 한국의 녹색성장과 교육 열정, 새마을 운동에 찬사를 보냈다. 또 그는 글로벌 기업의 최고경영자들과 국제교육. 의료. 복지의 대표, 석학들이 모인 '2010서울사회공헌포럼 Seoul Give Forum2010'에서 "한국의 새마을 운동을 작은 마을 단위의 빈곤 탈출 사례로 아프리카 등 최빈국에 전파하자."고 제안하면서 "한국이 몇 십 년 만에 최빈국에서 세계적으로 부유한 국가로 도약한 최고 동력은 교육이었다."며 "한국 IT 기술과 성공 경험으로 빈국을 도와야 한다."고 강조하였다.

한국경제학회, 한국사회학회가 참여하고 경제인문사회연구회가 주관한 '한국경제사회 선진화의 조건' 대토론회(2010년 11월 18일)에서 1인당 국민소득, 고용률. 물가상승률. 노동생산 등을 종합적으로 평가하는 '경제성장 동력'은 우리나라가 OECD와 G20개국 가운데 18위로 프랑스와 독일 수준이나 사회갈등을 해소할 능력. 복지비 지출 등을 기준으로 측정하는 '사회통합'과 이

산화탄소 배출량. 환경 에너지 사용비율 등을 평가하는 '환경'에
서는 개발도상국 수준으로 스페인. 그리스 수준이라고 한다.

미국 시사주간지 Newsweek가 선정한 '세계 베스트 국가' 순
위에서 한국은 15위다(머리 좋고 초스피드 경제성장, 삶의 질은 하위권
으로 평가되고 있다). 즉 삶의 질과 죽음의 질은 OECD국가(19개국)
중 거의 꼴찌.

왜 이런 평가를 받게 될까.

한국 사람들은 1년에 2300시간을 일한다. 어떤 선진국들보다
더 많이 일한다. 그러나 지구상에서 자살률이 가장 높다.

지난 3월 통계청 발표를 보니 우리나라에서 자살하는 사람이
34분에 1명꼴, 작년 한해 하루 평균 숨진 사람은 677명. 전체
절반은 암, 뇌혈관질환, 심장질환으로 사망. 스스로 목숨을 끊는
사람은 하루 평균 42명. 세계 13위의 경제대국이란 단지 숫자에
불과하다. 경제수준에 합당한 문화적 가치 또는 여유가 수반되지
않으면 잘 살아도 잘 사는 것이 아니다.

2. 우리 국민의 품격이 높아져야 할 때다

현대정치의 우선과제가 경제성장이 되면서 바람직한 삶의 모
습, 즉 공동선과 정의 등 삶의 가장 중요한 문제들이 소홀히 취급
당하게 되었다는 점. 일찍이 아리스토텔레스는 '물질적인 자급자
족을 하고 정의의 감각이 팽배해야만 사회가 유지된다.'고 주장
한 바 있다.

외국잡지 '리더스 다이제스트'에 다음과 같은 기사가 실렸다. 한국에서 대접받고 살려면 첫째, 일류대학을 나와야 한다. 둘째, 경제적 능력이 있어야 한다. 셋째, 외모가 좋아야 한다. 넷째, 백그라운드가 좋아야 한다. 6.25전쟁 때 졸병이 인민군 총알 맞고 "빽"이라는 소리를 지르고 죽었다는 일화가 있을 정도다.

현재 우리나라를 방문하고 있는 외국인은 한해에 700만 명이나 되고 한국에 들어와 우리들과 함께 생활하는 외국인이 1백만 명이 넘는가 하면 국제결혼 비율이 전체 결혼의 11%에 이른다고 한다.

좀 부끄러운 얘기지만 서울대 박모 교수가 조사한 바에 의하면 세계에서 제일 정직한 사람은 조사에 응한 사람의 70%가 일본사람이라고 하고, 정직하면 못 산다고 답한 한국인은 70%에 육박한다고 한다.

외국인들을 대상으로 실시한 부패 체험수기를 보면 한국사회의 비리와 부패에 관용적인 한국문화를 꼬집었다.

"한국인은 이해할 수 없는 부문이 많다. 툭하면 뇌물, 툭하면 불법, 한국인들은 언제나 뇌물을 제공할 준비가 되어 있는 것 같다. 법을 어기고도 죄책감을 느끼지 않는 한국인들의 문화와 태도에 충격을 받았다."고 술회하였는가 하면, 국제투명기구(TI) 피디 아이겐 회장이 한국을 방문하였을 때 "부정부패는 선진국으로 가는 가장 큰 걸림돌이다. 한국의 현 부패 수준으로 선진국 행은 어렵다."고 한 바 있다(2003년 5월).

정말 이제는 법질서를 바로 세워 품격 있는 선진국 형 시민이 되어야 할 때다.

3. 21세기 대한민국의 비전은 문화대국으로 성장하는 일이다

한 나라의 국격은 과거를 얼마나 이어가고 계승하느냐에 달려 있다고 한다. 지난해 6.25 60주년기념사업회가 조사한 바에 의하면 6.25를 잘 모른다고 한 사람이 33%, 6.25를 일으킨 주체가 북한이 아니라거나 잘 모른다가 14.6%나 된다고 한다.

요즈음 우리 사회에서는 '국가브랜드'라는 용어를 많이 접하게 된다. 이는 국가브랜드에 대한 국민들의 관심이 높아졌다는 것을 의미한다. 한 나라의 이미지와 가치, 그리고 품위는 GDP와 같은 경제적 수치가 아니다. 사람의 삶을 얼마나 배려하는지. 경제가 역사문화와 얼마나 균형을 이루는지, 또 세계 다른 나라와 어느 정도 조화롭게 공존하는지에 달려있다. 이것이 Joseph Nye가 지적한 "soft power"이고 이것이 국격을 결정한다.

오늘날 국가브랜드의 가치 창출이 세계 각국의 화두가 되고 있다. 군사력이 아니라 문화적인 가치가 평가받는 Soft power의 시대이고 국가브랜드 가치는 곧 바로 국익과 직결되는 것이라고 할 때 21세기 대한민국의 비전을 군사강국 또는 경제대국이 아닌 '문화대국'을 지향해야 한다는 점이 강조된다.

국가브랜드 지수 순위를 보면 2009년의 경우 조사대상 50개국 가운데 한국은 31위다. 이는 세계시장에서 한국산 제품의 가격에 직접적인 영향을 끼치게 된다. 한국산 제품이 유사한 선진국 제품에 비해 70% 정도 저평가된다고 한다(2009년 무역진흥공사 발표).

또한 사회문화수준도 업그레이드Up grade가 절실하다. 불법 사금융 범죄가 지난 3년간 12.3배 늘어났고, 인터넷 사기 연간 3만천 건 발생, 전화금융사기 지난 3년간 4배나 증가했다.

2007년에 일본은 위증죄로 9명 기소됐으나 우리는 1544명, 무고죄의 경우 일본이 10명인데 우리는 2171명이다. 기소된 숫자로만 따지면 위증죄는 일본의 171배, 무고죄는 217배, 그러나 일본 인구가 우리나라의 2.5배인 점을 감안하면 실제로는 위증죄는 427배, 무고죄는 542배라고 한다(2010년 10월 11일 조선일보).

우리 사회에 사기나 횡령, 위증이나 무고 같은 범죄가 많다는 것은 남을 속이거나 거짓말하는 사람, 자기 임무에 충실하지 않는 사람이 많다는 뜻이고, 이는 사회적 신뢰라는 측면에서 한국이 후진국을 벗어나지 못하고 있다는 뜻이다. 선진사회란 시민들 사이에 사회적 신뢰 수준이 높은 사회다. 사회지도층 인사들이 먼저 도덕적 의무를 다해야 하는 것은 물론이고 보통 사람들도 규칙과 약속을 지키고 자기 직분에 충실한 사회가 되어야 한다.

우리나라 국민 한 사람이 1년에 소주 기준으로 166병을 마시고, 음주로 인한 교통사고가 21만 5천 8백 22건, (하루 평균 12명은 술 때문에 사망한다고 함) 인터넷 중독자 200만 명, 특히 청소년의

14,3%가 인터넷 중독 상태, 인터넷 중독으로 인한 사회적 손실 비용도 10조 원이 넘는다고 한다.

우리나라에서 자녀교육의 전설로 통하는 미국의 전혜성 박사는 장남과 3남이 미국의 오바마 행정부의 차관보급에 임명되고 6명의 자녀를 포함하여 가족 8명이 총 11개의 최고 학위를 취득, 1988년에 미국 교육부는 이들을 동양계 미국인 가정교육대상 수상자로 선정하였다. 그의 교훈은 "재주가 덕보다 앞서면 안 된다."고 하여 인품이 중요하다는 것을 강조한다.

개방화시대의 경쟁력을 길러야 하는데 더불어 사는 사람이 곧 경쟁력이 있는 사람임을 깨달아야 한다.

가족 간에도 더불어 살기가 힘이 드는데, 이제는 외국인과 더불어 사는 것을 생각해야 한다.

"떠나고 싶다는 나라에 시집온 몽골주부의 글"에서 148개국 성인 35만 명을 대상으로 '이민 가고 싶은 나라'를 조사한 결과 1등은 싱가포르. 2등은 뉴질랜드. 한국은 50위로 조사되었다.

얼마 전 한국일보에 실린 '우리 안의 다문화'-한국인으로 산다는 것-에서 다문화가족 모니터 요원들의 대담 속에 나온 이야기들. 한국 엄마 사귀기 힘들고, 아이 놀림감 상처에 고통, 여기 남자들 정말 '애주가', 어찌 그렇게 오래 마실까. 타국문화 알려줄 강사로 이주여성 써주면 좋겠다. '다문화 자녀'라는 말 오히려 한국 사람과 구분 짓는 낙인 같아요.

많은 민족들 문화가 다른 나라 사람들과 어울려 살면서 "다름을 인정하지 못하는 사회는 죽은 사회"라는 말이 있다. 한국은 층계를 만들어 살고 싶어 하는 사람이 많다. 서울내기니, 인도징이니, 양키니…이민 온 사람을 위한 제도를 갖추는 것 못지않게 마음의 층계가 사라져야 이민 오고 싶은 나라가 된다.

국적을 따지기 전에 인간 대 인간으로 외국인을 존중할 때 비로소 진정한 관계가 시작되기 때문이다. 새로운 지식도 중요하지만 예절이 몸에 배어 있어야 한다. 특히 외국인들 간에—인사로 하이 등. 글로벌 시대 자신을 있게 한 보이지 않는 힘은 그의 몸에 밴 '매너'라는 점을 다시 한 번 깨달아야 할 때다(미국의 교통사고 시에 상대방의 에티켓--).

개인화시대로 나아가는 세계사적 길목에서 염치. 정직. 도덕. 책임. 배려 등 인간적 미덕美德은 공공선을 유지 배양할 수 있는 기본 역량이자 지속가능하고 바람직한 우리 사회를 지켜 나갈 기초체력이라고 하겠다.

심리학자 Erich Fromm은 현대사회는 물건을 사랑하고love thing, 사람을 사용하는 Use person 시대라고 지적한 바 있다. 우리 시대 온갖 병폐가 여기에서 비롯되는데 이러한 시대의 병폐를 치유하기 위해서는 사람을 사랑하고 물건을 사용하는 시대로 전환될 필요가 있다는 것이 강조된다.

사람을 사랑하는 사회가 되려면 ①사람에 대한 관심care ②그 사람에 대한 책임responsibility ③.존경하는 마음respect ④이해하는 마음understanding ⑤자신을 주는 마음self giving이 필요하다.

지난 봄 우리나라를 찾은 유학 연구가 호이트 틸먼Tillman(애리조나 주립대학의 역사학 교수)는 "한국은 중국과 일본 중간에 있는 나라이지만 문화적 독자성을 가졌기 때문에 미래를 낙관할 수 있다."고 하면서 특히 세종대왕이 지혜롭고 용감하게 중국의 의구심을 떨치고 한글을 창제하여 백성들 지식수준을 크게 향상시킨 것을 보아도 그렇다고 했다. 한국은 자기만의 문화를 가진 아주 특색 있는 나라라는 것. 앞으로도 자기 공간을 확보하고 문화를 유지하며 발전할 것이라고 하였다(2010. 8. 20일자 조선일보).

우리나라 사람들은 경쟁을 사회발전의 원동력으로 여기고 있지만 우리 사회가 아직은 공정하게 경쟁할 수 있는 환경은 아니라고 생각하는 것으로 나타나고 있다.

우리 사회는 고학력 전문직일수록 공동체 의식이 떨어지는 조사결과가 나오는 등 아직 선진국과는 반대의 현상이 나타나기도 한다. 그러나 사회적으로 불공정하다고 느끼면서도 응답자의 70.3%가 대한민국을 사랑하고 자랑스러워한다고 하였다.(정치학회 세미나. 2010. 11. 10. 한국정치학회와 한국지역사회교육협의회 공동주최)

지금 세계는 새로운 문명이 다가오고 있다. 즉 무절제한 자유와 획일적인 평등을 넘어 인류의 평화와 공존을 이루는 새로운 문명은 21세기 우리에게 곧 다가오고 있다. 종교, 국가, 종족, 언어의 차이를 넘어 인간 모두가 행복한 삶의 공동체를 만들고 있는 새 문명의 징후들이 세계 곳곳에서 나타나고 있다.

　이제 사회 지도급에 있는 우리 모두는 윤리적 기초를 다지는 일부터 솔선수범해야 할 것이며 불법. 폐륜적인 행위. 불법 파업 등 이른바 '한국적인 병' 치료는 윤리적 기초 위에서 법과 원칙으로 강력하게 대응할 수 있는 풍토를 만드는 일에 앞장서는 품격 있는 문화시민이 되도록 노력해야 한다.

[2010. 12. 경성대학교 평생교육원 문화예술 CEO과정 특강]

7. 다시 한 번 한국의 생존법을 생각한다

우리나라 인구가 어느덧 5000만(2012. 6. 23일자)이 되고 1인당 국민소득 2만 달러를 의미하는 '20-50클럽' 시대가 목전에 이르렀다고 한다. 유사 이래 세계 6개국(미국, 일본, 프랑스, 이탈리아, 독일, 영국)만 이름을 올렸던 '20-50클럽'에 일곱 번째로 대한민국의 이름을 올려놓게 되었다.

이러한 성장세라면 앞으로 5년 이내 1인당 소득 3만 달러를 달성하여 '30-50클럽' 진입도 가능하다고 전망하고 있다.

그런데 지금 우리나라에는 국민소득 1인당 3만 달러 시대에 걸맞은 생활을 하는 사람이 많다고 한다. 자본주의 사회에서 자기의 분수대로 생활하는 것을 욕할 수도 없고 탓해서도 안 될 일이라고 하지만 한국경제가 '선진국 따라잡기'를 넘어 한 발 더 앞서가려면 국민 각자의 정신자세와 생활태도가 변해야 한다.

지난 4.11 총선(19대 국회의원선거)에서 여야 정치권의 눈에 띄는 공약이 복지였다. 또 무상복지에 대한 찬성이 64%, 연령별로 보면 20대의 65%가 찬성하고 있다. 우리나라 복지비 예산은 GDP(국민총생산)의 8% 수준인데, 경제협력개발기구(OECD) 평균치 19%의 절반이 못 된다.

그러나 2000년 이후 복지비 지출이 연평균 14%씩 OECD에서 가장 빠른 속도로 증가하고 있는 실정이다.

이런 식으로 가면 2050년에는 복지비 지출이 GDP의 25%가 된다고 한다. 알고 있는 바와 같이 새로운 복지제도를 도입할 때는 증세增稅를 포함한 재원 확보 방안이 함께 나와야 한다. 그러나 복지를 위한 자금은 국민 각자의 호주머니에서 복지예산을 충당하는 것은 대부분 반대하고 있는(2012년 4월 9일 MBN 11시 뉴스) 것이 문제가 된다.

외국기업이 한국 투자를 망설이고 한국기업은 해외로 나가고 있는 실정이라고 한다. 조사에 의하면 지난해 외국기업이 한국에 직접 투자한 금액은 137억 달러이고, 국내기업의 해외투자는 445억 달러로 308억 달러가 더 많다.

총선은 막을 내렸지만 국가의 재정은 생각지 않고 '묻지 마 복지공약'의 선심공세가 더 심해질 것이 아닌지 염려된다.

중국 전국시대의 상군서商君書(진나라를 강국으로 만든 상앙商鞅의 저서로 부국강병을 역설한 책)에 엄한 벌로 중죄의 가능성을 미연에 방지하는 중벌소상重罰少賞과 가난한 자를 부유하게 만들고 부유한 자의 부를 덜어내 백성을 고르게 만드는 경제정책貧治均民을 강조했다. 즉 나라가 부유한데도 계속 국고를 채우면서 부유한 백성의 부를 덜어내는 빈치貧治로 다스리는 나라는 강해진다.

반대로 나라가 가난한데도 국고를 계속 비우면서 부유한 백성을 계속 부유하게 만드는 부치富治로 다스리는 나라는 패망한다(상군서). 이런 빈치 중시 사상은 '부치'에 가까운 복지예산 충당에 대부분 반대하는 요즈음과 너무나 대비되는 현상이다(조선일보 2012년 4월14-16일. 토-일요일판. 동양학 산책 참조).

글로벌 시대에는 강한 자만 살아남는 것이 아니고 변화에 잘 적응할 줄 알아야만 살아남게 된다는 사실을 기억할 때인 것 같다.

지난해 노벨경제학상 수상자인 토마스 사전트 교수(뉴욕대 경제학부)는 "기적의 한국경제 배우러 서울대로 갑니다."(2013년 3월 서울대 석좌교수로 부임) 하는 뉴스가 나오는데 그는 과연 무엇을 보고 느끼게 될는지 염려스럽다. 그가 기대하는 대로 한국은 기적 그 자체가 되었으면 한다.

또한 프랑스를 대표하는 미래학자 자크 아탈리는 그가 재직하고 있는 컨설팅회사 '아탈리&아소시애(A&A)'의 한국지사 개소식에 참석하여 "프랑스 파리에 본부를 둔 A&A가 해외지사로는 서울이 처음이며 A&A가 목표로 하는 21세기형 신기술 사업의 총아들이 한국에 몰려있기 때문에 다른 어떤 도시보다 먼저 서울을 선택하였다."고 강조하면서 한국은 장차 세계를 이끌 엘리트 국가 반열에 점점 다가서고 있다고 하였다. 뿐만 아니라 "한국은 IT는 물론 게임, 모바일커뮤니케이션, 나노공학, 바이오공학 등 모든 면에서 세계를 선도하는 과학 강대국이면서도 '기초체력'인제조업 육성을 게을리 하지 않은 국가라고 할 수 있기에 세계적 경기침체 시기에도 비교적 준수한 경제성장을 이룩할 수 있는 요인"이라는 것이다(조선일보. 2012. 6. 14일자).

나는 우연하게도 스위스를 세 번이나 방문하는 기회가 있었는데 세계적으로 살펴보면 작은 나라로서 전승전략全勝戰略을 잘 활용하는 국가는 스위스라고 여겨진다. 스위스는 국토의 75%가 산악지대이고 자원이 빈약한데 부국으로 생활하는 나라가 되기까지의 역사를 살펴보고 국민들의 애국정신과 생활 자세를 한 번 고찰해 보고자 한다.

스위스는 영세중립국가로서 어떻게 그 위상이 확고하게 유지되고 있을까. 스위스의 지정학적 위치는 북쪽으로 독일, 남쪽으로는 이탈리아, 서쪽으로는 프랑스에 접해 있다. 이웃 중 어느 국가라도 마음만 먹으면 몇 달 안에 스위스를 점령할 수 있다. 그렇지만 스위스는 땅굴을 파서 비상시 이들 국가를 향해 포탄과 전투기가 바로 날아갈 수 있도록 장치를 해놓고 있다. 2차 대전 당시 독일의 히틀러도 스위스를 침공하려다 이런 사실을 알고 포기했다는 일화가 있다.

우리가 알고 있는 것처럼 스위스인들은 세계에서 비밀을 잘 지켜주고 신용을 생명으로 지키는 국민으로 이름 나 있고, 금융업이 남달리 발전되어 있다. 그것은 용병들이 송금해온 외화들을 환전 또는 송금하는 과정에서 생겨난 금융 노하우가 쌓인 결과이고, 이들의 신용은 로마교황청이 500년 이상 스위스 용병을 근위병으로 사용하고 있다는 사실로도 입증된다. 정밀기계가 크게 발달된 나라로 특히 시계가 발달된 것은 신용을 지키는 데는 시간이 대단히 중요하기 때문에 그렇다고 하겠다.

또 세계에서 빵맛이 좋지 않은 나라로도 명성이 났는데 그 까닭은 제네바에 있는 '레만 호수' 밑에 땅굴을 파서 그 안에 비상식량을 비축해 두는데 적어도 1년 전에 수확한 식량으로 빵을 만들기 때문이라고 한다.

뿐만 아니라 스위스에는 직업군인이 3700명이고, 민병대가 국방을 담당하고 있는데 민병대원이 되면 20세부터 42세까지 매년 10여일씩 훈련을 받고 있지만 병역의무를 싫어하지 않는 국민들이다. 그 예로 2001년 민병제 폐지안이 국민투표에서 부결된 사실(찬성률은 21%에 불과), 스위스 국민들은 연간 유급휴가 일수를 4주에서 6주로 늘리는 안이 국민투표에서 부결되었는데 이는 유급휴가가 기업의 비용 부담을 늘려 국가 경쟁력을 떨어뜨리는 걸 염려하여 유급휴가를 스스로 포기한 것이다.

특히 스위스는 바다가 없는 국가지만 자국 상선들의 물자보급로를 보호하기 위해서 24척의 함대를 운영하고 있다고 한다. 또 72시간 만에 국민들이 전투준비를 할 수 있는 나라로도 명망이 높다. 우리나라 이순신 장군의 필사즉생必死則生 필생즉사必生則死와 같은 국민정신으로 평화를 누리고 있는 나라이다.

스위스 사람들의 선조들은 용병傭兵으로 고용되어 외화벌이를 해온 역사를 지니고 있다. '루체른의 빙하공원'에 돌로 만들어 놓은 '죽어가는 사자상'은 선조들의 조국을 위한 희생을 잊지 않기 위한 기념물이다. 즉 용병을 상징하는 사자가 화살에 맞아 죽어가면서도 프랑스 왕을 상징하는 흰 백합이 새겨진 방패를 보호하는 형상, 즉 1792년 튈르리 궁전(지금의 루브르박물관)에 시민혁명군이 진입하여 루이 16세는 도망을 가고 스위스 용병들 700여 명은 잡혀 죽게 되었다.

시민군이 용병을 향해 항복할 것을 외쳤지만 "우리가 항복하면 스위스인들의 신뢰가 없어져 후손들이 더 이상 용병의 일자리를 얻지 못한다."고 하며 스스로 죽음을 택하였다는 것이다.

우리나라는 과거 선진국을 따라잡기 위해 꿀벌처럼(학자의 연구에 따르면 꿀벌은 꿀 한 스푼을 위해서 벌 한 마리가 8000송이의 꽃을 찾아야 한다.) 더 열심히 일해야 한다고 생각하고 장시간 노동은 당연하게 받아들였다. 그래서 세계 최장시간 노동을 한국인의 근면성을 보여주는 지표로 여겼다. 한국은 연간 근로시간이 2193시간으로 OECD 회원국 중 1위이고, 2109시간 노동하는 그리스가 2위라고 한다. 한국경제가 지금 만큼 성장한 것은 바로 그 덕분이다. 그러나 이제 우리는 개발연대의 근로문화에서 벗어나야만 할 때가 되었다는 것이다. 그래서 기업들도 'Work hard'가 아닌 'Work smart'를 화두로 삼게 되었다. 즉 무조건 열심히 일하기보다 머리를 써서 창의적으로 똑똑하게 일해야 한다는 것이다.

민주주의는 갈등을 연료로 굴러간다는 말도 있지만 지금 대한민국은 너무나 갈등의 목소리가 요란하여 국가 발전에 문제가 될 요인으로 작용할 것 같고 국제사회에서 대한민국의 위상이 염려될 정도다.

국내 정치면에서는 주사파니 종북 세력이니 하는 색깔론이 문제가 되어 온 나라가 불안한가 하면, 국민소득 2만 달러를 돌파하고 G20 정상회의까지 개최한 대한민국이 주폭酒暴 문제로 가정이 파괴되는 현실, 더 이상 술 핑계가 통하지 않는 사회로 나아가야 할 때이며, '성매매 여성 문제'로 외교부가 입국심사를 강화해달라고 요청할 정도면 대한민국의 국격은 어떻게 될까.

싱가포르는 일찍이 이데올로기에 자유로운Ideology free 국가로서 국정의 가장 중요한 기준이 되는 것은 싱가포르의 생존과 발전에 필요한 것인가의 여부라는 점을 눈여겨 생각해 볼 일이다.

이웃나라 일본은 16개의 노벨과학상을 받았고 스위스는 우리보다 작은 나라인데도 많은 노벨상 수상자를 배출하고 있다. 세계를 선도할 수 있는 분야를 선택하여 집중적으로 투자한 나라는 이렇게 노벨상도 많이 받게 된다는 것을 과연 우리는 구경만 하고 있어도 되는가를 그 어느 때보다 심각하게 생각해 볼 때임을 간절히 느끼게 된다.

국가의 국제적 위상은 국민 다수의 품격이 모여 만들어지는 결과라고 할 때 국민 개개인의 자발적이고 다각적인 변화 의지가 선결되어야 함을 명심하고 스위스처럼 강대국 틈바구니에서 작은 나라가 생존할 수 있는 법을 깊이 새겨볼 필요가 절실한 때다.

[호국보훈의 달을 맞이하여 2012. 6. 15.]

2장

삶의 지혜

1. 우리의 시민의식, 무엇이 문제인가?

우리는 지금 1인당 국민소득 1만 달러 시대에 살고 있다. 경제 적으로 참으로 놀랍고 자랑스러운 발전을 해왔다. 그렇다면 우리 의 삶의 질이 세계적 수준인가?

최근 유엔개발계획(UNDP)에서 교육, 수입, 평균수명을 종합 해 만든 인간개발지수(HDI)에 의하면 우리나라는 31위라고 하 며, 통계청의 발표에 의하면 우리나라 경제성장은 선진국 수준에 가까워지고 있지만 교육, 환경, 사회보장, 물가수준, 노동시간 등을 망라한 삶의 질로 따져볼 때는 세계 수준보다 크게 열악한 것으로 나타났다.

이러한 통계들은 지난날 우리의 경제제일주의 국가정책에 따 른 결과인 것이다. 우리 사회에서 흔히 볼 수 있는 현상은 경제적 축적을 위해 온갖 방법을 도모圖謀하고 있을 뿐만 아니라 우리가 살아가면서 꼭 지켜야 할 인륜과 도덕, 기본원칙 등도 경제이윤 추구에 방해가 되면 언제든지 쉽게 버리는 일이다.

돈이 많다는 점이 결코 우리의 삶의 질을 결정짓는 그 모든 것들보다 우위에 설 수 없다. 그래서 우리는 흔히 굉장한 부富는 가지고 있으나 인격적으로는 모범이 되지 못하고 황금만능주의에 젖어있는 사람들을 졸부猝富라 하고 결코 수준 높은 삶을 산다고는 하지 않는다.

수준 높은 삶이란 경제력은 있으나 경제력에 얽매이지 않는 균형 있는 삶이라고 하겠다. 즉 자기 이윤과 이익을 사회를 위해 기꺼이 포기할 수 있는 삶이 수준 높은 삶이다. 청렴결백한 공직자가 우대받는 공직사회, 종업원들에게 정당한 대우와 아울러 환경오염 방지에 적극적으로 나서는 기업가정신, 법을 준수하면서도 더욱 기업 활동에 전념할 수 있는 기업 환경 등이 그 나라 국민의 삶의 질을 총체적으로 결정짓는 요소들이다.

한 나라의 삶의 질을 결정하는 요인은 가시적인 경제성장과 보이지 않는 '심성적 요인'이 결합해 결정된다고 볼 수 있다. 그래서 이제 우리는 심성적 요인, 즉 기본과 원칙에 충실하면서 다시 출발할 때임을 인식하자.

경제제일주의에서 비롯된 불법과 탈법, 요령과 임기응변의 시대는 끝났다. 에리히 프롬Erich Fromm의 '건전한 사회The save society'란 인간이 자신의 생활의 주인인 동시에 사회생활에 능동적이며 책임감을 가진 참여자가 되도록 허용하는 사회이다. 건전한 사회는 인간의 단결을 증진하고 사회구성원이 서로 사랑하도록 허용할 뿐만 아니라 사랑하도록 조장하는 사회다.

(1) 직업의 목적

우리 인간은 직업을 통하여 물질과 함께 정신적 보상이나 사회적 지위를 결정해 주는 두 가지 측면을 공유하게 된다. 일찍이 뒤르켐E. Durkheim이 "사회는 인간의 어머니이며, 인간은 사회의 아들이다."라고 말한 바 있지만 우리 인간을 낳고, 기르고, 가르치는 현대 사회는 온통 직업으로 우리를 둘러싸고 있다.

미국의 직업명사전D.O.T에는 4만 5천 개의 직업이 수록되어 있는데 그 중 2만 5천 개는 그 직업에 대해 설명이 붙어 있고 설명 없이 이름만 기록된 것도 2만 개나 된다.

우리나라 노동부에서 발간한 직업 종류도 2만 개가 넘는다. 직업의 세분화는 직업의 전문화를 의미하고 사회 분화와 함수 관계를 이루어 선진국일수록 더욱 많이 분화되어 있다. 직업을 갖지 않은 사람을 실업자失業者라고 하는데 직업을 가지는 목적은 두 가지다.

①생계유지의 수단으로 직업을 가진다. 즉 살기 위해서 직업을 가진다.

②사회적 위치, 사회적 역할을 위해서 직업을 가진다. 직업이란 일정한 사회적 역할의 분담, 혹은 사회적 역할의 계속적인 수행이라고 할 때 직업은 천직이고, 신성한 것이라고 하는 것이다.

우리 각자가 이 세상에 존재하고 있다는 의미는 소유 욕구를 충족하는 데 있는 것이 아니고, 내가 얼마나 다른 사람에게 베풀고 사회를 위해서 기여했는가에 달려 있는 것이다.

누구든지 자신의 생활을 위해서는 일정한 사회적 역할役割을 분담할 의무가 있고, 그 의무가 충실하게 수행되어 전체에 기여될 때 사회는 유지 발전하게 된다.

그래서 직업은 ①생계수단生計手段 이상의 의미를 가지며, ②인간에게 여러 가지 정신적 보상을 줄 뿐만 아니라 사회적 지위를 부여하고 있기 때문에 개인 본위의 보상획득 행위가 아니고 사회적 역할 및 수행의 의미를 가지게 되며, ③이를 통하여 사회 전체에 기여를 전제하고 그 기여를 통하여 인간다운 공동생활을 형성하고 유지하여 질적인 삶을 향상시키는 요인이 되는 것이다.

폴 뉴만이라는 사람은 인간은 태어날 때 자기가 해야 할 일을 함께 지니고 왔다고 했는데 여러분이 하고 있는 일은 스스로 택한 일이라고 할지라도 태어날 때부터 주어진 천직天職일는지 모르겠다.

자기 직업에 긍지를 가져야 한다.

여러분은 손님의 얼굴에 알맞은 안경테에다 시력에 적합한 안경알을 만들어 멋을 내게 할 뿐 아니라 이 세상을 밝게 해주는 빛과 같은 존재이다.

자기가 택한 일에 만족하는 사람은 자기 삶에 보람을 느낄 수 있는 사람이다. 하늘이 준 일터에서 최선을 다하는 태도가 곧 자기의 삶에 보람을 느낄 수 있는 것이다.

⑵ 세계화 정보화시대의 생존전략—살아남기 위해서는 어떻게 해야 하나?

오늘의 시대를 세계화 정보화 시대라고 하는데 그 의미는 세 가지이다.

①모든 것을 다 개방하지 않으면 안 되는 시대—다른 사람에게 보여주기 싫은 것들도….

②사람들의 생활공간이 전 지구적으로 확대—세계의 모든 사람이 민족과 인종에 관계없이 함께 살아가야 하는 시대가 되었다.

③경쟁에서 이기고 살아남기 위해서는 상대방을 잘 알고 그에 대비해야 하는데 가장 으뜸의 대비는 세계 일류가 되는 것이다. 그리하여 우리가 살고 있는 사회를 성숙한 사회로 만들어야 한다. 성숙한 사회는 생산체제가 대량상산, 대량소비 시대가 아니고 특성 있는 소품종 생산시대가 되어야 한다.

⑶ 그런데 우리나라에는 세 가지 큰 문제가 있다

①규격화standardization…60년대 대량생산 시대. 다양함과 특성을 도외시한 상품으로 세계화 시대에 살아남기 힘들다.

②동시화…전파매체는 그 위력이 동시적이다. 지역의 특성을 살려야 한다.

③중앙집권화…구조적 모순이 서울 중심으로 되어 있다. 세상이 변하는데 우리도 달라져야 한다.

서양의 어떤 철학자는 "이 세상의 모든 것은 너무나 빨리 변한다. 다만 변하지 않는 것이 있다면 변하고 있다는 사실이 변하지 않을 뿐"이라고 하였다.

우리는 지금 문명사적文明史的 대변혁기에 살고 있다. 즉 근대화 산업화의 시대가 끝나고 정보화 세계화의 시대로 진입했다. 개인의 삶을 풍요롭게 하고 국가를 부강하게 만들어준 근대화 산업화 시대의 사회발전 원리가 더 이상 적용될 수 없는 새로운 시대가 되었기에 우리는 행복한 삶의 원리(새로운 사회발전의 원리)를 새로 찾아내야 할 때이다.

20세기 산업화시대를 마감하고 21세기 정보화시대로 들어가는 요즈음은 원점에서 다시 출발하는 노력이 절실한 때이다.

ㄱ. 그래서 이제는 삶의 가치기준이 달라져야 한다.

직업이 무엇이냐에 따라 그 사람에 대한 사회적 평가와 대우에 차별을 두는 우리의 잘못된 의식부터 바꾸어야 한다. 독일 어린이들의 희망직종은 상점 주인, 자동차 운전수, 주유소 운영 등등인 데 비해 우리나라의 어린이는 교수, 치과의사 등으로 나타나고 있는 현상은 시사하는 바 크다.

밥상머리 교육이 중요하다. 다시 말해 가정교육이 제일 중요하다. 온 식구가 함께 식사하기 힘든 사회에서 가족 구성원이 해야 할 일들이 있어야 하는데, 직업은 사회적 신분의 표현이 아니라 자기의 재능과 소질을 발휘하는 것, 자기가 하고 싶은 것을 구체적으로 실천해 나가는 것에 있다면, 가족 구성원들은 이에 대한 인식의 전환이 필요한 것이다.

"잘 살아 보자"는 구호만이 정당성을 가졌던 근대화 과정을 겪던 시대의 사고와 행동은 지금 사회가 받아들이지 않는다.

선진국 시민들의 삶의 가치기준으로 돈을 번다는 것은 내 자신이 다른 사람에게 어느 정도 공헌한 대가를 받는다는 의식에 따라 일하고 있다. 농산물도 이제는 고부가가치의 생산품이다. 스위스의 우유가 그 예다. 일본 사람들의 시민의식을 보면 국가는 부유한데 개인은 어려운 생활을 감수한다.

ㄴ. 민주사회의 바람직한 덕목은 공정성公正性이다.

우리는 더 이상 적당주의, 무책임, 부주의를 용납해서는 안 된다. "꿩 잡는 것이 매다. 모로 가도 서울만 가면 된다."는 말들이 통하는 사회가 되어서는 안 된다.

ㄷ. 믿을 수 있는 사회가 되어야 한다.

"정직하면 손해 본다."고 응답한 사람이 전체 응답자의 77%라고 한다.

조선시대 노론의 대표인 송시열이 정적인 허목(당대의 명의名醫)의 인술을 믿었다고 한다. 스승을 믿지 않는 제자는 학문을 할 수 없을 것이다. 의사를 믿지 못하는 환자의 병도 치료될 수 없을 것이다. 이처럼 의심은 친구를 버리게 되고 가정의 파탄을 초래한다. 기업을 믿지 못하는 나라의 경제가 건전할 수 없고, 언론을 믿지 않는 사회에서는 유언비어만 만연된다. 상품과 저울을 믿는 소비자가 있는 사회가 살기 편한 사회이며 선진 사회이다.

ㄹ. 공동체의식이 강한 시민이 되어야 한다.

서로 잘 알면 나쁜 짓 못한다. 공동체의식의 전제조건은 네 가지다.

① 이해심이 있어야 한다.

② 양보심이 있어야 한다.

③ 협동심이 있어야 한다.

④ 책임감이 있어야 한다.

한 예로 일본인들의 시민의식을 보자. 고베 지진 때의 실화들은 우리에게 많은 점을 생각하게 한다. 투숙객들에 대한 종업원들의 목숨 건 서비스 정신과 책임감, "너의 직장은 여기임을 생각하라."는 상관의 말에서 우리는 공동체 의식을 배운다.

그리고 영국 사람들의 더위를 참는 태도와 스위스의 택시기사의 봉사정신에서도 이를 배울 수 있다.

ㅁ. 프로의식—자기 일에 전문가가 되어야 한다.

이 세상에는 두 종류의 인간이 살고 있다.

① '무엇을 해야 하는가라'는 당위當爲를 먼저 생각하는 인간

② 나는 무엇을 할 수 있는가 하는 자기 능력을 먼저 점검해 보

는 인간

세계는 바야흐로 대량생산, 대량소비의 시대가 아니고 다품종 소량생산의 시대가 되었기 때문에 세계 제1의 상품이 아니고는 안 된다.

여러분의 업체를 대표하는 상표, Trade mark는 무엇입니까?

프로가 되기 위해서는 인내심이 있어야 한다. 천하의 일인자가 되기 위해서는 피나는 노력과 남다른 희생정신도 있어야 한다. 다른 사람이 인정하는 실력이 있어야 한다. (영국의 택시기사는 프로로 인정받는다.)

경쟁과 대립, 갈등의 현대사회에서 살아남으려면 우리가 각자 참신한 창의력concept, 업무추진능력competence, 바람직한 인간관계connection의 3C를 형성해야 한다.

밀J. S. Mill은 "신념을 가진 한 사람은 이익밖에 모르는 99명에 맞먹는 사회적 역량을 가졌다."고 하였다.

일찍이 노자老子는 화禍가 생기는 것은 만족을 모르는 데서 비롯된다고 하였으니 적당히 만족할 줄도 알아야 한다. 자기만족을 위해 남을 해치는 삶은 참인간의 삶이 아니다.

내가 자주 인용하는 말이지만 꿀벌의 생활 모습을 한 번 생각해 보면 온갖 꽃에서부터 꿀을 빨아먹지만 꽃의 색깔이나 향기는 조금도 해치지 않는다.

또한 인생의 가치란 훈장의 수효나 은행 잔고로 측정되는 것이 아니다. 이제 우리의 삶의 태도는 방향이 정해졌다. 주어진 일은 세계 일류로 철저히 해내는 자세, 나의 삶은 남의 삶에 도움이 되고 사회에 공헌된 삶이라야 한다는 것이다.

[1996. 6. 2. 부산광역시 안경사협회 회원 교양교육]

2. 삶과 행복

I. 삶에는 연습이 없다

1996년의 우리나라는 경제개발이 본격화된 지 30여 년 만에 1인당 국민소득 1만 달러 시대, 국내 총생산 규모가 세계 11위라고 합니다.

이제 우리도 어떻게 사는 것이 진정으로 사람답게 사는 것이며, 어떻게 해야 그렇게 사는 사회를 만들 수 있겠는지 진지하게 고민해 볼 때인 것 같습니다. 특히 삶에는 연습이 없기 때문에 더욱 고민스럽지요.

오늘날 우리는 가장 편리한 시대에 살고 있으면서 가장 위험한 시대에 생활하고 있습니다. 또 물질적으로 가장 풍요로운 시대에 살고 있는가 하면 도덕적으로 정신적으로는 가장 빈곤한 시대에 살고 있습니다.

이제 우리 인류가 당면하고 있는 상황 여건에서 안보의 개념이 무력에 의한 영토나 국가의 안보가 아니라, 개발에 의한 개인과 국민의 안보, 즉 인간의 안보human security로 바뀌어야만 한다는 것입니다.

1994년 UNDP유엔개발계획에서 펴낸 〈인간개발보고서〉는 인간안보라는 새로운 의미심장한 용어를 만들어냈으며 이 보고서에 거론된 인간안보人間安保의 범주는 음식과 주택과 물과 의료의 기본적인 것에서부터 인권과 민주주의와 법의 지배 등을 확고히 하는 정치적 안보, 고용과 일정 수준 이상의 소득을 보장하는 경제적 안보, 더 이상의 오염을 막는 환경안보環境安保, 문화와 종교와 민족과 인종의 차이를 인정하는 공동체 안보, 범죄나 사고로부터 사회의 구성원을 보호하는 개인의 안보에 이르기까지 인간의 삶의 다양한 측면들을 두루 포괄하고 있습니다.

한 마디로 이제 삶의 질을 높이는 데 초점을 맞춰야 한다는 것입니다.

피상적인 수치이지만 현재 세계 인구 56억 6천만 가운데 절대빈곤에 시달리는 사람이 13억이고, *실업자가 1억 2천만이고, 28억의 취업자 중 생계비에 못 미치는 일자리를 가진 사람이 7억이며, *80년대 후반 5년 동안 일본의 마약 관련 범죄는 3천% 증가하였고, 미국인의 마약 구입비 총액은 80개 개발도상국의 총수입을 초과한다는 것입니다.

*전 세계 7억 인구가 영양실조에 시달리고 있고, *가난한 나라들에서 매년 1400만의 어린이들이 충분히 고칠 수 있는 질병

으로 죽어가고 있습니다. *10억의 여성이 마약이나 진정제를 복용하고 있고, *10억의 세계 문맹자들의 3분의 2가 여성이며, *부국들의 연간 군사비지출은 전 세계 20억 빈민의 연간소득과 같고, 전 세계의 연간 군사비 지출 8천억 달러는 전 세계 인구 절반의 수입과 같습니다.

*지난 10년간 무력 충돌로 150만 이상의 어린이가 사망했고, 최근 전쟁 중 사상자의 90%는 민간인입니다. 참으로 우울한 수치들입니다.

과연 우리는 어떻게 살아가야만 행복한 삶이 되겠습니까?

독일 사람들은 질서, 부지런함[勤勉], 철두철미한 국민성을 자랑하고 있습니다. 우리는 어떤 국민성을 자랑하면 되겠습니까.

한국인의 정신적 기초는 정직과 성실이 되어야 하겠습니다.

우리 주위에 일어난 대형 사고들, 열차 전복 사고, 서해 훼리 침몰사고, 비행기 추락사고, 성수대교붕괴, 서울·대구 도시가스 폭발사고, 삼풍백화점 붕괴 사고 등 정말 생각하기도 싫은 엄청난 사고들, 이러한 사고들은 우리의 정신적 기초에 정직과 성실이 부족하였기 때문입니다. 그 결과로 부정부패가 만연하고 물질 위주의 황금만능주의를 낳았고, 그래서 돈이 제일인 사회를 만들어냈습니다. 돈을 벌기 위해서는 수단과 방법을 가리지 않는 부정과 부패가 만연하고, 그 안에서 인간 부재의 전도된 가치관

을 낳았고, 그것이 그런 엄청난 인재人災로 인한 붕괴사고를 연발
시킨 것입니다.

돈이 앞서고 인간이 잊혀진 사회, 이른바 한국병이라는 부정
부패로 위에서 아래까지 깊이 병들어 있는 사회, 이것이 우리가
살고 있는 우리 나라이고 우리 자신이라 할 수 있습니다.

영국의 유명한 극작가이자 평론가인 버나드 쇼와 어느 정신박
약자가 함께 배를 타고 바다를 건너가다가 풍랑을 만났는데 구
명대는 하나뿐이었습니다. 둘 중에 한 사람만이 살 수 있습니다.
이 경우 인류에 공헌할 '쇼'가 살아야 할까요, 아니면 아무 것도
할 수 없는 정신박약자가 살아야 할까요?

정신박약아를 살려야 한다고 할 때 그 행위는 휴머니즘과 인간
애를 현실로 증명해 주는 행위로 그 사랑은 큰 사랑일 것입니다.
그러나 쇼는 살아서 인류에게 공헌할 수 있기에 공헌하지 못하는
정신박약자는 희생되어야 한다는 가치판단이 있을 수 있습니다.

쇼를 살린다는 것은 일종의 엘리트사회 지향입니다. 약자의
생명을 짓밟고 일어선 쇼의 인생관은 무엇이겠습니까? 정신적으
로 육체적으로 약한 자는 사회발전에 구체적으로 이바지할 수 없
는 자이므로 도태되어야 한다는 것입니다. 약육강식의 사회는 극
도로 이기적인 사회가 되고 그런 사회가 추구하는 문명은 사람다
움이 없습니다. 타고난 두뇌와 지성은 있어도 마음과 정신은 없
습니다. 혼이 없는, 마음이 메마른 사회로 전락될 것입니다.

우리는 어떤 가치관에서 살고 있습니까?

우리는 인간적인 인간이 되느냐, 동물적인 인간이 되느냐 하는 갈림길에서 어느 길을 택할 것입니까? 여기에 있는 우리는 모두가 참 사랑을 갈구하며, 우리 주위가 그렇지 못한 데 대하여 마음 깊이 슬퍼하고 괴로워하면서, 인간다운 삶과 진실한 사랑이 있는 삶을 희구하고 있을 줄 압니다.

II. 삶의 유형

오늘의 사회는 혈통사회血統社會에서 능력사회能力社會로 바뀌어 가고 있기 때문에 성공의 윤리가 혈통에서 능력 위주로 바뀌었습니다. 이익이 없으면 배척하는 사회로 변하여 이익을 주지 않으면 이웃이 될 수 없는 각박한 사회가 되고, 어른이 여럿이 있는 사회로 변화되어 갑니다. 과거에는 할아버지 한 사람을 중심으로 형성된 가정이었는데…….

우리는 어떤 유형의 삶을 영위할 것인가? 다시 말해서 가치(마음)를 어디에 둘 것인가가 중요합니다.

1) 이솝 우화의 이야기

이솝 우화에는 이를 시사하는 이야기가 들어 있습니다. 소금을 싣고 장에 가는 나귀가 개울을 건너다 발이 미끄러져 물에 빠졌습니다. 다시 일어선 나귀는 짐이 가벼워져서 기분이 좋았습니다.

얼마 후 이번에는 솜을 싣고 같은 개울을 건너게 되었습니다. 지난번의 기억을 되살린 나귀는 미끄러지지도 않았는데, 일부러 물속에 주저앉아 버렸습니다. 그러나 물을 머금은 솜이 이만저만 무겁지 않아서 그 자리에서 끙끙대다가 일어서지도 못하고 죽어 버렸습니다. 편안한 것만 꾀하는 사람의 삶의 유형을 매섭게 질타하는 이야기입니다.

2)움직이기를 좋아하는 자와 가만히 있기를 즐기는 자, 가만히 있는 것 같으면서도 끊임없이 움직이는 자가 보는 세상 역시 저마다 다를 수밖에 없습니다.

움직이기를 좋아하는 자는 작은 변화에 촉각을 곤두세우고 그로 인해 마치 온 세상이 달라진 양 호들갑을 떱니다. 가만히 있기를 즐기는 자는 세상은 원래 그런 거라며 크고 작은 변화를 다 무시해버리는 초연한 자세를 취합니다. 겉보기에는 가만히 있는 것 같으나 실은 끊임없이 움직이는 자는 작은 변화에 호들갑을 떨지도 않지만 그렇다고 그것을 무시하지도 않습니다. 크건 작건 모든 변화는 사람들의 삶에 영향을 미치고 그런 만큼 삶이나 운동의 조건도 달라지는 것을 알기 때문입니다.

3) 수준 높은 삶을 영위해야 한다.

수준 높은 삶이란 경제력은 있으나 경제력에 얽매이지 않는 균형 있는 삶이라고 하겠습니다. 즉 자기 이윤과 이익을 사회를 위해 기꺼이 포기할 수 있는 삶이 수준 높은 삶입니다.

청렴결백한 공직자가 우대받는 공직사회, 종업원들에게 정당한 대우와 아울러 환경오염 방지에 적극적으로 나서는 기업가 정신, 법을 준수하면서도 더욱 기업 활동에 전념할 수 있는 기업환경 등 이 모든 것들이 그 나라 국민의 삶의 질을 총체적으로 결정짓는 요소들입니다.

경제제일주의에서 비롯된 불법과 탈법, 요령과 임기응변의 시대는 끝났습니다. 이제 우리도 건전한 사회의 일원으로서 기본과 원칙에 충실하면서 다시 출발할 때입니다.

건전한 사회란 인간이 자신의 생활의 주인인 동시에 사회생활에 능동적이며, 책임감을 가진 참여자가 되도록 허용하는 사회입니다. 건전한 사회는 인간의 단결을 증진하고 사회구성원이 서로 사랑하도록 허용할 뿐만 아니라 사랑하도록 조장하는 사회입니다.

III. 행복한 삶을 위하여

인간은 행복을 추구하는 존재입니다. 행복을 찾기 위해서는 공정하고 건전한 사회에서 요구되는 규범의 준수를 기본으로 하고, 개성과 소질을 잘 살려야 하며, 내면적 가치에 우위를 두어야 하는데 가장 중요한 가치는 사랑입니다.

그렇지만 행복은 눈으로 확인할 수 없는 것이기에 무엇이 또 어떤 것이 행복인지를 단언할 수 없습니다. 행복에 대하여 사람마다 생각하고 느끼는 점이 다르기 때문에 행복은 가변적이어서 객관적인 기준이 없는 것입니다.

그래서 프랑스의 작가 앙드레 지드는 "행복이란 기성복이 아니라 맞춤복과 같은 것이다."라고 했는지도 모르겠습니다. 행복이란 절대적이고 객관적인 개념이 아니라 상대적이고 주관적인 개념인 것입니다.

이처럼 행복이 상대적이고 주관적인 개념이라고 한다면 행복의 잣대는 사람마다 다를 수밖에 없는 것입니다.

일반적으로 행복을 일종의 만족감滿足感이라고 한다면 만족감을 얻을 수 있도록 노력하면 될 것입니다.

행복을 만족한 삶이라고 할 때 만족은 인간욕구가 충족된 상태를 말합니다. 사람의 욕구를 크게 세 가지로 구별해 보면 ①소유욕구 ②지배욕구 ③사랑의 욕구로 분류될 수 있습니다. 소유 욕구는 끝이 없고(우리나라 사람들은 예로부터 치부의식致富意識이 강하여 숟가락에 수복壽福이라는 글자를 새겨놓을 정도), 지배욕구支配欲求도 한이 없습니다.

사랑의 욕구도 굉장한 것입니다. 사랑의 본질을 인간학적으로 말하면 고통, 죽음도 대신하고 싶은 심정일 것입니다. 성서에서 "행복하여라, 마음이 가난한 사람들은 하늘나라가 그들의 것입니다(마. 5장 3절)."로 기록하고 있듯이 얼마나 사랑했기에 자기의 것을 전부 다 주고도 더 주고 싶은데 줄 것이 없음을 예수님은 "마음이 가난하다."고 표현했을까요?

행복이란 만족한 삶인데, 만족하려면 인간의 소유욕구가 이루어져야 하고, 지배욕구가 성취되어 사랑하고 싶은 사람에게 내가 소유하고 지배한 모든 것을 주고서도 더 주고 싶은데 더 줄 것이 없어서 마음이 가난한 상태에 도달했을 때만 인간은 행복하게 되는 것이라고 합니다.

우리 각자의 삶이란 소중히 간직하고 있는 꿈을 이루어가는 과정이라고 생각할 때 우리 각자가 간직한 값진 꿈을 실현하기 위하여 어떻게 사는 것이 행복한 삶이겠습니까?

1) 미소를 지으면서 많은 것을 다른 사람에게 베풀어 가는 삶이 행복한 삶이다.

지난여름 휴가 때 우리 국민들이 사용한 휴가비는 1조 2천억 원이었다고 합니다.(1996년 10월 24일자 조선일보) 이에 비해 우리 주변에는 의지할 곳도 없고 자기 힘으로 얻어먹을 수 없어 길가에서, 다리 밑에서 말없이 굶어죽고 병들어 얼어 죽는 사람이 1년에 2만 명 정도라고 합니다. 성서에 "얻어먹을 수 있는 힘만 있어도 주님의 은총임을 깨달아야 한다."는 말이 있습니다. 여기에 계시는 여러분은 은혜와 평강을 받은 행복한 사람임을 다시 한 번 감사하게 생각해야 합니다.

일찍이 데카르트는 "선한 마음을 갖는 것만으로 충분치 않다. 중요한 것은 그것을 훌륭히 이용하는 것이다"라고 했습니다. 맹자는 부세富歲에 자제다뢰子弟多賴, 즉 풍년들어 넉넉한 시절에는 자식들이 모두 게으르고 나약해지기 쉽고, 흉세凶歲에는 자제다폭子弟多暴, 즉 흉년들어 쪼들리는 시절에는 자식들이 거칠고 포악해지기 쉽다고 하였습니다.

이 세상은 사필귀정事必歸正이지 거저 되는 것은 하나도 없습니다. 자녀들의 사정을 보더라도 인간은 정성에 감동되는 동물입니다. 여식女息 교육이 잘못되면 남의 가정 망치고 남자아이 교육이 잘못되면 자기 가문 망친다는 말이 전해 오고 있습니다.

이 세상을 살면서 죽을 때까지 인류가 살아가는 데 필요한 한마디 말만 남기고 죽어도 크게 기여하는 것입니다. 평생을 지개를 져서 번 돈으로 학교를 만들어 못 배운 한을 풀어준 인천의 대성학원 이사장의 삶과 평생을 김밥 장사하여 번 돈 수십 억을 대학 발전에 희사하고 타계하신 부산의 할머니의 삶. 행복은 내 마음속에 있는 것이지요.

2)당당한 삶의 모습을 가면으로 치장한다고 해서 세월의 흐름을 막을 수야 있겠습니까?

진리에는 반드시 따르는 자가 있고 정의는 반드시 승리하는 날이 있습니다.

한 개인이 반성할 때 몸과 마음을 새롭게 닦을 수 있고, 한 가정이 반성할 때 화목和睦이 뒤따르고 한 국가 사회가 반성할 때 평온과 발전이 무리 없이 이루어집니다.

3)시간을 낭비하는 죄를 짓지 않아야 행복한 삶을 영위할 수 있습니다.

우리 인간에게 가장 공평하게 주어진 것이 있다면 하루 24시간입니다. 하루 24시간은 빈부귀천 남녀노소 구분 없이 공평하게 주어졌습니다. 사람이 80년을 산다고 할 때 이를 시간으로 환산하면 약 70만 시간이 되는데 유년기를 제외하고 22세에 사회진출을 한다고 볼 때 50만 시간이 됩니다. 여기서 일하는 8만 시간과 출퇴근 시간에 3만 시간을 합하면 11만 시간, 잠자는 데 1일 7시간 반으로 계산하면 16만 시간, 식사 목욕 등의 소요시간 7만 시간을 빼면 한평생의 자유 시간(여가)은 16만 시간입니다. 이 자유 시간을 어떻게 활용하느냐에 따라 풍요로운 삶이냐, 허망한 삶이냐 하는 것으로 갈라지게 됩니다.

미국 태프트대학의 어네스트 '허트만' 교수는 수면시간과 성격을 비교 연구했습니다. 그 내용을 보면 하루 수면시간이 평균 6시간 이하인 사람은 ①정력적 ②야심적 ③외향적 ④결단력 ⑤처세술이 좋고 ⑥불평불만을 적게 합니다. 반면 하루 평균 9시간 이상인 사람은 ①내향적 ②우울증세 ③체력 허약 ④정신의 안정도가 낮고 ⑤협조성 결함 ⑥정치·사회문제에 비판적이고 ⑦사물에 대해 구질구질한 생각을 갖는다고 했습니다. 하루 24시간을 얼마나 효과적으로 쓸모 있게 사용하느냐에 따라서 행복한 삶을 영위하거나 영위하지 못하는 잣대가 될 것입니다.

결론으로 행복한 삶이란 어떤 것인지 살펴볼까요? 소유, 지배, 사랑 중 소유하기를 일삼는 사람은 소유하기는커녕 소유당하고 지배당하고 사랑하지도 못하게 됩니다. 또 지배를 일삼는 사람도 지배하기는커녕 지배당하고 말지요.

반면 이 세 가지 중 베푸는 일, 즉 사랑하는 것을 일삼는 사람은 베푸는 것만큼 소유하고 지배할 수 있는 인격자로 성장됨을 깨달아야 합니다. 소유와 지배보다는 베푸는 것, 이것이 바로 행복으로 가는 길이고 베풂으로써 얻게 된다는 것을 인식할 때 우리의 참삶의 행복의 길은 베푸는 삶밖에 없는 것입니다.

일찍이 사마천司馬遷은 "아는 것이 어려운 일이 아니라 어떻게 해서 그 아는 바를 실천에 옮기느냐 하는 것이 어려울 뿐이다."라고 하였습니다. 일찍이 맹자는 화가 생기는 것은 만족을 모르는 데서 비롯되는 것이라고 하였습니다. 우리 삶의 과정에서 어느 정도 만족할 줄도 알아야 하고 자기만족을 위해 남을 해치는 삶은 참인간의 삶이 아닌 것입니다. 꿀벌의 생활 모습을 생각해 보세요. 온갖 꽃에서부터 꿀을 빨아먹지만 꽃의 색깔이나 향기는 조금도 해치지 않습니다.

아리스토텔레스의 지적처럼, 행복은 자신에게 만족하는 사람의 것입니다. 인간의 자아가 품위가 있고 풍성하다면 아마도 가난한 지상에서 얻을 수 있는 가장 행복한 상태를 향유하는 것이라고 할 수 있겠습니다.

인생의 가치란 훈장의 수효나 은행 잔고로 측정되는 것이 아니지요. 나의 삶은 남의 삶에 도움이 되고 사회에 공헌된 삶이라야 한다는 것입니다.

[1996. 11. 20. 경성대학교 무역대학원 가족대학 특강]

민주화民主化를 위한 국민들의 염원이 그 어느 때보다 강한 것을 우리 사회 어디에서나 느낄 수 있다. 우리 대한민국은 누가 뭐라고 하더라도 민주주의의 토착화土着化가 당면 과제이다.

이를 위해서는 우리 모두의 생활자세가 먼저 민주적이어야 할 것이다. 민주적인 생활 자세는 곧 우리 각자의 정신자세에서 연유되는 것이다.

마음자세라고 하면 유명한 실학자 담헌湛軒 홍대용洪大容 선생의 말씀이 생각난다. 그는 버려야 할 마음자세로 먼저 교만하고 뽐내는 마음, 즉 긍심矜心을 들고 있다. 긍심이 지나치면 남의 생각과 주의주장을 정면에서 부인하게 되고 남의 의견을 들어주는 아량과 타협의 태도를 잃게 된다고 하였다.

다음으로 남과의 경쟁에서 기어코 이겨야 한다는 마음, 승심勝心을 지적하였다. 이러한 마음이 강하면 경쟁의 사회생활 속에서 정당성, 합법성은 뒤로 미루어지고 적당주의, 편의주의가 앞서게 되어 승리를 위해서는 수단과 방법을 가리지 않고 순리적으로 어떤 문제를 풀기 어렵게 된다는 것이다.

또한 권력을 잡으려는 마음, 즉 권심權心을 지적하였다. 이러한 마음은 어떤 집단이나 조직의 우두머리가 되어 이를 이용하여 다른 사람을 복종시켜 보겠다는 마음을 뜻하고 권심이 극에 달하면 그 집단의 구성원에 대하여 봉사한다는 숭고한 정신은 없고 권력만을 남용하려 한다는 점을 지적하였다.

마지막으로 그는 이익을 추구하는 마음, 즉 이심利心을 들고 있다. 이러한 마음에 사로잡히면 사회가 혼탁하게 되고 부정부패라는 난치의 병균이 사회를 병들게 한다는 것이다.

항도로타리회원 여러분은 사회적으로나 국가적으로 볼 때 귀한 사람의 의무, 노블레스 오블리주Nobless oblige를 다하는 위치에 있습니다.

이제 민주화를 위한 역사적 전환기를 맞이한 오늘의 시대 상황 속에서 우리 모두의 자세는 지나친 긍심, 승심, 권심, 이심을 버리고 겸허한 자세로 자기의 본분을 성실히 이행할 때 민주화는 성취되어 간다는 점을 명심합시다.

항간에는 돈 가지고 못할 것이 있느냐, 권력을 가지고 못할 것이 무엇이 있겠는가 하는 말이 없지 않습니다. 이런 말들은 민주화를 이룩하려는 우리에게는 없어도 될 말들입니다.

민주적 시민생활을 영위하는 데 필요한 올바른 자세는 자기 자신을 기준으로 하지 않고 객관적인 가치추구를 위해서 보다 긴 안목이 필요할 때입니다. 나보다는 직장, 직장보다는 사회를, 나아가서 국가를 위해 생각해야 할 때입니다.

민주주의란 인간의 존엄성을 기본원리로 하고 있는 정치제도입니다. 따라서 다른 사람을 귀하게 여기고 칭찬하고 아껴주고 높여줄 줄 아는 사람이 요청되는 사회가 민주사회이기 때문에 항도로타리회원 모두는 남을 위해 봉사하고 다른 사람을 위해 무엇인가를 남기는 사람이 되어야겠습니다.

이를 위하여 우리 모두는 한국에서 민주주의 토착화를 이룩하는 데 귀한 사람의 의무를 다하는 선봉자가 되기를 바랍니다.

[1987. 9. 23. 부산항도로타리클럽 주회 모임에서]

4. 현대 한국문화의 변화 발전과 우리 삶의 태도

I. 현대 한국문화의 변화 발전

(1) 정情의 문화에서 힘의 문화로 변동

한국의 전통사회는 마을공동체를 일상생활의 기본단위로 하는 사회였다. 이런 사회의 상호작용의 범위와 대상은 혈연血緣과 지연地緣으로 맺어진 동질적인 사람들이었기에 이때의 사회관계는 연緣을 기초로 한 정적인 관계의 틀에 의존하는 것이었다.

그래서 한국인들은 처음 만나는 사람도 가까워지려면 흔히 부자父子의 의義나 형제의 의를 맺어 가족적 유대를 성립시키려 하였다. 이러한 한국인의 정의 문화는 인본주의, 평화주의, 자연주의 등의 기반을 이루기도 하였다.

이와 같은 정의 문화가 서구문화의 충격을 받게 되자 힘의 문화로 변화하게 되었는데, 현대산업사회로 발전됨에 따라 한국인들에게는 정의 문화가 성장의 신화와 출세주의, 물질주의 등의 가치지향이 이루어지게 되었다.

(2) 힘의 문화에서 이성의 문화로의 지향

80년대 이후의 한국사회는 성장과 분배의 균형, 관주도에서 민간주도로의 성장, 타율에서 자율과 참여로, 권위주의에서 합리주의로의 변화가 일어나게 되자 힘을 추구하고 힘의 지배를 추종하는 문화로부터 탈피하여 성숙한 시민사회와 산업사회의 사회윤리를 정립해 나가야 할 단계에 이르게 되었다.

민주적인 시민사회가 될 수 있기 위해서는 힘의 문화를 극복하는 새로운 문화적 대안을 추구하지 않으면 안 되었다. 그 대안으로는 이성의 문화가 적합한 것이라 하겠다. 왜냐하면 인간의 이성은 힘을 신봉하지 않고, 충동과 본능, 감정과 욕망을 스스로 통제하면서 합리적으로 행동할 수 있는 능력을 가지고 있어서 이것이 사회적 통합의 원리가 될 수 있기 때문이다.

Ⅱ. 우리 사회의 현실은 어떻습니까?

(1) 배금주의拜金主義가 팽배한 사회

소크라테스는 "사람들이 돈을 더 존경할수록 덕德은 무시되게 마련이고 부富와 덕德은 저울의 양끝과 같아서 한 쪽이 존경을 받으면 다른 한 쪽이 내려간다."고 하였다.

(2) 각종 사기 詐欺 부정부패가 조직화 대형화 은밀화 隱密化 하는 현상

경남경찰청의 범죄시계에서 4분 42초당 한 건씩의 각종 범죄가 발생하고 살인은 나흘마다 발생하고, 살인, 강도, 강간 등 이른바 5대 강력범죄는 21분 52초당 한 건씩 발생하고 있는 것으로 조사되었다.

(3) 향락, 퇴폐 頹廢 로 치닫는 사회 현상

향락업소 17만 곳에서 일하는 매춘여성이 65만 명이나 되고, 어느 지역의 가정주부 64%가 이혼 충동을 느낀 바 있다고 조사되었다. 우리나라 강간 범죄 50%가 10대 청소년들에 의하여 저질러지고 있으며, 10대 미혼모 수가 날로 증가하여 미숙아, 정박아, 신체장애자 중에는 입적이 되지 않아 학교 교육을 받을 수 없는 경우도 있다.

(4) 과소비와 사치풍조 奢侈風潮

프랑스의 정신의학자 '장 아데' 박사는 무분별한 과다 구입은 병적인 현상이라고 하였다.

III. 우리의 생활 자세는 어떻게 달라져야 하나?

변화와 개혁이란 질과 짜임새를 바꾸고 삶의 태도와 생각의 틀을 한 차원 높이자는 것이다. 이것은 바로 의식개혁意識改革이다. 의식개혁이란 스스로 새로워지겠다는 각성, 사고방식의 전환, 자기 잘못부터 고쳐야 하겠다는 윤리적 성찰과 함께 일상생활과 행동의 구체적인 변화라는 세 가지를 한꺼번에 진전시키는 작업이다. 국제화와 변화의 시대에 대처하여 우리 삶의 질을 한 차원 높이고 후기 산업사회에 살아남기 위해서는 다음 네 가지가 필요하다.

(1)자신에게 주어진 역할을 다하려는 생활 자세가 확립되어야 한다.

(2)천직天職의 신념으로 맡은 일을 완수하는 생활자세가 필요하다.

(3)법과 질서가 지켜지는 사회를 만드는 데 앞장서는 사람이 필요하다.

(4)대강대강 해치우는 생활습관에서 빨리 벗어나야 한다.

다른 사람과 더불어 사는 우리 사회에서 인간의 삶에 가장 바람직한 생활 태도는 내가 다른 사람에게 어떻게 봉사하고 공헌할 것인가이다. 그래서 한 개인이 반성할 때 몸과 마음을 새롭게 닦을 수 있고, 한 가정이 반성할 때 화목이 뒤따르며, 한 국가 사회가 반성할 때 평온과 발전이 이루어진다.

[1986. 9. 4. 경성대학교 무역대학원 특강]

5. IMF시대의 기독교인의 자세

IMF시대에 우리의 실천은 소유 욕구의 충족이 곧 행복이라 믿는 이들에게 세상의 모든 것은 일장춘몽에 지나지 않는다는 사실을 일깨우고 잘 살기에 앞서 바로 살아가는 방향을 제시해줘야 한다.

IMF 구제 금융으로 인해 전체 국민이 고통을 받고 있는 이때, 우리는 먼저 왜 IMF시대에 접어들었고 어떤 특성을 가지고 있으며 이 시대를 맞이해 우리가 반드시 해야 할 일이 무엇인가에 대해 깊이 생각해야 한다.

이 시기는 미국이 가장 영향력을 발휘하는 시기로 금융조건이 까다롭다. 채권국, 채무국의 조건을 다 뵈준다고 하면서 상반된 모습으로 채권국을 중심으로 이끌어 가는 것이 IMF이기 때문이다. 이러한 특성을 지닌 시대를 IMF라 하여 국가 부도의 시대, 경제식민지 시대라고 말한다.

그렇다면 해결 방안은 무엇인가!

위기를 도전과 성공의 기회로 삼는 것이다. 그것은 기독교 신자들이 선두주자가 되어야 한다.

얼마 전 경제고통지수 조사에서 부산이 전국 1위로 나타났으며 그 중 부산 시민의 40%가 가족 실직의 고통을 받고 있는 것으로 나타났다. 또 보도에 의하면 부산에서 하루 2~3명이 자살하고 있다는데 이 서글픈 현상의 책임이 정치인에게 있다고 따질 것이 아니라 국민 각자의 생활 패턴과 삶의 자세에서 온 것임을 깨달아야 한다.

'절약節約'이라 말하는데 평소에 절약하면 절약할 것이 없으며, IMF보다 더 큰 어려움이 와도 끄떡없다.

여러 가지 삶의 유형이 있으나 미래지향형의 삶이 가장 좋은 삶인데 지금까지 우리는 우선 맛있는 곶감만 먹으려 한 현재지향형으로 살아왔다.

인간은 미래지향형으로 좋은 끝, 즉 죽음을 잘 맞아야 한다는 것이다. 그리고 경제정책에 있어서 변화를 꾀해야 한다.

첫째, 팽창주의의 기업경영방식의 대수술이 있어야 한다. 기업체의 구조조정은 10개 회사면 10개 다 살리는 것이 아니라 주류 회사만 살리는 것이다. 대학도 마찬가지이고, 경제계뿐 아니라 모두가 다 구조조정을 해야 한다.

둘째, 정부가 지나치게 관을 통제·규제하는 것을 완화해야 한다.

셋째, 노동시장의 경직성이 와해되어야 한다.

그러면 이 시대에 기독교인과 교회는 어떤 역할을 해야 할 것인가! 믿음으로 세계를 재정립해야 한다. 우리나라가 이렇게 되기까지 기독교가 아무 일도 하지 못했다면 믿음의 세계를 재점검하고 반성해 볼 필요가 있다.

기독교인은 아무나 되는 것이 아니다. 기독교사에 보면 우리 선조들은 목숨을 걸고 믿었던 것을 볼 수 있다.

아무든지 나를 따라 오려거든 자기 십자가를 지고 나를 따르라고 했다. 기독교인은 주님의 길, 십자가의 길을 걸을 각오가 되어 있어야 한다.

또한 남을 위한 개인주의를 실천하는 사람, 대가를 바라지 않는 근로봉사의 정신을 가지고 있어야 한다.

그리고 현재의 IMF 시대에 기독교인이 반드시 실천해야 할 것은 소유 욕구가 충족되면 행복해지는 것이 아님을 알고, 이러한 의식을 가진 이들에게 세상의 모든 것은 일장춘몽에 지나지 않음을 일깨움과 함께 잘 살기에 앞서 바르게 살아가야 할 방향을 제시해 줄 수 있어야 할 것이다.

또한 교회는 정의의 나침반을 똑바로 가지고 바른 방향을 향해 전진하고, 금권만능주의에 시달리는 사람을 살려야 한다. 법 따로 관행 따로, 뒤엉킨 한국병을 바로 고쳐 나가야 한다.

무엇보다 세상으로부터 손가락질을 받지 않는 교회와 교인이 요구된다. 이 어려운 시기에 믿을 것이 없다고 한탄하는 이가 많다. 이때 길이요 진리 되신 예수님을 믿을 수 있도록 복음의 문을 열어주어야 한다.

따를 지도자가 없다고 하는 이도 있다. 이때 우리는 참된 지도자인 주님을 따라 갈 수 있도록 협력해야 한다. 부를 노래가 없다고 말하는 이 있다. 찬송을 부르며 행복한 삶을 살 수 있다고 일러주는 그런 기독교인이 되어야 할 것이다.

[한국기독신문. 1998. 5. 23일자. 경성대학교 대학원장. 동래중앙교회 안수집사]

6. (주)동방 40년사 발간 기념 축사

주식회사 동방엔지니어링종합건축회사 창설 40년사 발간을 진심으로 축하하는 말씀을 먼저 드립니다.

평소 존경하는 허하구 회장님이 우리나라 건축문화 창달을 위해 불철주야 노력한 업적들을 한 권의 책으로 엮어낸 뜻 깊은 기념의 자리에서 축사의 말씀을 드리게 됨을 영광으로 생각합니다.

1950년대 서울 명동에서 한 사람을 두고 세 번 놀랐다는 이야기가 유행한 적이 있습니다. 그 사람의 뒷모습에 깜짝 놀라고, 다음은 앞모습을 보고 두 번째 놀라며, 그 사람의 부친이 당시 야당의 최고 지도자라는 사실에 세 번째 놀랐다고 합니다.

나는 허하구 회장님을 뵌 지는 지금부터 20여 년 전이었습니다. 서로 다른 분야에서 사회생활을 해온 처지라 고향 선배인 줄도 그때 알았습니다.

가까이서 뵙고 한 달에 한 번씩 취미활동도 같이 하게 되면서 동방엔지니어링이라는 회사가 어떤 일을 하는 회사인지 물어보았더니 건축 관계 업무를 주로 하는 회사라고 하기에 나는 의아해 하지 않을 수가 없었습니다.

왜냐하면 건축 관계 업무라면 건설 현장과 관련되지 않을 수 없고 건설 현장이라면 어딘지 모르게 거칠고 활달한 업무추진이 이루어지는 곳이라고 여겨지는데 허 회장님으로부터 받은 인상과 풍기는 뉘앙스가 전혀 달랐기 때문입니다.

그 모습에서나 대화에서나 너무도 조용하고 온화함 그 자체이기 때문이었지요. 주식회사 동방東邦은 우리 부산에 있으면서도 우리나라 굴지의 회사, 세계적인 회사와 협력관계를 맺고 전국 방방곡곡의 이름 있는 공장을 건립하는 설계와 감리를 맡아 일하고 있다는 말씀을 듣고 놀라지 않을 수 없었습니다.

조용한 가운데 할 일을 다 하고 뜻하는 바를 이룩하는 사람, 우리의 고사성어로 진광불휘眞光不輝, 즉 참된 불은 번쩍거리지 않는다는 말이 있듯이 허 회장님이야말로 진정 정중동靜中動의 인물임을 새삼 알게 되었습니다.

다음으로는 허 회장님께서는 우리나라 농경시대農耕時代에 태어나 아주 어려운 시기를 겪으면서 "가난이 낮은 지위에 대한 전래의 물질적 형벌임을 맛보았을 것이고, 일본 시대를 보내면서 무시와 외면은 속물적인 세상이 중요한 상징을 갖추지 못한 사람들에게 내리는 감정적인 형벌"임도 알게 되었을 줄 믿습니다.

30대에 회사를 창건하여 물질적인 어려움도 수없이 만났을 것인데 자신이 설계하여 만들어지는 건축물은 이용하는 사람에게 얼마나 유익하고 쓸모 있는 멋진 작품인가를 먼저 생각하면서, 회사의 이익은 부수적인 것이 아닌가 하는 정신으로 사업을 한다는 말씀을 듣고 나는 또 한 번 놀라지 않을 수 없었습니다.

이는 바로 "한 사회는 물질적 토대로만 형성·발전되는 것이 아니다."라는 점을 강조하는 대목이지요. "국가사회는 누구나 지켜야 할 사회적 가치, 즉 지식과 이성의 수준, 도덕과 질서를 건전하게 유지하려는 개개인의 정신이 있어야 한다."는 것입니다.

인생의 의미는 자신만의 완결이 아니라 늘 주변의 사람들, 사회와의 관계 속에 살아가는 것입니다. 또 역사는 허무는 게 아니라 보존하는 데 뜻이 있고, 역사는 잊혀질 수는 있어도 결코 지워질 수는 없다는 일념으로 오늘 이 순간 허 회장님의 정신과 혼이 스며있는 동방의 40년사를 발간하게 된 것이 참으로 의미가 있다고 하겠습니다.

한편 주식회사 동방은 40년 동안 역경을 디딤돌로, 고난을 사다리로 바꾸어 오면서 경영환경 변화를 가장 먼저 알아야 할 사람이 허 회장 자신임을 깨닫고, 새로운 경영 트렌드를 익혀 실천해 온 점에 놀라지 않을 수가 없습니다.

어떻게 살아가는가보다 어떻게 살아남는가가 문제가 되는 척박한 시대를 살아가면서 아름다운 마음보다는 경쟁에서 이겨야 하는 근성, 남을 배려하는 마음보다는 남이 먹고 있는 것 이라도 빼앗아 가야 하는 투지가 날을 세우는 현실에서 허 회장님께서는 회사경영 철학이 항상 새로운 기술혁신, 고객 중심, 인간존중,

공간 창조, 사회봉사의 비전이었고, 허 회장님의 책상 위에는 식품 위생, 의약품, 환경 관계, 건축 설계 등 각종의 외국 신간서적들이 언제나 쌓여 있음을 볼 수 있습니다.

정말 부지런한 사람의 손은 사람을 다스리게 되어도 게으른 사람은 부림을 받게 된다는 평범한 진리를 몸소 실천하는 지도자임을 알게 되었습니다. 40년 동안 동방을 거쳐 간 인재가 300여 명이나 되고, 그 중에는 대학에서 교수활동을 하는 사람도 여러 명이 된다고 하니 인재 육성에도 남다른 뜻을 가진 것을 보고 놀라지 않을 수 없습니다. 허 회장님이야말로 미래지향적인 CEO라 하지 않을 수가 없습니다.

또 허 회장님께서는 세계적인 경영학자 톰피터 교수가 지적한 "경제가 호황일 때는 교육에 2배를 투자하고, 불황일 때는 교육 투자를 4배로 한다."는 명언도 몸소 실천하고 있는 것 같습니다.

일찍이 셰익스피어는 "어떤 사람은 위대하게 태어나고, 어떤 사람은 위대함을 이루고, 어떤 사람은 위대함을 떠안는다."고 하였습니다.

우리 허 회장님은 어떤 위대한 사람에 해당될까요. 어쨌든 가치 있는 위대한 일을 해왔고 앞으로도 더 많은 위대한 일을 할 것으로 믿어 의심치 않습니다.

터키의 유명한 시인 나지 하크 메트는 "가장 훌륭한 시詩는 아직 씌어지지 않았다. 가장 아름다운 노래는 아직 불리어지지 않았다."고 노래하였습니다.

우리 허하구 회장님의 최고 걸작품은 미래의 삶을 통해 더욱 멋지게 창조될 것으로 기대해도 좋을 것 같습니다.

여러분! 소의 해가 밝았습니다. 40년의 역사를 지닌 동방의 임직원 모두가 소의 인내와 충직을 닮을 수 있다면 어려운 역경에서도, 어려운 사회 경제적인 시련 속에서도 장족의 발전을 거듭하여 자자손손 성공하는 회사가 되어야 한다는 우리 모두의 간절한 소망을 우렁찬 박수로 기원하도록 합시다.

[2009. 1. 16. 주식회사 동방엔지니어링 동방 40년사 발간기념 축하회]

7. 이름을 지우다

세월이 너무 빨리 지나가는 것 같아 마음이 바쁘다. 녹음방초 싱그럽던 계절이 엊그제인 듯 했는데 어느새 만산에 붉게 물든 낙엽도 지고 눈이 내리고 전방에는 삭풍이 분다고 하니 계절은 어김없이 찾아와서 지나가고 있다.

특히 올해는 내가 가까이 지내던 사람들이 내 곁을 떠나가고 있어 가슴 속에 새겨둔 이름 석 자를 억지로라도 지워야 하는 것이 너무 아쉬운 순간들이다.

오늘은 내 핸드폰에서 학교시절부터 가까이 지낸 선배 한 분의 이름을 '삭제'라는 문구에 '예'라고 하였을 때의 기분을 무엇으로 표현했으면 좋을는지.

또 오늘 신문에는 존경하는 정치학 교수님이 85세의 일기로 세상을 떠났다고 한다. 참 학문적으로 쌓아놓은 공이 너무나 많은데 죽음 앞에서는 인간의 힘이 너무 보잘 것 없다는 것을 또 한 번 느끼고 누구나 최후의 한 걸음만은 오직 혼자임을 실감하는 순간이기도 하다.

죽음이라는 어마어마한 사건은 결코 남의 일이 아니라는 점에서 더욱 그렇다. 특히 죽음의 길에는 순서가 없고 이 길은 아무도 피해서 지나갈 수 없기에 더욱 그렇다. 그래서 따지고 보면 인간의 삶이란 곧 죽음을 향해 달려가는 것이라고 할 때 죽음의 문제를 해결하고 사는 사람이 성공한 삶이라고들 한다.

한 해가 저물어가는 12월, 나이도 먹을 만큼 늙고 보니 할 일은 많은데 능률이 오르지 않고 마무리해야 할 일들도 많은데 공연히 마음만 분주하고 개인적인 일도 완급을 가리기가 힘들 정도다. 주위 사람들의 뇌리에서 내 이름 석 자가 지워지기 전에 남에게 감동을 줄 수 있는 일은 고사하고 욕먹지 않을 일이라도 잘 챙겨야겠다는 마음 간절한 순간이다.

수녀 시인 이해인의 '12월의 편지'를 읽는다.

무엇을 달라는 청원기도보다는 이미 받은 것에 대한 감사기도를 더 많이 한다. 늘 당연하다고 여겨지던 일들을 기적처럼 놀라워하며 감탄하는 연습을 자주한다. 속상하고 화나는 일이 있을 때는 흥분하기보다 '모든 것은 다 지나간다.'는 것을 기억하면서 어질고 순한 마음을 지니려 애쓴다는 마음가짐들이 참 아름다워 보인다.

천양희의 시 '지나간다'를 읽는다.

"세상은 그래도 살 가치가 있다고/ 소리치며 바람이 지나간다/ 사랑은 그래도 할 가치가 있다고/ 소리치며 바람이 지나간다/ 슬

픔은 그래도 힘이 된다고/ 소리치며 바람이 지나간다/ 사소한 것
들이 그래도 세상을 바꾼다고/ 소리치며 바람이 지나간다/ ---

　인간관계가 힘들어질 적에 '언젠가는 영원 속으로 사라질 순례
자가 대체 이해 못 할 일은 무엇이며 용서 못 할 일은 무엇이냐고
얼른 마음을 바꾸면 어둡던 마음에도 밝고 넓은 평화가 찾아온다
는 간절한 호소는 너무나 큰 위로의 외침인 것 같다.

　지나온 나의 삶에서 무주상보시無住相布施(누구에게 베풀었다는 생
각조차 지워버리는)의 참뜻과 모습을 보일 만한 일도 없음이 못내
아쉬울 뿐이다. 더욱이 하늘의 비는 무엇을 바라지 않고 내리며
찬란한 햇빛 역시 아무런 대가 없이도 만물을 따뜻하게 해준다는
경전의 글귀들이 새삼스럽게 나의 삶의 자세를 추스르게 한다.

　'베풀되 바라지 않고 스스로를 낮추면서 남을 높이는 그 깨끗
한 마음의 향기가 더욱 그리운 아침입니다.' 하고 글을 끝맺은 오
영교 총장의 '무명의 아름다움'이란 에세이는 나에게 죽음의 문제
를 하루 빨리 해결하라는 권면의 말씀과도 같이 느껴진다.

[2009년 12월 6일]

"시간은 쏜살같이 흘러가고 해(年)는 달아난다."

이런 말도 있지만 오늘날은 지나치게 속도에 대한 집착이 반성의 대상이 되기도 한다. 그래서 철학자 '오도 마르크바르트'는 현대 세계의 속도 안으로, 또 자신의 삶으로 다양한 '느림'을 끌어들이라고 권하기도 한다.

어느 사람이나 좋아하는 운동이 있게 마련인데 테니스를 하다가 어느 친구의 권유로 골프를 하게 된 지가 어언 20여 년의 세월이 지났다. 골프는 자신과의 싸움이라고 말하지 않았던가. 골프에 대한 자화상self-portrait을 새겨봄직도 할 것 같다.

강산이 두 번이 넘도록 변하는 동안 나는 골프를 하면서 너무도 많은 것을 느꼈으며, 또한 스스로 새로워져야겠다는 마음의 다짐도 많았다는 것이 솔직한 나의 경험담이다.

운동을 마치고 헤어지면서 "멋이 있고 신사도가 넘치는 골퍼와 행복한 시간을 보낸 하루였습니다."라고 말할 수 있는 날이 많았으면 좋겠다고 언제나 생각한다.

어떤 운동에서나 경기의 규칙이 있어 플레이하는 사람은 반드시 그 규칙을 지켜야 하는 것은 두말할 나위가 없다. 그런데 골프는 도우미를 포함해서 다섯 사람이 한 조가 되어 적어도 5시간 정도는 함께 즐기면서 운동을 하다 보니 상대방에게 지켜야 할 예의가 더욱 강조됨을 새롭게 느낄 때가 한두 번이 아니었다.

즉 자신의 행위로 상대방이 혐오감을 느낄 수 있는 행동이나 말을 해서는 안 된다는 점, 공이 떨어진 위치에 따라 공을 치는 순서도 반드시 지켜져야 한다는 점, 상대방이 공을 치기도 전에 앞서 나가는 행위 등 상대방을 불안하게 또는 신경 쓰이게 하는 행위나 도우미의 인격을 소홀하게 대하는 행위 등등 엄수되어야 할 수칙들이 너무나 많다.

사람을 사람답게 대하는 사회가 곧 '품위 있는 사회'라고 한다. 아비샤이 마갈릿 교수(히브리대학 철학교수)는 "사람들이 모욕감을 느끼게 되는 것은 어떤 물건이나 기계, 동물이나 인간 이하로 다룬다는 것을 의미한다."고 했다. 그는 인간에 대한 무시는 그 표현과 감정과 기분 변화 등에 충분히 주의를 기울이거나 민감하게 보지 않고 사람을 마치 사물이나 동물처럼 취급하는 것이며 결국 인간 공동체로부터 배제시키거나 거부하는 것이라고 했다.

또 골프는 말의 신중성이 강조되는 운동인 것 같다. 법구경法句經에 보면 "오로지 입을 지켜라. 무서운 불길 같이 입에서 나온 말이 내 몸을 태우고 만다. 사람들의 불행은 그 입에서 생기니 입은 몸을 치는 도끼요, 몸을 자르는 칼이다."라고 했다. 귀와 입 사이는 10센티미터밖에 안 되지만 어떻게 사용하느냐에 따라 천양지차天壤之差가 있다고 한 어느 스님의 법문이 생각난다.

품위를 좀 지키면서 플레이하는 골퍼가 되도록 노력해야 하겠다. 인간은 남이 하는 행동을 보고 배운다는 말이 있다. 그러므로 함께 운동하는 상대방에게 본을 보일 수 있는 골퍼가 되도록 힘써야 되겠다고 다짐도 해본다. 그래서 나는 골프는 상대방을 배려配慮하는 운동이라고 강조하고 싶다. 상대방에 대한 배려는 곧 자신을 위한 일이다.

장님이 밤에 물동이를 머리에 이고 한 손에 등불을 들고 길을 걸었다. 그와 마주친 사람이 물었다.

"정말로 어리석군. 앞을 보지도 못하면서 등불을 왜 들고 가느냐?"

"당신이 나와 부딪히지 않게 하려고요."

이 등불은 나를 위한 것이 아니라 당신을 위한 것이라고 한 이 일화는 배려라는 낱말이 함축하고 있는 의미를 더욱 강조하고 있다.

생각해보면 그동안 오랜 직장생활을 했기에 시간의 활용이 자유롭지 못했던 나와 같은 사람에게는 골프를 하기가 여간 어렵지 않았다. 특히 사회가 점차 지식 의존 형으로 바뀌면서 경제의 주도권도 강자와 약자, 큰 것과 작은 것 대신 '빠른 자와 느린 자'라는 새로운 패러다임의 지배를 받을 것으로 전망된다는 미래학자들의 주장 때문인지는 몰라도 급변하는 속도의 시대를 살아가는 현대인들에게 시간이야말로 가장 중요한 성공의 열쇠로 강조됨에 따라 골퍼들의 플레이에도 시간 엄수가 더욱 요구된다.

알고 있는 바와 같이 골프를 하려면 여러 가지 여건이 마련되어야 한다. 시간마저 여유롭지 못해 어쩔 수 없이 휴일을 이용할 수밖에 없었는데 너 나 할 것 없이 같은 처지에 놓인 골퍼들이 많다보니 자연히 시간 운영에 신경을 쓰지 않을 수가 없다.

어떤 운동이나 마찬가지겠지만 골프도 계절과 밀접한 관계가 있다. 가을이 되면서부터 낮 시간이 짧아질수록 골프하기가 힘들어지고 겨울이 되면 더더욱 골프장 입장객의 수를 줄이지 않을 수가 없는 것이 현실이다.

그래서 나 자신도 골프를 하면서부터 동지冬至(the winter solstice)에 대한 의미가 달리 느껴지게 되었다. 전해 내려오는 풍습에 의하면 동지가 되면 팥죽을 쑤어 이웃끼리 나누어 먹기도 하고 복을 비는 뜻으로 집 대문에 팥죽을 바르기도 하고 또 팥죽에 든 새알 수제비를 나이 수대로 먹기도 한다.

옛 어른들은 동지가 되면 나이를 한 살 더 먹게 된다는 것 때문에 기다려지는 절기는 아니었던 것이 일반적인 생각이었는지도 모르겠다. 그러나 골퍼들의 24절기의 하나인 동지, 즉 적도赤道 이남의 가장 먼 지점에 태양이 있을 때를 생각하게 되는데 그 이유는 동짓날부터 낮의 길이가 하루에 1분씩 늘어나게 되면 일주일이 지날 경우 한 팀이 더 칠 수 있다는 것 때문이다. 우리 사람은 세월이 갈수록 육신의 쇠퇴를 느끼게 되면서 사는 동안 큰 병이 없이 살아야 한다는 일념 때문에 운동을 더욱 절감하게 된다.

2008년 새해 교수신문의 사자성어로 송사宋史의 열전列傳 중 '주돈이전'에 나온 것으로 그의 인품이 아주 고매하고 그의 뜻은 크고 시원하여 마치 비온 후 훈훈한 바람과 깨끗한 달 같음을 형용한 '광풍제월光風霽月'을 선택한 것을 보았다. 이는 지난날이 바람 불고 비가 온 궂은 세월이었다면 앞으로 시간은 보다 건강하고 기분 좋은 화창한 세월이 되었으면 하는 바람이라고 미루어 짐작케 하는 성어이기도 하다.

이제부터 우리 모든 골퍼들의 생활이 진정한 광풍제월의 길로 나아가게 될 것을 간절히 기원해 본다.

[부산칸트리 가을호, 2008. 10.]

지혜롭게 산다는 것이 얼마나 어렵기에 많은 사람들이 삶의 지혜를 논하고 있을까.

지혜智慧의 사전적인 의미로는 사물의 이치를 깨달아 밝히고 시비와 선악을 정확하게 가려내는 능력이라고 한다. 그러면 지혜로운 사람의 삶의 모습과 덕목은 어떤 것들이 있을까.

성경에 "지혜로운 사람의 책망을 듣는 것이 우매한 자들의 노래를 듣는 것보다 나으리라."고 하였고(전. 7장 5절), 어느 목사님의 설교에서 "지혜로운 사람의 마음은 초상집에 있다."고 강조하였다(전. 7장 4절).

죽음은 누구에게나 오는 것인데 오는 시간이 같지 않기 때문에 마치 자기에게는 아직도 먼 것처럼 느껴질 뿐, 죽음에는 순서가 없다. 우리 인간은 결국 빈손으로 왔다가 빈손으로 간다. 그래서 죽음의 옷에는 주머니가 없는 것이 특징이다. 따라서 죽음의 문제를 해결하는 사람이 지혜로운 사람인 것이다.

지혜로운 사람은 입술을 제어할 줄 알아야 한다. 성경에는 "말이 많으면 허물을 면하기 어려우니 그 입술을 제어하는 자는 지혜가 있느니라(잠. 10장 19절)"고 하였다. 또 "내 사랑하는 형제들아, 너희가 알지니 사람마다 듣기는 속히 하고 말하기는 더디 하며 성내기도 더디 하라(약. 1장 19절)."라고 기록되어 있다. 노자老子도 말을 많이 하면 자주 궁지에 몰린다는 뜻으로 "다언삭궁多言數窮"이라고 한 바가 있다.

세상을 지혜롭게 사는 사람은 조그마한 조짐에 주목한다는 것이다. 인간의 삶에는 어떤 일도 갑자기 일어나지 않고 큰일은 작은 곳에서부터 시작된다는 말이 있다. 사람의 성공이 한순간에 무너지는 것도 조그마한 발단에서 시작되는 것이다.

한비자는 "천 길 높은 둑은 개미나 땅강아지의 구멍으로 인해 무너지고 백 척 높이의 큰 집도 아궁이 틈에서 나온 조그만 불씨 때문에 타버린다"고 하였다. 어려운 세상을 살아가는 지혜는 조그맣고 미세한 것을 놓치지 않아야 큰일을 막을 수 있다는 것도 새겨둘 일이다.

뿐만 아니라 지혜로운 사람은 세월을 아낄 줄 아는 사람이라고 한다. 성경에도 오직 지혜 있는 자 같이 세월을 아끼라(엡. 5장 15절~16절)고 하였다.

인생은 지나가는 것이라고 하지만 매사에 성誠을 다하여 뜻하는 바를 이룩하는 것이 삶의 목적이다. 인생의 승리자는 열심히 자신의 길을 쉬지 않고 정성을 다하여 나아가는 성실함에서 나온다. 그래서 "지성감천至誠感天 지성무식至誠無息, 즉 지극한 정성은 하늘도 감동시키고 지극한 정성은 쉬지 않는 것이다."(박재희, 『3분 古典』, 도서출판 작은씨앗, 2011. 73쪽) 하는 말이 있는지도 모르겠다. 성경 말씀에 성숙함은 행함에 있다고 하였다.

"너희는 내게 배우고 받고 듣고 본 바를 행하라. 그리하면 평강의 하나님이 너희와 함께 계시리라."(빌. 4장 9절) 또 "너희는 말씀을 행하는 자가 되고 듣기만 하여 자신을 속이는 자가 되지 말라."(약. 1장 22절)고 하였으니 우리 모두가 매사에 정성을 다하는 삶이 되었으면 하는 마음 간절하다.

그리고 "지혜 있는 자는 궁창의 빛과 같이 빛날 것이요 많은 사람을 옳은 데로 돌아오게 한 자는 별과 같이 영원토록 빛나리라"(단. 12장 3절)고 하였는 바, 지혜로운 삶을 위해서는 독서를 통해 새로운 것을 얻어야 한다.

조선 영조 때 사람 유중림은 "글이란 읽으면 읽을수록 사리를 판단하는 눈이 밝아진다. 그리고 어리석은 사람도 총명해진다. 흔히 독서를 부귀나 공명을 얻기 위한 수단으로 여기는 사람들이 있는데 그런 사람들은 독서의 진정한 즐거움을 모르는 속된 무리이다."라고 그의 『산림경제』 중 〈독서 권장하기〉에서 말하고 있으며, 송나라 때 학자 황산곡은 "사대부는 사흘 동안 책을 읽지 않으면 스스로 깨달은 언어가 무의미하고 거울에 비친 자신의 얼굴은 바라보기가 기증스럽다."고 했는가 하면 화가 빈센트 반 고흐는 "내가 책을 읽는 까닭은 그 책을 쓴 작가가 사물을 더 넓고 관대하게, 그리고 사랑으로 바라보고 현실을 더 잘 알기 때문이다. 책을 통해 배울 것이 참으로 많다.”고 하였다.

또 중국 송나라 시인이며 정치가였던 왕안석은 “독서를 하는 것은 비용이 들지 않고[讀書不破費], 독서를 하면 만 배의 이익이 있고[讀書萬倍利], 책 속에는 군자의 지혜가 담겨 있다[書添君子智], 여유가 있으면 서재를 만들고[有閑起書樓], 여유가 없으면 책궤를 만들어라[無閑致書櫃]”(권학문勸學文에서)라고 독서의 즐거움과 이로움을 언급한 바 있다.

세계적인 경영사상가 말콤 글래드웰은 “당신은 당신의 일에 1만 시간을 쏟아 부었나? 아니라면 성공을 말하지 말라.”(그의 저서 『Outliers』-아웃라이어는 보통사람의 범주를 넘어서 뛰어난 성공을 거둔 사람들을 뜻함)고 한 말은 어떤 분야에서 숙달되기 위해서 필요한 절대 시간이 1만 시간이라는 것이다. 즉 하루 3시간씩 10년을 보내야 확보되는 시간이다(1만 시간의 법칙). 지혜로운 삶을 생각하는 사람이라면 이 법칙을 새겨볼 필요를 느끼게 될 것이다.

지혜로운 삶을 위해서는 어떤 분을 ‘멘토’로 삼을 것인가를 고민해야 한다.

멘토라는 낱말의 유래를 보면 고대 그리스의 ‘이타이카 왕국’에 오디세우스라는 왕이 있었는데 어느 날 트로이Troy전쟁에 참여하기 위해 먼 길을 떠나면서 자신의 아들인 텔레마코스를 돌보아 달라고 친구에게 맡겼는데 그 사람의 이름이 바로 ‘멘토’였다. 그는 친구의 아들에게 예의, 역사, 수학 등을 가르치는 스승의 역할을 하게 되었다. 그 이후 멘토라는 그의 이름은 지혜와 믿음으로 한 사람의 인생을 이끌어 주는 스승의 의미로 사용되었다.

왜 멘토에 대해 고민해야 하느냐 하면 지혜로운 사람은 위대한 사람들이 걸어간 길을 뒤따르게 되고 가장 뛰어난 사람들의 행동을 본 따는 경향이 있기 때문이다. 그렇게 하면 비록 위대한 인물은 되지 못했다 하더라도 위대한 사람의 흔적들을 몸에 지니게 되기 때문이다. 성공한 인생은 방황하는 삶이 아니라 멘토를 향하여 나아가는 삶이라는 것을 위대한 사람들은 보여주기 때문이다.

또한 지혜로운 삶이란 행복한 삶을 연상聯想시키기도 하는데 행복연구가로 유명한 에드 디너 교수(미국 일리노이대학)는 행복에 대한 국제학술대회(2010, 한국심리학회 주최)에서 날로 번영하는 국가에서 한국인이 불행한 이유 세 가지를 제시하였다.

첫째, 한국인의 물질주의 성향이 지나치게 높다는 점을 들었다. 즉 돈이면 다 된다는 생각, 돈에 대한 집착은 행복을 저해하는 요소가 된다는 것이다.

둘째, 한국인은 과도하게 경쟁적이라는 점이다. 즉 어디에서나 일등이 되어야 한다는 강박감이 불안과 걱정의 요인이 된다는 것이다.

셋째, 한국인은 더불어 사는 사람에 대한 신뢰 수준이 형편없이 낮다는 것이다. 우리 민족은 정이 많다고 하지만 정이란 신뢰와는 다른 것이다. 뜻을 같이하고 함께 자리하면 같은 편이고 아니면 적으로 생각하는 것이 다반사고 돌아서면 헐뜯고 시기하는, 불신으로 만연된 사회에 우리는 살고 있다.

복은 검소함에서 생기고 덕은 겸양에서 생기며 지혜는 고요히 생각하는 데서 생긴다는 말이 있다. 이제 우리는 지혜로운 삶을 간구하게 되고 행복한 삶은 스스로가 터득한 지식들을 잘 활용할 줄 아는 삶이라는 투철한 인식이 전제될 때, 우리는 지혜로운 삶을 살아갈 수 있는 것이다.

3장

세상에는 공짜가 없다

약속의 이행

　얼마 전 젊은 사장들 몇 분과 청송 주왕산에 오른 적이 있다. 늦가을 단풍은 너무도 곱고 아름다웠다. 골짜기를 지나 산봉에 올라보니 하나님의 오묘한 섭리를 새삼 절감케 했다.

　어느 시인의 노래처럼 '산마다 불이 타고 고운 단풍이 골마다 흘러간다. 맑은 물줄기 황금빛 논과 밭에 풍년이 왔고 더 맑은 하늘가에 노래가 퍼진다.'

　나는 시골에서 자라났기 때문에 산과 들을 중심으로 한 아름다운 자연의 변화를 너무나 잘 보아왔다. 계절의 변화는 어김없다. 아침햇살에 어우러진 산야는 입만으로 표현할 수 없는 절경이라 사진기가 준비되지 않았던 우리 일행은 염치불구하고 산자락에서 포즈를 취하는 학생풍의 처녀들에게 뒤의 배경을 넣어 한 장 찍어줄 것을 부탁하고, 한 사람이 명함을 주며 사진을 부쳐줄 것을 부탁했다. 많은 시간이 지난 이 시간까지도 사진을 부쳐왔더라는 소식은 없다.

이유야 어떻든 약속은 지키기 위해서 한 것이다. 인심이 삭막한 도시 사람들이 대자연 속에서, 아니 천년의 신비와 같은 맑은 물과 깨끗한 산 속에서 아름다움만을 생각하고 느낀 그곳에서 한 약속을 지키지 않을 수 있을까? 약속을 하기는 쉬워도 지키기는 어려운 것이라고 하지만, 어딘지 뒷맛이 개운치 않다. 그래서 니체는 현대인은 순간적이라고 했던가?

지금 우리 사회는 여러 가지 변혁의 바람이 일고 있다. 우리 경성인들은 얼마나 약속을 잘 지키며 생활해 왔는지 한 번 생각해 볼 필요가 있을 것 같다. 일찍이 문호 톨스토이는 인생을 마무리하는 시점에 와서 어느 현자賢者에게 이 세상에서 가장 중요한 사람이 누구냐고 물었더니 지금 네가 만나고 있는 사람이라고 하였고, 인생에 있어서 가장 중요한 때가 언제냐고 질문하였더니 그는 지금 이 순간이라고 대답하였으며, 이 세상에서 어떤 일이 가장 중요한 일입니까 하였더니, 지금 네가 하고 있는 일이 아니겠느냐고 하였다는 것이다.

우리 교수들은 학생들에게 강의하는 것을 가장 중요한 일로 생각하고, 학생을 만나는 일이 가장 귀한 일이라고 생각하고, 약속을 지키는 마음으로 캠퍼스생활을 하고 있으며, 학생들이 어떤 과목을 수강 신청했다는 것은 그 교과목의 시간에 열심히 수업에 임하고, 올바르게 평가받겠다는 약속인데 얼마나 약속을 잘 지키고 있는지 스스로 반성해 볼 때이다.

캠퍼스에 선거운동이 한창인 걸 보니 또 한 해가 저물어 가는

가 보다. 자만과 오만이 아닌 자존심을 가진 경성인이 되어야 할 때인 것 같다. 자존심이 없는 곳에는 더러운 아첨이 있고, 비참한 굴복이 있고, 비열한 치욕이 있을 뿐이기 때문이다.

시선을 밖으로 돌려보면 어느새 21세기를 눈앞에 두고 있다. 과학과 기술의 발달은 눈부시고 산업의 고도화와 정보화도 우리의 상상을 초월할 정도이다. 21세기의 주역인 우리 학생들은 다음과 같은 약속도 지켜주었으면 하는 바람이 늙은이의 노파심일까?

젊은이는 마땅히 이상주의적이야 하고 진취적인 기상도 가져야 하며, 비판적 지성도 가져야 할 것이다. 뿐만 아니라 오도된 이데올로기적 편향으로부터 탈피해야 할 것이며, 낙후된 교조주의자가 되어서도 안 될 것이며, 철 지난 관념의 포로도 되어서는 안 될 것이다. 진실하고 성실하고 참되게 익혀 배우고 착실하게 힘을 길러 경성대학교의 더 큰 발전을 위해 애교심을 발휘하는 우리 모두가 되겠다는 약속을 새롭게 하자.

[경성대학보 제260호, 1993년 12월 7일 화요일]

"Pay the price!"

대가를 지불하라는 말이다. 오늘날의 삶이 자연과의 관계보다 인간관계에 의해 더 큰 영향을 받기 때문에 더욱 실감할 수 있는 말이기도 하다. 우리 사회의 정치제도, 경제상황, 환경오염도 마찬가지다.

따라서 인간관계가 정상적이 못 되면 사회가 불안하고 우리 각자의 삶이 불편해질 수밖에 없다. 지금 우리 사회의 여러 가지 좋지 못한 현상들은 지켜져야 할 예의, 법률, 도덕 등의 규범이 준수되지 않기 때문이다.

철학자 하이데거는 "인간은 자기가 선택하지 않았던 시간 속에 던져진 피투자被投者"라고 하였다. 미국의 사회윤리학자 니버 Reinhold Niebuhr는 "사람은 역사적 시간이 주는 환경을 벗어나서 살 수 없다."고 하면서 "그 역사적 시간은 자연적 시간+인간의 행위의 합성어合成語"라고 하였다.

우리가 오늘날 이렇게 불안하고 바람직하지 못한 국면에 처하게 된 것은 역사적 시간에서 우리의 행위가 잘못되었기 때문이라고 하겠다.

우리는 자유의 의미를 다시 생각해 볼 때이다.

미국의 헌법에도 자유가 보장되고 있으며 미국 국민들도 기본권적 자유를 만끽하고 있다. 즉 언론의 자유, 신앙의 자유, 결사의 자유 등. 그런데 결사의 자유를 구현하는 데는 전제조건이 있다. 남에게 피해를 주지 않는다는 조건이다.

그런데 우리는 어떤가?

자녀교육은 효孝를 바탕으로 강하게 시켜야 할 것이다. 여자아이의 교육이 잘못되면 남의 집안을 망하게 하고, 남자아이의 교육이 잘못되면 자기 집안을 망하게 하기 때문이다.

그리고 아파트 생활을 즐겨하는데 공동생활을 할 수 있는 훈련이 되어 있는지 돌아볼 일이다. 위층에서 뛰는 소리, 엘리베이터 타는 법, 화단에 휴지 버리거나 가래 뱉는 행동, 쓰레기 함부로 태우는 등.

며느리를 보기 위해 선을 본 경우, 무슨 놈의 교육은 그렇게 많이 받았는지, 대학원 출신이 많은가 하면 외국 유학생 출신도 많다. 모습은 까만 화장에 노란 머리를 한 처녀 아니면 처녀의 어머니의 모습들….

10대들의 성문란 현상들도 꼴불견이다. 호주에서 관광객의 추태는 순한 양의 모습보다 어긋난다. 하기야 사람의 모습을 하고도 짐승의 심성을 가진 사람이 많은 세상이고 보니.

효는 우리 민족의 신앙과 같은 덕목이다. 가가예문家家禮文이라는 말이 있다. 제사 모시는 방법이 생전에 부모를 생각하여 모시기 때문이다. 제사를 지낼 때 붉은 과일 세 가지는 빼지 않는다. 조棗(대추), 율栗(밤), 시柿(감). 이 세 가지는 상징적 의미가 있다.

(1)대추의 생리를 생각해 보면 그 상징적 의미를 알 수 있다.

대추의 특징은 한 나무에 열매가 헤아릴 수 없이 많이 열린다. 그러나 그것은 묘한 생리가 있다. 꽃 하나가 피면 반드시 열매 하나를 맺고서야 떨어지지 꽃으로 낙화가 되는 것이 아니라는 점이다. 아무리 비바람이 쳐도 그것은 꽃으로 피었다가 꽃으로만 끝나는 법이 없다는 생리이다. 이는 대추가 자손의 번창을 기원하는 것이기에 혼례식 때도 시어머니가 며느리의 치마폭에 대추를 한 줌 던져주는 것은 바로 자손의 번창을 바라는 심성에서다.

(2)밤[栗]의 생리를 한 번 생각해 보자.

씨앗으로 사용된 밤은 땅 밑에 들어가서 나무가 다 자라난 뒤에도 절대로 없어지지 않고 뿌리에 붙어 있다는 것이다. 예는 정에서 나오고[禮出於情], 정은 가까운 데서 생긴다[情出於近]고 하였기에 할아버지 산소 옆에는 유실수를 심어놓고 손자들이 그 과일을 따먹기 위해서 할아버지 산소에 와본다는 것이다. 밤은 나와 조상의 영원한 연결을 상징한다. 그래서 지금도 조상을 모시는 위패나 신주는 반드시 밤나무로 만든다.

(3)감은 어떤 생리를 가지고 우리에게 어떤 상징적 의미를 주고 있는가?

우리나라의 기후로 예전에는 한강 이북에는 감나무가 살지 못하였다고 한다. 그러나 함경도나 서울이나 감(곶감)없이 제사지내는 일은 없다. 곶감을 감 대신 사용하는 일이 있더라도. 여러분! 감을 심은 데 반드시 감이 나는 줄 아는가? 감씨를 심었는데 고욤나무가 자라난다. 그런데 감나무는 고욤나무가 자란 지 3~5년쯤 되었을 때 감나무 가지를 꺾어 접을 붙여서 감나무를 자라게 한다. 감나무의 상징적 의미는 무엇일까?

사람으로 태어났다고 사람이 아니고 가르침을 받고 배워야 비로소 사람이 된다는 것이다. 그래서 율곡栗谷선생은 '격몽요결擊蒙要決'의 첫 장 첫 줄에 "인생사세人生斯世에 비학문非學問이면 무이위인無以爲人이니라."고 하였다. 즉 가르침을 받고 배우는 데는 생가지 째서 접붙일 때처럼 아픔과 고통이 따른다는 것이다. 그 아픔을 겪으며 선인先人의 예지銳智를 이어 받을 때 비로소 진정한 하나의 인격체로 설 수 있다는 것이다.

역사학자 토인비는 "장차 한국문화가 인류에게 기여할 것이 있다면 그것은 바로 부모를 공경하는 효의 사상일 것"이라고 하였다.

오늘날 우리 사회에도 새로운 종류의 양반이 생겨나야 한다.

과거의 양반처럼 사회적 신분에 의하여 구별되는 계급이 아니라 합리적이고 정의로운 예의를 선도적으로 지키는 계층이 우리 사회에 필요한 것이다.

　여러분! 우리의 후손들이 배울 만한 것을 나 자신이 얼마나 쌓아놓고 있는지 한 번 깊이 반성해 볼 때이다.

[1997. 1. 15. 금정로타리 연차대회 특강]

3. 밝은 사회를 만드는 것은 우리의 몫이다

I. 밝은 사회란 어떠한 사회인가?

밝은 사회란 어떤 사회인가를 알아보려면 현실사회의 문제점을 지적, 비판하기에 앞서 밝은 사회의 성립 요건에 대해 구체적으로 정의를 내려 보아야 한다.

이 자리에 모이신 여러분은 안경사협회라는 하나의 이익집단에 소속되어 있는 분들이다. 다시 말해서 같은 목적을 가지고 뜻을 같이하는 사람들의 모임에 속한 분들이다. 다양한 개인들이 자기의 이익을 보호, 증진, 실현하기 위해서는 집단을 매개로 해야만 뜻하는 목적을 효과적으로 얻을 수 있다고 생각했기 때문에 모인 집단이다. 이익의 표현을 집단적으로 할 필요가 있기에 더욱 그렇다.

따라서 밝은 사회는 구성원 개개인의 자유, 생존권, 평등권, 그리고 행복추구권이 반드시 보장되는 사회여야 한다는 것이다.

안경사회협회가 제대로 활성화되려면 구성원들에게 희망적인 기회가 주어져야 한다.

밝은 사회의 모습은 어떠할까?

①구성원 서로 간에 신뢰할 수 있는 사회이다. 주유소의 모습을 보자. 가격을 표시하고 있는 이유가 무엇일까? 서로 못 믿기 때문이다.

②모든 규범이 누구에게나 공평하게 적용되는 사회이다. 싱가포르의 경우 물, 공무원, 거리가 깨끗하다.

③모든 사람이 천직관을 가지고 맡은 일을 수행할 수 있는 사회이다. 직업에는 생명적 의미와 경제적 의미, 사회적 의미와 소명적 의미, 또 창조적 의미 등이 있다.

여러분은 다른 사람에게 밝음을 만들어 주는 창조적 의미와 다른 사람에게 가장 으뜸의 봉사를 하는 소명적 천직관召命的 天職觀을 가지고 있는 줄 안다. 천직관을 가질 때 성실해지고, 천직관을 가질 때 책임감이 강해지고 천직관을 가질 때 높은 봉사와 희생정신을 발휘할 수가 있기 때문이다.

II. 왜 밝은 사회를 만들지 않으면 안 되는가?

우리 인간은 행복한 삶을 영위해야 하기 때문이다. 오늘의 인류사회는 모습과 마음이 사람다운 인간이 있는가 하면 모습은 사람인데 마음은 짐승인 사람이 많다는 것이 문제이다. 왜 이렇게 두 가지 유형의 인간이 존재하게 되었는가?

'전능의 신 제우스'가 인간과 동물을 만들라고 프로메테우스에게 명령을 하였는데 만들어 놓고 보니 사람의 수보다 동물의 수가 더 많아졌다. 그래서 제우스는 짐승의 수를 줄이고 사람의 수를 늘리라고 다시 프로메테우스에게 명령했다. 프로메테우스는 이미 만들어진 짐승 중의 일부를 부수고 인간으로 바꿔 놓았다. 그래서 모습이나 마음이나 다 같이 인간인 사람과 모습은 사람이지만 마음은 짐승인 사람이 존재하게 되었다는 것이다.

이렇게 만들어진 인간의 수명이 처음에는 20년밖에 안 되었다. 그것을 인간이 항상 불만스럽게 여기고 있었는데 때마침 겨울이 되자 추위를 견디다 못한 말[馬]이 사람에게 찾아와 겨울을 지낼 수 있게 방 하나를 빌려달라고 부탁하자 인간은 "너의 수명 중의 얼마를 내게 준다면 방 하나를 빌려 주겠다."고 하여 말은 이 흥정을 받아들였고 자기 수명 중에서 15년을 떼어 주었다.

그 다음에 소[牛]가 와서 같은 부탁을 했다. 인간은 또 말에게 했던 대로 조건을 제시하여 방을 하나 빌려주는 대가로 15년, 마지막에는 개[犬]가 찾아와서 부탁하여 똑같은 조건으로 방을 빌려 주어 인간의 수명이 65세가 되었다는 것이다.

그 후부터 사람은 원래의 수명인 20년 동안은 선량하게 살지만 말에게서 받은 나이가 되면 허풍이 많고 거만해지며, 소에게 받은 나이가 되면 남을 지배하려 들고, 개로부터 받은 나이에 이르면 잔소리가 많아지며 화도 잘 내게 되었다는 일화가 있다. 이는 우리에게 많은 점을 시사하고 있다.

인류는 삶의 질이 보다 높아지도록 하기 위하여 홍보매체를 통하여 사회의 잘못된 점이 무엇이고 그것을 어떻게 고쳐야 한다는 보도와 주장이 매일 거론되고 있다. 자녀의 교육문제도 마찬가지다. 무엇이 최선인가를 알려면 무엇이 잘못되었는가를 알아야 하는 것이다. 그래서 이제 여러분들은 공동체의 목표를 성취하기 위하여 뜻을 모으고 지혜를 모으고 힘을 모아야 한다.

이를 위해서는 관심과 배려, 존경, 책임, 이해, 희생과 봉사를 갖추고 생산적 사랑을 실천하는 여러분 각자가 될 때 여러분의 단체도 활성화될 것이다.

III. 밝은 사회를 만들기 위한 우리의 자세

우리가 갖추어야 할 덕목에 대해 알아보자.

①바른 길을 가야 한다.

이 세상 모든 것은 다 길이 있다. 자동차, 배, 비행기는 물론이고 우리 인간도 사람이 가야 할 길이 있다. 자기 길을 가지 않고 성공한 사람이 있다면 문제다.

밝은 사회를 위한 덕목은 우리 인간이 노력과 헌신, 땀을 흘려 성취한 실력이 있어야 한다는 것이다. 비록 늦더라도 바른 길로

가는 사람이 있어야 밝은 사회가 된다.

②인간은 이 세상에서 가장 귀한 존재이다.

우리 모두 귀한 자의 의무, 즉 노블레스 오블리주nobless oblige를 다해야만 한다. 조선의 영·정조 시대 유명한 실학자 담헌湛軒 홍대용洪大容(1731~1783. 조선 후기의 학자. 북학파에 속한 실학자) 선생은 인간이 버려야 할 마음의 자세로 다음 네 가지를 지적하였다.

교만하고 뽐내는 마음, 긍심矜心

긍심이 지나치면 남의 생각과 주의주장을 정면에서 부인하게 되고 남의 말을 들어주는 아량과 타협의 태도를 잃게 된다.

남과의 경쟁에서 기어이 이겨야 한다는 마음, 승심勝心

이러한 마음이 강하면 경쟁과정에서 정당성, 합법성은 뒷전에 밀쳐지고 편이성, 적당주의가 앞서 승리를 위해서는 수단과 방법을 가리지 않게 된다.

권력을 잡고자하는 마음, 권심權心

이러한 마음은 집단과 조직의 우두머리가 되어 힘으로써 다른 사람을 복종시켜 보겠다는 마음을 말한다. 권심이 극에 달하면 그 집단의 구성원에 대하여 봉사한다는 숭고한 정신은 없고 권력만을 휘두르려는 데서 부작용이 생기게 된다.

사리사욕私利私慾을 탐하는 마음, 이심利心

이심은 이익을 추구하는 마음을 말하는데 이러한 마음에 사로잡히면 사회가 혼란하게 되고 사리사욕에 눈이 어두워 부정부패라는 난치의 병균이 사회를 병들게 한다.

③자녀도 잘 성장하도록 해야 한다.

남아를 잘못 교육시키면 자기 집안을 어렵게 만들고 여아를 잘못 교육시키면 남의 가정을 잘못되게 하기 때문이다.

④효행심을 가르쳐야 한다. 본받아야 할 조상의 지혜가 있다.

이제 우리에게는 "잘 살아 보자!"는 식의 물질 숭배적 구호가 아닌 "보람 있게 살아야 한다."는 건강한 의식이 살아 숨 쉬는 밝은 사회를 만들어내는 역군이 되어주기 바란다.

[1997. 6. 22. 부산광역시안경사협회 회원 교양교육]

4. 충효사상 고취와 청소년의 지도대책

우리 인류 세계를 살펴볼 때 각종 사고와 재해 환경의 변화, 무기의 발달 등으로 국가의 안보에 못지않게 인간 안보 人間安保가 요청되는 시대에 살고 있다.

나라 밖을 내다보니, 현재 세계 인구 56억 6천만 가운데 절대 빈곤에 시달리는 사람이 13억, 실업자가 1억 2천만, 전 세계 7억 인구가 영양실조에 시달리고 있고, 빈곤한 나라들에서 매년 1400만의 어린이들이 충분히 고칠 수 있는 질병으로 죽어가고 있다.

지난 10연간 무력 충돌로 150만 이상의 어린이가 사망했고, 강대국들의 연간 군사비 지출은 전 세계 20억 빈민의 연간소득과 같고, 전 세계의 연간 군사비 지출 8천억 달러는 전 세계인구 절반의 수입과 같다.

나라 안을 보면 각종 사고들이 많은가 하면 생명 경시 풍조가 높고, 인류의 기본으로 여겨왔던 효의 가르침과 거리가 먼 현상이 나타난다. 돈 때문에 어머니를 학대하는 사건, 장남이 돈 때문에 어머니와 동생을 죽인 사건도 있다.

부산지역 소년소녀 가장의 실태를 보면 소년소녀 가장이 된 이유가 부모의 사망으로 54%, 부모 가출 이혼 등 성인들의 무책임한 행동으로 37%(조선일보 96. 11. 5일자)나 된다. 우리나라의 이혼율을 보면 작년 한 해 동안 40만 3천 7백 14쌍이 결혼하고 7만 3천 2백 18쌍이 이혼을 했으니 평균 100쌍 중 18쌍이 이혼(경향신문. 96. 5. 18일자)을 하고, 부모가 자식을 버리는 숫자가 1년에 4200명이나 된다.

이러한 심각한 사회 현상들을 보고만 있을 수 없다. 그 대책은 무엇일까?

조상의 지혜들을 터득하여 삶의 질을 높여야 할 때이다.

I. 효孝는 우리 민족의 신앙과 같은 덕목이다

시대가 아무리 변해도 그 근본이 바뀌지 않는 실천적 덕목이 효다.

1917년 강원도 산골의 눈사태에서 4~5명의 식구가 굶어 죽었는데 그 집을 찾은 이웃 사람이 그 집 큰방 천정에 매달아놓은 종이포대를 풀어보니 그 속에는 쌀 두 가마 가량이 있었다. 그 쌀은 부모님 제삿밥 지으려는 쌀이었다. 굶어죽을지언정 돌아가신 부모님 제사에 사용할 쌀은 먹지 않고 보관했다는 것이다.

우리의 효 사상이 현대의 문화적 환경 속에서 시련을 겪고 있지만 다시 새로운 생명력을 얻어 활짝 꽃피는 날이 오리라는 것을 우리는 믿어야 한다.

가가예문家家禮文이라는 말이 있는데, 제사 모시는 방법이 생전에 부모를 생각하여 모신다. 상놈이 제사 지낼 때의 모습을 보자. 아버지가 생전에 좋아하던 개고기를 상 밑에 두고 제사를 모신다는 것이다.

제사를 지낼 때 붉은 과일 3가지는 빼지 않는다. 대추, 밤, 감(건시)이다.

*대추의 생리

대추를 제사에 사용하는 것은 상징적 의미가 있다. 대추의 특징은 한 나무에 열매가 헤아릴 수 없이 열린다. 그러나 그것은 묘한 생리가 있는데 꽃 하나가 피면 반드시 열매 하나를 맺고서야 떨어진다는 것이다. 아무리 비바람이 쳐도 그것은 그냥 꽃으로 피었다가 꽃으로만 지는 법은 없다. 대추는 자손의 번창을 기원하는 것이다. 혼례식 때도 시어머니가 며느리의 치마폭에 대추를 한 줌 던져주는 것은 바로 자손의 번창을 바라는 심성에서다.

*밤의 생리

씨앗 밤은 땅 밑에 들어가 나무를 성숙시켜도 절대로 모양이 없어지지 않는다. 썩지 않고 그 밤나무 뿌리 밑에 그대로 있다는 것이다. 예출어정禮出於情, 즉 예는 정에서 나오고, 정출어근情出於

近, 즉 정은 가까운데서 생긴다는 뜻이다.

할아버지 묘에 유실수를 심었다. 손자들이 과일 따먹으러 와서 묘를 보살피도록 하기 위해서다. 요즈음 명절 때 공동묘지의 부모 산소를 찾아가는 참배객들이 많다. 그러나 세 번만 가면 살아온다고 할 때도 많이 가겠는가?

밤은 나와 조상의 영원한 연결을 상징한다. 그래서 지금도 조상을 모시는 위패나 신주는 반드시 밤나무로 만든다.

*감의 생리

우리나라의 기후로 예전에는 한강 이북은 감나무가 살지 못한다고 하였다. 그러나 함경도나 서울이나 감 없이 제사 지내는 일이 없다. 곶감을 감 대신에 사용하는 일이 있더라도.

"감을 심었는데 반드시 감이 나지는 않는다." 감씨를 심었는데 고욤나무(방어로 꽤양나무)가 자란다. 감나무는 고욤나무가 된 지 3~5년쯤 되었을 때 감나무 가지를 꺾어 접을 붙여서 감나무로 자라게 한다.

감나무의 상징적 의미는 무엇일까. 사람으로 태어났다고 사람이 아니고 가르침을 받고 배워야 비로소 사람이 된다는 것이다. 그래서 율곡栗谷선생은 '격몽요결擊蒙要訣'의 첫 장 첫줄에 "인생사세人生斯世에 비학문非學問이면 무이위인無以爲人이니라."라고 하였다. 즉 가르침을 받고 배우는 데는 생가지 째서 접붙일 때처럼 아픔과 고통이 따른다. 그 아픔을 겪으며 선생의 예지叡智를 이어받을 때 비로소 진정한 하나의 인격체로 설 수 있다는 것이다.

여러분, 우리의 후손들이 배울 만한 것을 나 자신이 쌓아놓고 있는지 한 번 깊이 반성해 볼 때이다.

II. 청소년 선도는 효의 사상을 가르치고 행하게 함으로써 이루어진다

지금 우리 청소년들은 예절감각이 둔화되어 있다.

우리 사회에서는 언제부터인지 "고맙다." "감사하다."는 말을 사용하는 데 인색한 점이 있는 것 같다. 서양인들은 언제나 "Thank you!"라는 인사말을 사용하고 있는데 우리의 젊은이들은 "감사합니다!"라는 말을 잘 사용하지 않는 것 같다.

프랑스의 철학자 작크 마리탱은 "감사는 예의의 가장 아름다운 형태"라고 충고하였고, 영국의 문예비평가 사무엘 존슨은 "감사는 훌륭한 교양의 열매"라고 하였다. "즉석의 감사는 유쾌하다. 지체하면 모든 감사는 헛되고 그 명목의 가치가 없다."는 격언도 있다.

과거 한 때 표어 중에 '고미실안'이란 말이 있었다. "고맙습니다." "미안합니다." "실례합니다." "안녕하십니까."의 첫 글자를 딴 말이다. 이 표어가 다시 생각나게 하는 우리 사회가 되었는데, 그만큼 청소년의 범죄가 증가하고 있다. 최근 대검찰청이 발표한 바에 의하면 전체 범죄의 연평균 증가율은 3.7%인 데 비해 청소년 범죄는 94년보다 95년에 14.4% 증가했고 특히 학생 범죄는 18%나 늘었다.

우리나라에서 일어나고 있는 살인, 강도, 강간 등 강력범죄의 40.7%가 청소년에 의하여 저질러지고 있고 전체 범죄 건수 중에서 강력범의 절반 이상이 10대 청소년들이라고 하니 정말 심각한 현실이다.

뿐만 아니라 청소년들의 배금주의 의식도 심각하다. 즉 부산 YWCA에서 청소년들의 의식조사를 하였는데 "돈이 되는 것은 무엇이든지 다하겠다."고 대답한 청소년들이 약 56%에 육박하고 있다는 것이다.

한편 지난해 발생한 소년 범죄는 전체 범죄의 8.4%인 12만 3천 3백 72건이며, 이 중 살인, 강도, 강간, 방화 등 강력범죄는 3천 7백 80건이 발생해 전체 강력범죄의 33%를 차지했다(동아일보. 1996년 11월 26일자).

뿐만 아니라 '서울 중앙병원 연구팀'이 서울의 초등학교 5학년 5백여 명을 조사한 결과 서울 지역 초등학생 10명 중 3명꼴로 가끔 또는 자주 음주 경험을 하고 있는 것으로 조사되었고, 또 20명 중 1명은 가끔 또는 자주 담배를 피운 적이 있는 것으로 나타났다(경향신문 1996년 11월 25일자).

부산시 교육청은 중고교 비행학생이 증가한다고 발표했다. 지난 11월 20일 절도-폭행-성폭행-가출-약물남용-음주-흡연 등 지난해 중-고교의 비행학생 총 수는 모두 1만 9백 13명으로

94년의 9천 1백 명에 비해 20%나 늘었다. 특히 최근 사회문제가 되고 있는 청소년 폭력은 94년 5백 76명에서 작년에 8백 25명으로 43%, 가출은 2천 4백 46명에서 3천 8백 84명으로 59%나 크게 늘었다. 특히 가출은 여학생의 숫자가 놀랄 정도로 늘어나는 추세다. '중학교의 경우' 94년 6백 10명에서 지난해 1천 72명으로 2배 가까이 증가했고, 올해 상반기만도 5백 50명의 여중학생이 집을 떠났다. (조선일보. 1996년 11월 20일자)

또한 성폭력의 무방비상태다. 얼마 전 서울에서 16세의 소녀가 아기를 분만했는가 하면 96년 11월 18일 부산에서는 13세의 어린 중학생이 아기를 화장실에서 분만했다고 하는데, 이런 소식은 정말 충격적이 아닐 수 없다.

이제 우리는 이러한 심각한 문제를 결코 방관만 할 수는 없다. 현대사회가 안고 있는 고민을 효孝 사상을 통하여 치유하도록 해야 할 것이다.

첫째, 효는 인본주의이다.

아버지가 아홉 살의 아들이 공부하지 않는다고 하여 매로 때려 죽이는가 하면 30대의 무직 아들이 60대 아버지의 꾸지람을 참지 못하고 칼로 찔러 죽이는(경향신문 96. 4. 8일자) 세상이다.

효는 지극한 인본주의人本主義를 바탕으로 하고 있다. 효를 바탕으로 사람의 생명을 경시하는 현대사회에서 사람을 근본으로 하는 생활자세가 중요함을 일깨워 주어야 한다. 인간을 가장 존

귀한 존재로 여기는 이 정신은 미래 사회의 새로운 중심 가치로 삼아야 한다.

둘째, 효는 이타주의이다.

극도의 이기주의, 즉 '나' 우선주의에서 오는 갖가지 이기주의를 극복하려면 남을 위하는 마음의 여유가 있어야 한다. 이기주의는 바로 효의 이타주의를 통하여 치유되어야 한다.

셋째, 효는 인내주의이다.

진주에서 고교생들이 노래방에서 성폭행한 사건(1996. 11. 27일 오후 5시 MBC 부산권 뉴스에서), 성적이 좋지 않다고 자살하는 학생, 돈이 없다고 도둑질하는 청소년들은 자제력이 부족하고 인내심이 부족하기 때문이다. 자기 억제가 되어야 사람이 된다.

①생리적 욕구 ②안일의 욕구 ③소속하고 싶은 욕구 ④인정받고 싶은 욕구 ⑤자아실현의 욕구 등은 자제력과 인내심을 요한다.

효는 인내주의를 필수로 한다. 부모를 섬기고 받드는 과정은 곧 나의 충동과 감정을 억누르고 자제해 나가는 과정이다. 효의 실천은 인내심이 발휘되는 과정이다. 현대문명은 인간에게 참을성을 빼앗아가 버린다. 편리와 속도와 감각의 추구에 영합하여 쏟아져 나온 현대의 모든 정신적, 물리적 산물은 인간을 극히 충동적이고 즉흥적인 존재로 변모시켜 놓았다.

넷째, 효는 절충주의이다.

　우리 주위에는 시부모의 부양 문제, 시댁과의 갈등, 고부간의 갈등과 함께 할아버지의 권위가 인정되지 않는 아파트 문화가 있다. 세대 간의 조화를 이루려면 반드시 절충의 지혜를 발휘해야만 한다. 부모를 모시는 사람은 자신의 극단적 입장만을 고집할 수 없다. 그래서 효의 절충주의를 통해 해결해야 한다.

　다섯째, 효는 평화공존주의이다.
　인간생활의 근본은 화평한 가정을 꾸려나가는 것이다. 위로는 부모를 모시고 아래로는 자녀에 이르기까지 화목한 가정을 이루어야 한다. 효는 바로 평화공존주의를 이상으로 삼고 있다. 현대 문명 앞에 상실된 가치들이 효의 사상에 응축되어 있다.

　이처럼 효의 사상 속에는 인본주의, 이타주의, 인내주의, 절충주의, 평화공존주의의 정신이 응축되어 있기에 청소년들의 교육은 효의 사상을 통하여 이루어져야 한다. 스웨덴 사람들은 어린이 교육의 60%를 책임지면서 우리 아이 교육을 왜 남에게 떠넘기려 하느냐고 반문하고 있다. 역사학자 '토인비'는 "장차 한국 문화가 인류에게 기여할 것이 있다면 그것은 바로 부모를 공경하는 효의 사상일 것"이라고 하였다.

[부산광역시 시민교양교육 1996. 11. 29.]

5. 사랑의 울타리를 튼튼하게

　지금 우리 사회에서는 다 열거할 수 없는 청소년들의 일탈행위들(청소년의 폭악성, 패륜적인 행위 등)이 벌어지고, 또 한편에서는 공직자의 부정과 부패 그리고 부도덕성이 난무하며, 경제적 어려움과 함께 치안을 책임지고 있는 단속 경찰관이 구타당하는 무질서로 시민생활의 불안이 만연되고 있다.

　우리가 어쩌다 이 지경에까지 왔는지, 그 원인은 무엇이며 해법은 없을까? 또 그 원초적인 책임은 누가 져야만 하며 그 치유책은 무엇일까?

　이와 관련해서 우리가 생각해야 할 문제는 가족 제도의 변화 또는 가족 제도의 붕괴[broken family]이다.

　우리의 가정문화는 많은 도전을 받고 있다. 농경시대에는 할아버지, 할머니, 부모님의 사랑이 겹겹이 쌓여 있었지만 도시화된 핵가족화 시대는 사랑의 울타리가 약해짐에 따라 자녀들의 일탈행위가 태연해지고 있는 현실이다. 따라서 가정이 가지는 본래의 의미도 점차 퇴색되어 가고 있다.

한 나라의 수준은 그 나라의 가정 이상으로 높아질 수도 없고, 한 나라의 생존은 그 나라 가정의 생존 여부에 달려 있다고 한다.

영국의 철학자 B. 러셀 경의 지적처럼 "오늘날 최대의 불행은 가정이 인간에게 깊은 만족을 주지 못하는 데 있다."고 볼 때 우리의 가정은 그 본래의 자리에 있어야 할 것이다.

가정생활 환경이 어린 시절의 그 어떤 요소들보다 중요하다는 것은 현대 교육심리학자들의 공통된 주장들이다. 가정의 잘못된 가치관이 청소년 문제로 표출되게 마련이다. "집house은 있으나 가정home은 없다."는 말이 있다.

윤리ethics라는 낱말은 원래 '집'이라는 말에서 온 것이라고 한다. 가족 구성원이 서로서로 책임을 지는 데서 윤리가 형성된다는 사실에 공감한다면 부모들의 무책임한 생활환경이 자녀들을 불행하게 하는 원초적인 요인이 됨을 절감해야 할 것이다.

얼마 전 대구의 14세 소년 가장이 투신자살한 것은 부모의 무책임한 생활의 결과가 아닐까. 그래서 오늘날 가정이 물질과 자녀들을 교환하고 있다는 말이 생긴 것은 아닐까.

부모는 "가정이 자식의 행위와 선악의 가치관을 계발시키는 첫 훈련장임을 인식해야 한다."는 '에드가 후버'의 경고를 되새겨 볼 때이다. 또 사람을 사랑하고 물건을 사용하는 관계를 올바르게 인식해야 하는데 오늘의 우리 사회는 물질을 사랑하고 사람을 이용하려는 잘못된 관계성relationship 때문에 탕자蕩子의 문화를 만들고 있다는 어느 목사님의 글이 생각난다.

 "가정은 부부간에 사랑을 나누는 곳이지 아이를 길러내는 곳이 아니다."라고 가정에 대한 의미를 다르게 부여한다면 그것은 문제가 되지 않을 수 없다.

 어느 날 엘리베이터 안에서 남자아이를 데리고 탄 젊은 아주머니는 그 아이가 발로 엘리베이터 벽을 쿵쿵 차고 있는데도 하지 못하도록 말리지 않는다. 참다못해 같이 타고 있던 중년신사가 "이놈 그런 행동은 나쁜 짓이야." 했더니 그 아이의 어머니는 발장난하는 아이를 보고 나무라기는커녕 그 중년신사를 째려보는 장면은 차마 보기 어색한 한 장면이었다.

 망나니 같은 행동을 하는 것을 "아이들이라 그럴 수도 있지." 라고 그냥 방치하고 대견스럽게 생각하는 것은 한심스러운 일이 아닐 수 없다. 도덕적 학습은 부모가 일일이 지적하고 가르칠 때 효과가 있는 것이다. 어린이의 도덕적 지능계발이 바로 가정에서 시작된다는 점을 우리 부모님들은 재인식할 때이다.

 일찍이 꽁트가 말한 것처럼 가족은 그 어느 곳에서도 볼 수 없는 가장 전형적인 공동체Gemeinschaft이고 보면 경쟁사회에 시달리고 있는 오늘의 사람들에게 애정과 신뢰를 바탕으로 한 따뜻한 가정은 사랑을 경험하고 인간성을 회복하는 최선의 장소가 되어야 한다.

 그래서 가정은 사랑의 안식처가 되어 뜨거운 사랑의 관계를 맺는 보금자리가 되어야 한다. 가정은 사랑의 공동체이다. 다니엘 벨은 미국사회를 병들게 한 가장 중요한 원인 가운데 하나가 가족제도의 훼손과 해체라고 하였다.

지금까지 우리는 우리의 자녀들에게 남보다 앞서 일등 하는 방법만을 가르치고 그 밖의 일들(남에게 봉사하는 일 등)은 별로 중요하게 생각하지 않았는지 모르겠다. 또 사람을 사랑하고 귀하게 여기며 자신을 돌아보는 것이 교육의 중요한 한 부분임을 뒤늦게 깨닫지나 않았는지 모르겠다.

장 자크 루소는 "이 세상의 어떤 명성도 아버지에게 아이를 기르며 지켜야 할 의무를 면제시켜 주지는 않는다."고 하였고, 맹자의 어머니는 이른바 '맹모삼천孟母三遷'을 통해 아들의 도덕적 교육에 전력을 다하였으니 자녀에 대한 가장 위대한 교사는 부모라는 사실만은 세대가 바뀌어도 바뀌지 않는다.

사회학자 콜멘James Coleman은 가장 강력한 교육기관은 정부의 손에 있지 않으며, 교육의 성패는 학교보다 가정에 의해 좌우된다고 외쳤다. 또 경제사를 전공한 미국의 저명한 교수 로소프스키는 "한국에서 가장 잘 되고 있고 가장 부러운 제도가 있다면 그것은 가족제도다."라고 하였다.

이제 우리는 그 어느 것보다 가정의 역사를 바로 세울 때이다. 그리하여 우리 모두가 사랑의 울타리를 튼튼히 하여 사랑의 의무를 다할 수 있는 가족제도를 잘 유지 발전시킬 때 우리의 자녀들은 사랑과 신뢰가 밑받침이 된 바람직한 시민으로 성장해 나갈 것이다.

[부산시보 시론時論 제780호. 1997. 10. 16일자]

6. 칭찬稱讚의 문화와 비방誹謗의 문화

I.

사람은 본질적으로 두 가지 방식의 관계를 형성하면서 살아간다. 그 하나는 인간과 자연과의 관계이고, 다른 하나는 인간과 인간과의 관계이다. 사람은 다른 사람과 더불어 살 수밖에 없기에 사람을 가리켜서 정치적 동물Zoon politikon, 또는 사회적 동물animal socialis이라고 하였다. 이처럼 인간이 다른 사람과 어울려 사는 곳에서는 어쩔 수 없이 인륜人倫과 윤리倫理가 하나의 질서로 되어 있다. 그래서 그리스Greece 말의 Ethos[人倫]는 관습과 사회적인 풍습을 의미하고 있었는데 거기에는 자아와 타자간의 상호제한과 상호인정이라는 질서가 주어져 있었던 것이다.

사람은 상호지배가 아니라 상호이익을 인정해주는 상호존중의 관계가 원초적인 원리이며 인간존중의 원리에서 인간관계가 이루어져야 한다. 그렇지만 오늘날 우리의 생활 언저리에서는 상호존중이라는 덕목과는 거리가 먼 행태를 보이고 있는 점이 한두 가지가 아니다. 즉 에티켓의 부족, 남을 비방하는 것, 자기를 비하卑下하면서 남을 멸시하는 것 등이다.

오늘날 우리는 문명사적 대변혁기인 세계화시대에 생활하고 있다. 세계인들과 함께 살아가는 우리 각자가 성숙된 시민의 자질이 갖추어져 있어야 할 것이다.

그런데 우리의 현실은 성숙되지 않은 시민의식들이 너무나 많다는 것을 솔직히 지적하지 않을 수 없다.

우리 사회의 지식인들의 역할은 사회상황에 대한 비판자로서의 사명을 더 높여야 할 뿐 아니라 비판의 용기를 가지고 잠재되어 있는 여론을 활성화시키는 촉매 역할을 함으로써 사회적 기대에 실질적으로 부응해야 할 것이다.

II.

남을 칭찬한다는 것은 쉬운 일이 아니지만 칭찬이란 권장할 일이기에 여기서는 바람직하지 못한 비방에 대한 부분을 중점적으로 살펴보기로 한다.

비방이란 합당한 근거 없이 비판, 모함, 능멸하려는 행위를 의미한다. 한국 국민의 정서에 있어서 비방문화가 널리 지배한다는 말은 단지 다른 사람에 대한 합당한 예우와 평가에 인색하다는 차원을 넘어 "내가 잘 되는 것보다 다른 사람이 잘못되는 것을 보다 기쁘게" 느낄 정도로 일종의 자학적인 병리현상으로까지 보일 정도이다.

그 특징을 보면 비난이나 욕설의 대상이 사람 자체일 경우가 많다는 점, 또 비난의 주요 내용은 대상인물의 직업, 신분, 출신, 출생 등으로 차별적인 내용과 어떤 사람을 대면하여 하는 욕설이나 흉보다는 그 사람이 없는 경우에 주로 행해진다는 점(나라의 임금도 없는 데서는 욕해도 된다는 속담처럼)에서 당당한 비판을 하지 못하는 점이 있다. 또한 욕을 한 데 대한 죄의식이 없다는 점이 특징으로 일종의 스트레스 해소책이라고 자위하는 자세(술좌석에서 남의 이야기를 안주삼아 하게 되는 점) 등이 그 특징들이다.

III.

사람이 다른 사람과 사귀게 될 때 상대방의 장점을 보고 인간관계를 맺게 되는 것인데 어찌하여 상대방의 인품을 평가 절하시켜야만 자신이 돋보인다고 생각하며, 왜 상대방의 약점을 들추어 내야만 직성이 풀리는 심성이 생길까? 또 비방이나 욕은 어떻게 하여 생기게 되며 어떤 심리적 구조에서 유발될까?

비난이나 욕은 자기의 부족함을 감추기 위해 남을 공격함으로써 스스로의 모자람을 은폐하려는 욕구에서 나올 때가 있고, 또

남의 약점이나 좋지 않는 점(흠)을 남에게 알림으로써 자신의 완전함이나 결백함을 과시하기 위한 방편으로 삼기도 한다. 한편 욕을 하는 사람들은 자신의 정당성을 확보하고 그들 간의 유대를 통해 안전감을 얻으려 하는 경우에 비방이나 욕이 나오게 된다.

이와 같은 비방의 문화가 우리 사회에 병리적인 현상으로 뿌리 내려진 문화적 전통의 배경이 무엇일까?

우리 문화의 전통적 특성을 보면 합리성보다는 감성과 불합리하거나 비합리적인 속성이 두드러진다. 그런가 하면 보편주의보다는 특수주의, 즉 각종의 파벌 강조, 정실주의 등이 강한 점과 업적주의보다는 귀속주의(어느 가문의 자손, 어느 학파 소속 등)적이라는 점을 들 수 있을 것이다.

해방 후의 혼란과 전쟁을 겪어온 기성세대의 한국인들은 어려운 조건에서 극심한 생존경쟁을 해오면서 자신도 모르게 편법주의의 행동양식이 내면화되었고 법과 규범보다는 요령과 편법이 앞선다는 식의 편법주의의 만연이 우리 사회에 이른바 무규범상태Anomie를 초래하여 남을 칭찬하기 보다는 비방하기가 쉬웠던 사회 상황이었다.

비방문화의 형성 요인들을 살펴보면 다음과 같다.

①무임승차와 공짜주의
공동체, 가족, 집단주의 생활 등으로 개인의 역할은 분명치 않고 공동책임으로 돌리며, 공사公私가 분명하지 않아 책임을 전가

시킨다. 주체적 개성이 발달되지 않고, 자신이 애써 노력하지 않은 채 말로써 그 대가를 치르는 경우가 통용되고 있다. 바로 무임 승차와 공짜주의이다. "헛 인사 죽만 못하다."는 속담도 있다.

②평등지상주의

더불어 못사는 것이 낫다, 남이 잘못 되는 것이 내 잘 되는 것보다 낫다는 식이다. "내 못 먹는 밥에 재나 뿌리자."는 우리 속담도 있다. 이러한 것들은 잘난 사람을 용납하지 못하고 잘못된 사람을 마구 유린하는 꼴이다.

③유교의 예의관념

겸손, 사양, 양보의 지나친 강조로 인해 자랑하거나 자신의 주관적 입장을 밝히는 것 자체를 못난 사람으로 여긴다. 팔불출이라는 용어에 잘 나타난다.

④출신 성분 중시

사태 평가에 있어서 업적이나 공로보다는 출신 성분을 중시하며 지위, 신분, 신상 등이 그 대상이 된다. 따라서 오늘날과 같은 사회변동과 함께 자리바꿈이 심한 경우 대부분의 사람들이 비난의 대상이 된다.

⑤감정 위주의 행동양식

이것은 순화된 욕구 해소책들의 빈곤과 가고 및 지성 문화의 빈약함으로 이어진다. 규칙이 복잡하고 노력을 요하는 게임보다는 운이나 요행을 바라는 도박 같은 사행성, 소비성 오락이 주가 되는 현상 등이 그 요인이라 하겠다.

IV.

비방문화가 성행하게 되면 파벌이 조성되어 편 가름을 하는 경향이 높고 배타적이고 폐쇄적인 경우가 많아진다. 이렇게 되면 대인관계의 갈등과 마찰이 심화되어 개인적으로는 정서가 불안하고 사회적으로 불신풍조가 만연되어 안면 중심의 파벌이 조성되고 권위주의 및 보수주의의 경향이 증대된다. 그래서 욕하는 사람들 사이에는 언제나 상대에 대한 불신이 심화되어 항상 자신이 불안감을 느끼고 또한 남으로부터 피해의식을 가지며 그 결과 상대보다 먼저 배신하고 기회가 되면 변신하는 경향이 심해진다.

이렇게 되면 사회공동체 의식이 박약해지고 사회규범을 지키기보다는 요령 있게, 약삭빠르게 지내는 사람이 돋보이는 사회가 되어 사회정의나 공정성이 통용되기 어렵다.

뿐만 아니라 이러한 사회분위기 속에서는 창의적인 발상이나 협력을 요하는 일이 성취되기 어려울 뿐 아니라 사회적·국가적 차원의 장기적이고 합리적인 과업, 계획, 개혁 등이 성사되기 힘들다. 또한 인간 자체에 대한 회의, 허무, 염세주의 내지 기회주의, 패배주의가 성행하게 된다.

V.

비방의 문화를 지양하고 칭찬의 문화를 진작시키기 위해서는 우리 각자의 내부로부터의 변화와 개혁에서만 비롯된다고 하겠다. 우리의 삶이 보다 풍요롭고 값지기 위해서는 시대의 변화에 따라 우리의 의식意識도 바뀌어야 한다. 1인당 국민소득 7천 달러 시대에 있어서 1천 달러 시대의 생활방식은 부합되지 않는다.

개혁이란 껍질을 깨고 새로이 태어나는 것이다. 의식개혁은 지식과는 달리 행동으로 옮겨지는 지식이기 때문에 우리 각자가 어떤 사안에 대해서 알고만 있어야 될 것이 아니고 반드시 거기에 대응해서 실천해야 하는 것이다.

우리가 일반적으로 변화라고 하면 누군가가 해주는 것으로 생각하기 쉽고, 자신은 변화에서 예외라고 생각하는데 그것은 잘못된 관념이다. 다시 말해서 우리가 스스로의 의식을 변화시킨다는 것은 개인 스스로가 주체가 되어 변화되어야 하는데 실제로는 변화되어야 할 사람인 자기는 제외하고 다른 사람만 변화되어야 하는 것으로 생각하기 때문에 개혁이 잘 이루어지지 않는다. 우리는 지금 변혁의 시대에 살고 있다. 우리가 바뀌기 위해서는 지금까지 가지고 있던 패러다임을 전환시키고 새로운 출발을 해야만 하는 것이다.

오늘의 세계는 과학화·기술화·정보화로 시간과 공간적 거리가 너무 가까워 동일한 생활공간에서 비슷한 생활 습관으로 살아간다. 그렇기 때문에 우리의 시민의식이 새로워지지 않으면 선진화된 국가의 시민들, 즉 상대방을 칭찬하는 데 인색하지 않고 언제나 남을 배려하며 공동체생활에 익숙해진 그들과 어우러져 살 수가 없을 것이다.

그래서 우리 모두는 어떤 사람을 상대할 때 그 사람의 업적과 공과에 대한 평가를 해야 하며, 질책보다는 자신이 도와줄 수 있는 면이 어떤 것인가를 먼저 생각해야 할 것이다.

남을 함부로 칭찬하는 것은 칭찬문화의 정착을 저해하는 것이므로 평을 받는 사람 스스로가 수긍할 수 있는 칭찬을 해야 할 것이며, 우리가 흔히 듣고 말하는 욕이나 비방, 분노 등이 욕구불만의 참된 해소책이 될 수 없음을 깨닫고 그 자체가 죄 또는 지혜롭지 못한 자신의 반영이라는 인식과 아울러 성숙된 시민의 태도가 아님을 깨달아야 한다.

또한 칭찬문화의 진작을 위해서는 건전한 자아관을 가져야 한다. 내가 누구보다 못 할 게 뭐 있냐고 생각하는 자세, 아니면 남을 헐뜯는 자세 등 외면적 기준이나 형식에 따른 판단이나 평가가 아니라 자신의 내면적 가치기준에 따라 자신을 통제할 수 있고 그 스스로에 대해 자긍심을 가져야 한다.

지금 우리 국가가 지향하고 있는 세계화도 '폴 케네디' 교수가 말한 바처럼 "세계화는 누구에게나 이로운 것이 아니라 전문화된 인력을 먼저 잘 준비한 국가에게만 유리하다."고 할 때 인간관계에 있어 나 스스로가 겸손하되 비굴하지 않고, 당당하되 자만하지 않아야 한다.

자기를 알리되 과장됨이 없는 삶의 자세와 성실한 생활태도, 즉 스스로가 참됨에 대한 사랑과 인간에 대한 사랑을 실천에 옮기는 용기를 가지고 살아가도록 했으면 하는 바람이 간절하다.

여러분! 비방의 문화가 성행한다는 것은 우리 각자의 욕망 때문입니다. 우리 이제부터는 좀 양보도 하고 삽시다. 욕망 충족의 끝없는 바다에서 나침반도 없이 표류하지 말고 가능하면 욕망의 숫자를 줄이고, 욕망 자체를 자제하려고 노력하며, 되도록 단순한 삶을 영위하도록 노력해야 한다는 것입니다. 단순한 삶이 주는 기쁨, 그것은 정말 그렇게 사는 사람만이 느끼고 누릴 수 있는 행복입니다.

Less is more.

[부산시 여성단체연합회 세미나 '주제발표문'(1998. 5. 부산문화회관 국제회의실)]

7. 공정한 사회Fair Society를 위한 시민의 덕성

인류 역사 이래 '좋은 삶'을 위해서는 어떤 사회가 되어야 할 것인가를 놓고 논쟁을 벌여 왔다. 그러나 공정함과 시민의 덕성에 대한 공유된 이해 없이는 좋은 삶이 실현되기란 불가능하다. 외국 사람이 본 한국인의 단점을 4가지로 요약하면 다음과 같다.

(1) 과거지향적인 면이 강하다는 점

한국인은 일반적으로 앞으로의 설계 등 미래지향적이 아니고 모이면 지나간 정치 사건, 과거의 동창생 이야기로 시간을 보내는 경우가 많다.

(2) 핑계를 너무 내세우는 점

무슨 일이 잘못되었을 때 솔직하게 자기반성과 실패에 대한 인정은 하지 않고 윗사람 아랫사람의 핑계를 대기 일쑤다.

(3) 인간관계에서 져줄 줄 모르는 점

타협을 모르고 양보를 패배로 생각하며 흑백논리에 젖어든다

든가 편 가르기를 한다.

(4)심지 않고 거두려는 공짜심리가 강하다는 점

흔한 말로 공짜라면 양잿물도 큰 덩어리를 택한다는 것이다.

경제중심 사회가 낳은 폐해도 심각하다. 하버드대학교 '마이클 센델' 교수는 "왜 도덕인가"라는 저서에서 ①도덕적 해이와 거짓말 ②각종 로비와 공직자의 부패 ③경제인의 각종 특혜와 비윤리적 이권 개입 ④일반시민의 도덕불감증 등 경제논리에 가려 어느 정도의 비도덕은 묵인할 수 있다는 근거가 빈약한 관용이 저변에 광범위하게 퍼져 있는 것이 현실이라고 지적하고 있다.

우리가 다 잘 알고 있는 바와 같이 2007년에 '국기에 대한 맹세'가 수정되었다. 즉 '조국과 민족'이라는 구절이 빠지고 "자유롭고 정의로운 대한민국"이 채택되었다.

그러나 정의로운 대한민국이란 무엇인가에 대한 의문을 갖게 하는 일들이 우리 주변에 너무 자주 일어나고 있다. 매일같이 보도되는 것은 편법, 뇌물수수, 특혜비리, 비인륜적인 사건들, 사람이 사람을 대하는 기본부터 잘못된 행위들에 이르기까지 참 이상한 일들이 너무 많다. 솔직히 말해서 비정상적인 사람이 너무 많다는 점이다.

①강모라는 교수는 마누라를 죽여 그 시체를 강에 던져놓고도 학교에서 강의를 했다니 이 사람이 강의에 미친 사람이 아닐까.

②또 자식을 데리고 집나간 아내와 뒷모습이 닮았다고 30대

여성을 살인한 미친 남자.

　③2천 억 이상의 손실이 나는 회사에서 연봉 7천만 원을 받고도 성과급 달라고 파업하는 노동자들

　④부산투자금융사건: 우리가 열심히 노력하여 알뜰히 모은 돈을, 몇 푼의 이자 더 받기 위해서 금융기관을 믿고 맡긴 돈을 자기 돈보다 더 쉽게 무려 7조 원을 마음대로 사용한 기관 책임자라는 인간들.

　⑤파인 플레이를 생명으로 하는 운동선수가 승부를 조작했다고 세상이 시끌벅적하다.

　⑥국가의 간성인 몇몇 장교와 사병이 북한 김정일과 김정은 부자에게 충성을 맹세했다니 말이 되는가.(조선일보. 2011. 5. 30일자)

　어디 그뿐인가. 지난 6월 말 국가보안법 위반 혐의로 기소된 황 아무개 씨(건설회사에 다니는 평범한 샐러리맨)가 법정에서 판사의 감형 선고를 받고도 ‘김정일 장군 만세’라고 외쳤다고 하니 우리 사회는 크고 작은 도그마로 가득 차 있다.(한국일보. 2011. 8. 9일자. 정진황의 칼럼 ‘도그마에 빠진 세상’)

　김동길 교수는 그의 칼럼에서 천안함 사건과 연평도 무차별 폭격을 감행하고도 죄송하다는 말 한마디 없는 인간이 미친놈이라는 것. 북쪽을 제재할 것이 아니라 김정일과 잘 지내도록 하자는 인간들이 야당에도 있고 여당, 언론계, 학계에도 수두룩하다. 이런 미친놈(제정신이 아닌 사람)들 때문에 대한민국이 망조가 들게 되고 한 번 망하면 영원히 끝나게 된다.

빈민의 대모 강영순 의원(한나라당 18대 비례대표 1번)의 '한국 정치판에 분노한다'(조선일보. 2011. 6. 15)를 보자.

"요즈음도 가난한 엄마들이 아이를 키울 자신이 없어 신생아를 버린다. 이것이 대한민국 빈곤층의 현실. 그런데 반값 등록금요, 정신 나간 사람이 정치해서 되겠습니까. 4년제 대학과 2년제 대학에 다니는 학생은 모두 281만 명. 이중 23%인 약 64만 명이 대출을 받거나 아르바이트로 학비를 마련하고 있다. 반면 돈이 없어 급식 예산을 지원받는 청소년의 수는 137만 명이다. 표票 안 찍는 137만 명은 눈에 보이지 않고 표 찍는 대학생들만 보이느냐. 가난한 아이들이 가서 점심이나 저녁을 먹고 공부하는 지역아동센터가 전국에 3690개가 있다. 이런 상황에도 교과부장관은 저출산으로 아이들이 줄어들어 남는 예산을 대학 등록금 완화에 쓰겠다고 하더라. 국민을 위한 복지제도를 만들어야지 표를 얻기 위한 복지제도를 만드는 정치풍토가 되어서는 안 된다. 무상 얘기만 하고 공짜로 나눠줘서 국민들의 정신을 빈곤하게 만들려 한다."

그뿐인가요. 엄정하고 투명한 법 집행을 으뜸으로 생각하는 검사의 직분에 있는 사람이 민노당(당의 강령에서 한미동맹 해체와 주한미군 철수, 연방제 방식 통일을 주장)에 2006년까지, 열린우리당에는 2004년까지 월 5천 원~1만 원의 당비를 납부하였다고 한다.

2009년 북한이 핵실험을 하자 이명박 정부의 잘못된 대북정책이 핵실험까지 초래하였다고 주장하고 있다.(조선일보. 2011.

8. 11. 사설)

　뿐만 아니지요. 한나라당 이모 의원이 국회의원회관 1층 로비에서 단식농성을 벌였는데 경력을 보면 국회의원 세 번 하는 동안 주로 경찰 치안 행정 문제를 다루는 행정안전위원회에서 시위나 농성 같은 문제를 다루는 활동을 한 사람으로 한나라당 경북도당 위원장인데 경북에 유치하려던 과학벨트가 대전으로 가게 되어 "이렇게라도 하지 않으면 지역정서를 달랠 수 없으니 이해해 달라."고 호소하고 있으며, 전라북도에서 상경한 주민 300여 명이 청와대 분수대 앞에서 연좌 농성을 벌였는데 2007년 대선 후보 민주당 정모 최고위원, 산업자원부장관을 지낸 정모 최고위원, 전북 김모 지사 등은 한국토지주택공사가 전북 전주로 오지 못한 것을 항의하는 데모에 동참하고 있다.

　또 군 개혁 관련 법안이 국회에서 통과되지 못하도록 모든 수단을 동원하겠다는 예비역 장성들의 정부와의 힘 겨루기 등 세계 어느 나라에서도 찾아보기 힘든 현상들이다. (조선일보. 박두식 칼럼. 2011. 5. 18일자)

　한편 선의善意를 베풀거나 책임을 진 쪽을 당황하게 만드는 일은 보는 이로 하여금 화나게 한다. 즉 외교통상부가 지난 2월 리비아에서 탈출한 교민 약 500명을 전세기로 데려왔는데 이중 일부 60명에게 항공료 납부를 독촉하는 내용증명서를 보냈다. 리비아에서 타고 온 전세기의 1인당 항공료 750달러를 내라는 것이다. 그런데 '돈이 없다'는 이유로 "왜 우리가 내느냐?" 하고 때를 쓰며 일부에서는 "중국은 나라에서 항공료를 지불했다는데 우리는 개인 돈을 내라는 건가?" 하고 항의한다.

이래도 공정사회란 슬로건을 내걸어야 하는 것인가?

인도의 성자 '간디'는 '나라가 멸망할 때 나타나는 일곱 가지 사회악'을 설파했는데, 그의 무덤 앞 비석에 새겨져 있다고 한다.

(1)원칙이 없는 정치 (2)노동 없는 부富 (3)양심 없는 쾌락 (4)인격 없는 교육 (5)도덕 없는 상업 (6)인간성 없는 과학 (7)희생 없는 종교

일반적으로 정치인은 다음 선거를 염려하여 대비하게 마련인데 참정치인은 다음 세대를 염려한다는 말이 있다. 우리도 이제는 우리 사회의 모순된 현실을 알뜰히 고민해야 할 때인 것 같다.

그렇다면 우리 사회가 왜 공정한 사회가 되어야 하는가?

그것은 무엇보다 공정한 사회에서의 삶은 존재적 의미와 생활의 보람을 가져다주기 때문이다. 그래서 공정은 어느 시대 어느 사회를 막론하고 오랫동안 사회질서의 고귀한 덕목이자 추구해야 할 가치로 간주되어 오고 있는 것이다.

현대정치의 우선과제가 경제성장이 되면서 바람직한 삶의 모습으로서 공동선, 정의 등 삶의 가장 중요한 문제를 소홀히 하게 되었다. 따라서 공정사회fair society는 한국사회의 발전과정에서 반드시 짚고 넘어야 할 역사적 과제라고 하겠다.

"정의가 없는 나라는 강도 집단과 무엇이 다른가?"라는 토마스 아퀴나스의 말을 우리는 결코 잊어서는 안 될 것이다. 이명박 대통령도 66주년 8.15 경축사에서 공정과 정의를 강조하였다. 공정사회를 위한 시민의 덕성을 생각해보자.

1. 공익 우선의 삶의 자세

공정한 사회라면 정의로운 사회를 말하고 이러한 사회는 개인의 자유를 존중하고 각자 좋은 삶을 선택하도록 해야 하는 것이다.

공정한 사회 실현을 위해 가장 중요한 일이 무엇인가에 대한 조사(문화일보 2010. 9.14)에서 한국인은 권력층의 실천 의지와 솔선수범을 공정의 핵심으로 인식하고 있고(33.1%), 다음으로 엄정하고 투명한 법 집행(28.1%)이다. 규칙이 무너진 사회에 대한 이반심리離反心理가 횡행해서는 안 되고 우리가 산업화와 민주화를 넘어 반드시 통일의 규칙이 작동하는 공정한 사회라는 다리를 건너야 한다고 하겠다.

동양 전통에서 공公이 지닌 의미는 (1)지배권력, 지배기구, 지배영역으로서 공을 지칭하고 (2)공정성, 공평성과 같은 윤리 원칙으로서 공을 말하고 (3)다수의 이익과 의견으로서 공을 말하는데(이승환의 주장) 우리 사회에서 불공정의 사례들을 보면 지도층 특히 공직자의 도덕과 법질서 의식에 관련된 것이다.

다시 말해 고위공직자의 청문회에서 자주 등장하는 위장 전

입, 부당 증여 및 세습, 탈세, 권력층 인사의 병역 기피 등등. 국민들이 공정한 사회의 선결 요소로 지도층의 실천의지와 솔선수범을 주문하는 것을 보면 사회지도층의 도덕과 법질서 준수가 공정의 문제와 얼마나 깊이 관련되어 있는지 알 수 있다.

또한 교육 기회의 균등과 관련하여 공정성 문제를 들 수 있다.

오늘날 한국 교육의 특징 가운데 하나가 공교육이 무너지고 사교육 의존도가 지나치게 높다는 것이다. 과도한 사교육시장은 교육의 기회균등에 균열을 만들어내고 있다. 있는 집 자녀가 출세길이 빠르다는 것과도 같은 말이다.

우리나라 사람들은 공교육에 대한 신뢰도에 57%라는 절반 이상이 "불신한다."는 대답을 했다.(조선일보. 2011년 신년특집. '한국인이여 행복하라'에서 10개국 5190명에게 '행복'을 물었는데 공교육의 신뢰감은 북유럽 국가들이 압도적으로 높았다. 핀란드 90.3%, 덴마크는 72.5%)

흥미로운 것은 국민의 절대 다수가 한국은 공정하지 못한 사회로 믿고 있다는 사실. 우리나라 국민 4명 중 3명은 우리 사회는 불공정하다고 인식한 것으로 조사되었다. '우리 사회는 공정한가'에 대한 정부의 여론조사에서 국민들의 73%가 '우리 사회는 공정하지 않다'고 답을 했다고 한다.(조선일보. 2010. 9. 25일자)

한국사회에서 정의와 공정은 아래보다는 위의 문제이며 사私보다는 공公의 문제로 인식되는 경향이 강하다. 즉 한국에서의 공정한 사회구현은 공공 영역과 지도층에 대한 우려와 기대, 편법과 원칙에 달려 있음을 의미한다.

2 대기업과 중소기업이 활동하는 무대가 달라야

세계의 어떤 기업이든 제일을 지향하고 있다. 시장에서 살아남기 위해서는 1등만이 '승자독식'을 누릴 수 있기 때문이다. 우리나라 재벌들은 '문어발식 경영전략'을 채택해온 것도 사실이다. 이러한 전략은 고도성장기의 전략이었지만 이제는 나만 잘 되면 된다는 식의 전략은 너무도 불공정하다는 현상이 심화 일로에 있다는 것이다.

다시 말해서 대기업과 중소기업의 양극화 현상, 즉 대기업의 중소기업 영역 빼앗기가 극에 달하였다는 점이다.

제조업 분야에서 보면 중소기업이 먼저 개발하여 성공한 사업에 대기업들이 뛰어들어 시장을 점유하는 현상들이다. 비누 종류, 김치냉장고, 식음료, 맞춤용 양복 등의 패션 사업, 이루 헤아릴 수가 없을 정도니 어느 중소기업 대표는 "상품을 개발해봐야 곧 대기업이 잠식하는데 상품 개발을 생각할 여지도 없다."고 하소연한다.

또 유통분야에서도 재벌그룹들이 소모성 자재들, 즉 볼펜 등의 필기구, 면장갑, 쓰레기통, 대걸레 등을 계열사나 협력업체에 독점 판매하는 MRO(소모성 자재구매 대행)사업에 대한 비난에 직면한 현상을 보라.

한독 상공회의소 사무총장 위르겐 빌러가 국내 재벌들에게 "대기업이 시장을 독식하는 현상은 국가 경쟁력을 손상시키는 일이며 기술력을 갖춘 중소기업의 진출을 막는 일이다."라고 경고한 말을 단순한 충고의 목소리로만 들어 넘겨서는 안 된다고 생각한다. 이처럼 중소기업과 대기업의 무대가 완전히 다르지 않고는 공정사회를 생각할 수가 없다.

3. 연대적 공존문화가 절실하다

연대적 공존문화로 가는 길은 시민교육civic education에서 찾아야 한다. 우리사회가 발전하는 과정에서 크게 빠진 것이 시민교육이라고 하겠다. 시민교육의 기본은 공동체에 대한 우애다. 이것은 다른 사람의 견해를 존중하고 사회적 구분을 가로질러 타협하는 법을 배우는 것으로부터 시작된다.

우리는 시민교육을 통해 공존, 통합, 화합에 대하여 많은 토론이 있어야 한다. 시민교육을 통하여 이타심, 우애, 동료애, 연대, 신뢰와 같은 덕목이 필요함을 강조해야 한다. 공직은 헌신하고 봉사하고 절제하는 자리임을 숙지하도록 해야 하고, 다른 사람에게 불편을 주어서는 안 된다는 행동교육도 숙지해야 한다.

민주주의를 하려면 조급하지 말아야 하고, 자유는 우리 스스로 노력을 해야만 갖게 되는 것이며 또 그만큼 합당한 자격을 갖추기 위해서는 더 많은 노력을 기울여야 하기 때문에 여기서 가장 필요한 것이 시민교육이다.

4. 사회지도층의 자발적 실천

한국에서의 공정한 사회 구현은 공공 부문과 지도층의 책임과

맞물려 있다. 한국사회의 공정성과 관련하여 개선해야 할 상당 부분은 공적 영역과 사회지도층과 연관되어 있다. 많은 국민들이 공직사회의 투명성과 사회지도층의 도덕성이 공정한 사회로 가는 지름길임을 주장하는 까닭이다. (지금 논의되고 있는 전관예우 문제도 한 예다.)

특히 누구나 수긍하는 공정한 기준과 편파적인 법 집행을 방지할 제도적 규칙을 만드는 것이 공정한 사회를 위한 선결 과제라고 할 때 지도층과 상류층의 솔선수범은 아무리 강조해도 지나치지 않다. 이는 신뢰구축의 지름길이기 때문이다.

선진국에서는 사회지도층이 반칙, 편법, 불법을 저지를 경우 엄청난 대가를 치르는 것으로 알려져 있다. 사회지도층은 사회로부터 받은 혜택이 그만큼 크다는 원칙을 준용한 것이기 때문이다. 특권과 특혜가 통하지 않는 투명한 사회를 향한 국민의 도덕적 요구는 점차 높아지게 마련이다.

개혁은 철저한 자기혁신으로부터 시작해야 실패하지 않는다고 한다. 공정한 사회가 한국사회의 미래를 담보하는 중심 원리로 자리 매김하는 이때 사회지도층의 도덕적·실천적 자기혁신은 그 어느 때보다 절실하게 요청된다.

박지향 서울대학교 교수는 그의 논단에서 이런 의견을 밝혔다.

우리나라 헌법 제1조에 대한민국은 민주공화국民主共和國이다. 하지만 민주民主는 확실한데 공화국共和國인지는 확실하지 않다. 공화주의란 미덕을 갖춘 시민이 자신의 사적 이익을 양보하여 전체 이익을 도모하는 것을 의미한다. 이 말은 전체를 위해 개인을 희생한다는 말이 아니다. 공화주의에서 공공선公共善을 생각하는 것은 그래야 궁극적으로 자신의 행복도 더욱 증진되기 때문이다. 그런 체제를 유지하기 위해 공화국 시민들은 일정한 법 체제를 유지하기 위해 일정한 법 체제에 동의하며 교육을 통해 시민적 자질을 배우고 토론을 통해 무엇이 공익公益인가에 합의하는 과정을 갖는다. 그와 같은 제도가 정착되어 있을 때 그 정체政體가 무엇이든 진정한 공화국 수준에 이르렀다고 본다는 것이다.(조선일보. 2011. 5. 19)

공정사회라면 개인의 자유를 존중해 각자 좋은 삶을 선택하도록 해야 한다는 것이며 공화에 역점을 둔 교육을 통해 민주공화국 시민을 양성해야 한다. 사적이익과 공익을 지혜롭게 조화시키는 것이야말로 개인이 사회를 이루고 사는 명분이 된다.

마이클 센델 교수도 민주주의는 시민들이 공동선과 정의에 대해 심사숙고하는 것이라고 했다. 생각하고 논쟁하고 추론하고 숙고하지 않는 다수는 군중일 뿐이다. 시민의 삶과 대중적 심의, 시민교육의 질에 모든 것이 달려 있다 해도 지나친 주장이 아니라고 하였다. 뿐만 아니라 미국의 은행과 투자회사들이 호황에만 이익을 챙기고, 위기 때 생긴 손실은 구제금융을 통해 납세자들에게 전가하고 있다면서 이익은 사유화되고 손실은 공유화되는 불공정한 행위에 대한 분노가 월가 시위로 결집되었다고 하였다.

그는 특히 최근 한국에서 정의와 공정성, 공공선에 대한 공공

의 논의가 활발하게 진행되고 있다는 점에 감명을 받았다고 한
다.(조선일보. 2011. 10. 13일자)

　지금은 대한민국의 자유민주주의와 공정한 사회로 나아가는
데 필수적인 가치가 되는 정직, 공감, 책임 등으로 사회통합·국
민통합의 길로 매진해야만 선진화된 국가로 발전한다는 것을 명
심할 때이다.

[희수喜壽를 맞이하여 2011. 10. 21. 음력 9. 25]

나는 직업이 교수라서 그런지 다른 사람보다 본의 아니게 주례를 많이 선 것 같다. 내 나이 희수喜壽인데 내 기록으로 이번이(80년대 대학교 제자의 장남 결혼식에서) 삼백세 번째 주례를 하게 되는 것 같다.

결혼은 함께 살 수 있을 것 같은 사람이 아니라 없으면 못 살 것 같은 사람과 해야 한다는 말이 있습니다.

새봄을 맞이하여 새싹이 움터 오르는 계절을 맞이하여 신랑과 신부는 먼서 결혼을 왜 해야 하는시를 깊이 생각해야 하는 순산에 와 있습니다.

결혼의 목적이 행복한 가정을 통해서 고귀한 인생의 목적을 실현해보려는 것이라고 한다면 행복한 가정을 이룩하는 것이 으뜸의 목적이라고 하겠습니다. "행복한 가정은 미리 누려보는 천국"이라는 말도 있습니다.

두 사람이 행복한 가정을 이룩하는데 필요조건必要條件으로는 먼저 두 사람의 만남을 숙명적宿命的인 만남으로 승화시켜야 한다는 것입니다.

지금 두 사람의 만남은 선택적選擇的인 만남입니다. 선택적인 만남이란 70억 명의 인구 가운데 서로가 상대를 선택해서 만나게 된 것입니다.

부모와 자녀 간의 만남을 숙명적인 만남이라고 합니다. 숙명적인 만남은 죽음 이외에는 헤어질 수 없는 만남을 말하는 것으로 두 사람의 만남이 이러한 만남으로 승화되었을 때 행복해질 수 있음을 명심해야 한다는 것입니다.

다음으로는 사랑을 실천하는 부부가 되어야 한다는 것입니다. 세상에서 가장 아름다운 것이 사랑이라고 합니다. 사랑은 결코 혼자서 독립적일 수는 없습니다. 사랑은 너와 나의 관계에서 존재하는 것입니다.

그래서 사랑은 실천하기 전까지는 사랑이라고 할 수 없습니다. 그렇기 때문에 사랑은 이론으로, 관념적으로, 지식으로 이루어지는 것이 아닙니다.

사랑은 관심을 가져야 하고, 이해해야 하고, 책임져야 하고, 희생도 해야 하고, 인내도 해야 하는 것입니다.

사랑은 영원성永遠性을 지니고 있는 것입니다. 그래서 이제부터 두 사람은 사랑해야 하는 것이 개인적인 선택이 아니고 반드시 함께 해야 하는 숙명임을 재인식해야 되는 것입니다. 그래서 부부관계는 영원한 관계라고 합니다.

　뿐만 아니라 부부는 서로가 서로를 한 순간도 잊어서는 안 되겠다는 약속으로 물망초 한 다발씩을 결혼 1주년이 되는 날 서로에게 선물하는 의식도 했으면 더욱 좋겠습니다.

　세 번째로는 앞으로 두 사람은 희랍어로 코이노니아Koinonia의 관계를 이룩하도록 해야 하는 것입니다. '코이노니아'란 낱말은 두 사람의 관계를 단적으로 표현하는 말로서 다음 두 가지 의미를 가지고 있습니다.

　그 하나는 상대방에게 모든 것을 아낌없이 준다는 뜻이고 다른 하나는 끝까지 상대방을 책임진다는 것입니다.

　남편과 아내로서 도리를 다하며 가정을 건강하게 유지하기 위한 가장 기본적인 사회적 도구가 신뢰信賴임을 깨닫고, 언제나 공감대共感帶가 유지되어야 한다는 점도 잊지 말아야 하겠습니다. 그래서 부부는 이 세상에서 최고의 응원단장이며 영원한 응원단장이 되어야 한다는 것도 명심하기 바랍니다.

　끝으로 두 사람은 이 세상에서 가장 큰 행복이 최대한最大限이 아니고 최소한最小限에 감사할 줄 아는 마음에서 온다는 것을 명심하기 바랍니다.

　또한 두 사람은 여러 가지로 어려운 여건 속에서도 이렇게 훌륭하고 건강하게 키워준 양가 부모님의 은공에 평생 동안 감사해

야 할 것이며 이 자리에 계시는 우리 모두가 최소한에 감사해야
겠다고 다짐하는 두 사람의 인생행로에 반드시 행복한 삶이 펼쳐
질 것과 백년해로하기를 간절히 기원하는 의미에서 우레와 같은
박수로 축하합시다.

[2011. 2. 20]

4장

굽이쳐 흐르는 강

首河 堅鶴弼 敎授 停年記念祝賀會
停年記念論文集「南北韓和解時代의 韓國民主主義, 統一 그리고 國際政治」奉呈式
때: 2001. 2. 23   18:30   곳: 해운대그랜드호텔 6층 볼룸

1. 이데올로기보다 더 귀중한 것이 사람의 목숨이다

많은 사람들이 생전의 아버지의 가르침 또는 영향으로 지금의 자기의 삶이 이루어지고 있다고들 한다.

나의 경우는 그야말로 고난의 가족사를 이야기함으로써 오늘의 나를 생각해 볼 수 있을 것 같다.

나는 초등학교 3학년 때 8.15 해방을 맞이하게 되었다. 이 소식을 듣고 가장 먼저 뛰어가 본 곳이 우리를 많이 괴롭혔던 교장 선생님(고지마 선생)이 살고 있던 관사였다. 담 너머로 들여다보니 조그마한 체구의 선생님은 짐을 싸고 어디론가 떠날 준비를 하고 있는 것 같았다. 마을 어른들은 학교 교정에 세워져 있던 신사神社를 망치로 부수는가 하면 일본의 나라꽃 벚나무를 톱이나 도끼로 베어버리는 것을 보았다. 이는 일제 36년 동안 모진 고생을 겪었던 울분의 토로가 아니었던가.

식량난으로 제대로 먹고 살기가 어려운 처지에서 인심이 흉흉한 가운데 우리는 학교에서 한글을 배워 마을에 돌아오면 저녁에는 마을 어른들에게 한글을 가르쳤다. 특히 할머니들은 5일장에 가는데 시장 어귀에서 면사무소 직원들이 나와 글을 모르면 시장에 들어가지 못하게 함으로써 제삿장을 보러간 사람들이 낭패를 당하는 어려움도 생기곤 했다.

신문도 잘 볼 수 없는 시골, 라디오는 물론 없었고 세상 돌아가는 소식은 영 넘어 산 넘어 어른들의 입을 통해서, 아니면 선생님을 통해 듣게 되는데 어떤 소식은 일어난 지 수십 일이 지나서 알게 되는 현상들도 있었다.

시골에 사는 우리들에게는 아버지의 활동이 문제가 되어 빨갱이들이 사람을 죽이는 일이 눈앞에 닥쳤다. 음력 5월이면 낮의 길이가 긴 시점이라 우리 집안에서는 저녁밥을 일찍이 먹고 해가 넘어가기도 전에 아버지와 형님 등 온 식구가 가는 곳을 서로 알리지 않고 헤어졌다가 아침이면 집으로 돌아오곤 했다.

어린 내가 보기에도 너무나 이상하고 고생스러운 일들이 매일 계속되었다. 이렇게 세월이 지나 1948년 5월 10일 역사적인 국민총선거를 통해 국회의원을 뽑는 등 민주정부 수립 준비에 여념이 없을 때 우리 아버지는 이른바 좌파세력에 의해 희생을 당하고 말았다.(명치 23년=단기 4223년=1890년 음 8월 15일-1948년 음 5월 10일. 58세)

장례식도 경찰관들이 지켜주는 가운데 간신히 치렀고, 역시 밤이 되면 가족들이 흩어져 생활하는 사정이었는데 이때가 초등학교 6학년이었다. 아버지의 장례식을 마치고 학교에 가니 친구들이 어떻게 살아왔느냐 하는 눈치였고 중학교도 가기가 어려운 가정 사정이었다.

아버지는 일제 시대 군에 간 동네 청년들이 보내온 편지를 받아, 읽을 줄 모르는 할머니들이 아버지에게 가져오면 구구절절 읽어주시던 광경을 여러 번 보았고, 총선거 때 선거관리위원장을 맡아 수고하시는 모습도 보았다.

지금 생각해 보니 대한청년단에 큰형님이 관여하였고 아버지는 국민회의에 참여한 것 같고 점심 때 경찰관들이 집에서 식사도 하면서 많은 이야기를 나누는 모습도 보았는데 아마도 우리 집은 우익에 가담하여 생활한 것 같다. 아버지께서는 안전한 곳으로 떠나 당시에 주어진 일을 수행하실 수도 있었을 텐데 떠나지 못하신 것은 가족을 생각한 나머지 자녀들 때문이었던 것으로 여겨진다.

"누구든지 자기 친족, 특히 자기 가족을 돌아보지 아니하면 믿음을 배반한 자요 불신자보다 더 악한 자이니라"(딤전. 5장 8절)는 말씀을 생각하셨는지도 모르겠다. 아버지의 희생이 어린 나에게는 너무도 큰 충격이 아닐 수 없었다.

그래서 나는 자식 된 도리로 아버지가 왜 희생되어야 했는지 알아야겠다고 결심하게 되었다. 실업계 학교를 다니던 나는 인문계 대학으로 진학해야겠다는 생각을 하게 되었고 대학원에서는 "1876년부터 1910년까지의 한국을 중심으로 한 국제관계"에 대한 논문을 쓰게 되면서 극동에서의 한국의 위치를 생각하게 되었다. 박사 과정에서는 "미군정과 한국의 정치발전"에 대한 논문을 쓰게 됨으로써 행방 정국에 대한 정치상황을 알게 되었다.

아버지의 희생이 설익은 이데올로기의 추종자들에 의해 이루어졌다고 생각하니 정말 가슴이 아플 뿐이다. 생각해 보면 내가 초등학교 입학 전에 아버지로부터 천자문을 배워서 지금까지 그때 배운 한문 덕분에 공부에 도움이 되었다. 나의 경우는 아버지 생전의 가르침보다는 아버지의 애석한 죽음을 통하여 하고자 했던 일들을 더 많이 생각하게 되었고, 생각한 일들을 꼭 이룩해야 겠다는 결심을 하게 되었던 것 같다.

어느 신문에 1948년 여순반란사건에 얽힌 영화 같은 실화 중에 두 아들을 총살시킨 사람을 자기의 양아들로 삼아 훌륭하게 키워온 목사님의 경우가 있다. 이는 바로 이데올로기 때문에 처참했던 우리 사회의 상황을 깊이 생각해보게 하는 사례일 것이다.

나는 평생을 살아오면서 아버지의 죽음을 잊지 못하여 원수를 갚을 길이 없을까 하는 생각을 하곤 했다. 아버지가 일찍이 돌아가심으로써 우리 가족은 물론이고 내가 겪은 고난의 길은 형언하기 힘들었고 인생의 고비들이 많았다.

그러나 하느님의 말씀을 읽고 생각하면서 위로를 받은 바 크다. 즉 너희는 이 세대를 본받지 말고 오직 마음을 새롭게 함으로써 변화를 받아 하나님의 선하시고 기뻐하시고 온전하신 뜻이 무엇인지를 분별하도록 하라는 말씀(롬. 12장 2절). 내 사랑하는 자들아 너희가 친히 원수를 갚지 말고 하나님의 진노하심에 맡기

라. 또 네 원수가 주
리거든 먹이고 목마
르거든 마시게 하라.
악에게 지지 말고 선
으로 악을 이기라(롬.
12장 19절~21절)는 말
씀들을 되새기며 지
내왔다.

아버지께서 돌아가
신 그 마을에 사는 학
생들에게 장학금도

고향인 독일의 Trier 지역에 세워진 칼 마르크스(1818~1883)
의 흉상 옆에서(2004. 8. 8. 방문)

두 번이나 주면서 당신의 아프고 쓰라린 기억들을 씻어 드리려고
애도 써 보았다. 경상북도 경주시 외동읍 개곡리 483번지. 음력
5월에 일어난 가슴 아픈 일들을 어떻게 잊을 수가 있을까. 이데
올로기보다 사람의 목숨이 더없이 귀중하다는 것을 일깨워주는
계기가 되었다.

아버지의 희생이 결코 헛되지는 않았다. 대한민국 정부 수립
에 한 알의 밀알이 되었기에 정부로부터 국가유공자로서의 예우
를 받게 되었고 어머니 생전에 연금도 받았으며 오늘도 우리 자
손들은 국가유공자의 자녀로서 예우도 받고 있으니 말이다.

여러 가지로 미흡한 생활을 해온 못난 자식을 용서하여 주시옵
기 바라며, 다시 한 번 아버지의 명복을 빌어 드린다.

오늘은 어버이날이다. 1956년에 어머니날이 먼저 제정되어 내려오다가 1973년부터 어버이날로 바꾼 지 어언 39년이 되었다.

"부모님을 공경하는 것이 축복의 씨앗을 뿌리는 것"이라고 하기도 하고 "네 아버지와 어머니를 공경하라 이것은 약속이 있는 첫 계명이니 이로써 네가 잘 되고 땅에서 장수하리라"(엡 6장 2절~3절)는 성경 말씀이 새롭게 다가온다. 이제 와서 돌이켜보면 불효 막급한 지나온 세월들을 원망하고 후회한들 가슴만 더욱 저려올 뿐이다.

어머니 최남수崔男首 여사님!

언제 불러보아도 안온하여 안기고 싶고 기대고 싶은 우리 어머니, 천 년 만 년 변함없이 함께 할 것으로 믿어지던 어머니, 그 어머니께서 우리 곁을 떠나신 지 어언 26년의 세월이 흘렀다. (1986. 음 2월 12일 92세에 소천하심.)

어머니께서는 지금 월성원자력발전소가 있는 위쪽 산골마을 경주최씨 가문에서 태어나서 해주 견堅씨 가문으로 시집을 왔다. 생전의 어머니 말씀에 의하면 일제 강점기에 여러 가지로 억압이 심한 가운데 할머니께서 기독교를 믿어 어머니를 데리고 교회를 다니게 되었다고 한다(100년 훨씬 넘은 경주시 외동읍 말방리 '장산교회'. 내가 어머니 손에 이끌려 유년기에 다니던 교회).

우리 집은 견씨 가문의 차종손이고 아버지께서 무녀독남 외동이셨다. 집안 대소제절이 빈번해서 어머니 혼자 감당하기에 벅찬 일이 너무 많았다. 출입이 잦은 아버지의 뒷바라지도 보통일이 아니었고, 특히 한복의 손질에 시간을 너무 많이 빼앗겼다. 길쌈을 해야 하고 농사일의 뒷손질, 칠남매의 뒷바라지 등 정말 잠자는 시간도 내시기 어려웠다고 한다.

어머니의 성품이 느긋하셨기에 다행이었으리라 여겨진다. 특히 당시의 우리나라 어머니들은 자신의 문제는 뒷전이고 시부모나 남편, 자녀들의 뒷바라지 등 오직 가정을 위해서 희생과 봉사로 살았으니 그 고생이 오직 했을까. 촛불처럼 자기 몸을 태워 주위를 밝혀주는 형상이 어머니의 삶이 아니었을까 싶다.

내가 초등학교를 다닐 때였다. 겨울밤에 상어기름을 하얀 접시에 담아 솜으로 만든 심지에 불을 붙인 다음 어머니는 찬송가를 콧노래로 부르며 물레를 돌리시고 나는 밥상으로 사용하는 상 위에 책을 펴서 한참 읽고 나면 어머니의 코밑과 나의 코밑이 새까맣게 되곤 했는데, 서로 그 모습을 마주 보며 웃었다.

어머니는 신식 공부를 하신 적이 없는 분이라 "위대한 사람이 되기 위해서는 어떻게 해야 한다." "봉사와 헌신에 삶의 가치를 두어야 한다." "가치가 있는 일에 온 힘을 투자하는 사람이 지혜로운 사람이다." 하는 식으로 말씀을 하시기는 힘들었다. 오직 당신께 주어진 일에 최선을 다하시는 뚝심 있는 삶의 태도를 몸소 보여주시는 것으로 우리들에게 본보기가 되고 가르침이 되었다.

어머니의 건강은 남달랐다. 몸져누우신 모습은 한 번도 본 적이 없다. 병원을 방문하여 주사를 맞으신 적도 물론 없었다. 한약 한 첩도 잡수신 적이 없고 보약은 밥 잘 먹는 것과 잠 잘 자는 것이라고 하셨다.

정말 어머니는 아플 여가조차 없으셨는지 모른다.

또 어머니께서 화를 내시며 우리 형제들에게 큰 소리로 야단치시는 것을 한 번도 본 적이 없었다. 긍정적인 생활태도와 너그러운 마음씨로 일관하셨음을 오늘에서야 깨닫게 되었다. 어머니께서는 "사람의 도리를 다하는 것이 어렵더라."고 하시면서 목사님의 말씀이 "성경의 말씀대로 살아가는 것이 좋다."고 하시더라는 것이다. 이는 곧 "사람이 마음으로 자기의 길을 계획할지라도 그의 걸음을 인도하시는 이는 여호와시니라'(잠. 16장 9절)는 말씀을 기억하신 것이었다.

현대교육을 받지 못하신 어머니이셨지만 남편, 자식, 이웃들과 필요 없는 싸움은 하시지도 않고 굳이 이기려고 하시지도 않고 상대가 받을 상처부터 생각하시던 어머니였다.

유대인의 격언 가운데에 '신이 모든 곳에 다 있을 수 없으므로 어머니를 만들었다'는 말이 있다. 어머니는 세상에서 자녀들을 위해서, 가족을 위해서, 이웃을 위해서 희생 봉사하는 천성을 지니고 계시는지 모르겠다.

송병락 교수가 한국의 어머니들 중에는 전승전략全勝戰略을 실행하는 지혜로운 사람이 많다고 지적하였는데 잘난 남편, 잘난 자식도 역경에 처하게 되면 아내와 엄마의 품속을 찾게 된다는 것이다. 전승전략은 남을 앞서는 능력과 남이 모르는 전략이 있어야 하지만, 지혜로운 어머니를 닮은 리더십과 넓은 마음씨를 그 바탕에 지니고 있어야 가능하다는 것을 명심해야 한다고 송교수는 강조하고 있다. (송병락 교수의 칼럼 '싸우지 않고 이기는 전승전략, 한국의 어머니에게 배워라')

일제 말기 어느 봄날 오후 학교에서 일찍 돌아왔다. 긴 칼 찬 순사와 면서기가 농촌 마을 집집마다 찾아다니면서 쌀 공출을 제대로 바쳤는지, 놋그릇을 숨겨놓고 없다고 거짓말을 하지 않았는지 뒤져 보고 있었다. 어머니는 그들에게 겁내는 기색도 없이 "당신네들이 하라는 대로 다했다. 우리 집은 아무 것도 없으니 헛고생 하지 말고 돌아가라."고 딱 잘라 말씀하시는 것을 본 적도 있다. 일본 순사와 면서기도 어머니의 당당하신 태도에 '남아 있는 것은 악밖에 없다'는 것을 짐작했던지 그대로 돌아갔다.

흐르는 세월은 야속하게도 어머니의 젊은 모습마저 앗아갔다. 64세 되던 어느 봄날에는 경주 불국사 근처 마을에서 부산 수정동(내 바로 위의 누나의 집. 나를 도와주시려고 특별히 애 쓰시던 매형 조사윤

趙士潤)까지 머나먼 자갈밭 도로 길을 시집간 육촌 누님까지 동원하여 바톤 터치Baton touch하듯 걸어서 2박 3일 만에 도착하는 기록적 뚝심을 발휘하셨다. 이러한 사실은 정성이란 거창한 이벤트가 아니라 매일매일 지속되는 사소한 일상에서도 있었다. 도보로 부산까지 오시게 된 이유는 옛날 일과도 무관하지 않았다.

당신이 시집을 올 때도 가마를 탈 수 없어서 산길을 걸어 오셨고 내가 경주에서 고등학교를 다닐 때도 차멀미 때문에 경주시내 금관총 근처까지 걸어오신 기록이 있다. 막내아들이 어떻게 공부하고 있는지 궁금하고 걱정이 되어 일주일 분 쌀을 머리에 이고 자갈 밭 도로를 걸어 오셨던 것이다.

어머니는 기차역 근처만 가도 가슴이 뛰고 멀미가 난다고 하시며 소달구지마저 못 타신다. 어디를 가시든지 걸어가지 않으면 안 되니 다른 사람과 동행은 어려운 형편이었다.

그렇지만 걸어서 부산까지 귀한 걸음을 하셨다고 당시 고급 교통수단이었던 '시발택시'에 억지로 태워 영도다리 구경을 갔는데 멀미가 나서 구경도 제대로 하시지 못했다. 더구나 돌아와서는 사흘 동안 몸져누우셨는데 걱정이 되어 병원으로 모셨더니 별걱정은 없다고 하였다.

그 뒤 며칠 후 부산에 오신 기념으로 범일동 시장에 가서 한복을 한 벌 맞추어 드렸다. (내가 이 세상에 태어나서 어머니께 처음 드린 선물이었다. 특히 가정교사 월급으로.) 학생이 무슨 돈이 있느냐고 걱정을 하시면서도 기쁘게 입으시고 사진관에 가서 큰 사진을 기념으로 촬영하였는데 그 사진이 끝내는 영정사진이 되고 말았다.

다산 정약용 선생(1762~1836)의 유배지 전남 강진의 주막집 할머니가 "아버지와 어머니의 은혜는 동일한데 아버지의 혈통만 따르는 것이 과연 옳은 일인가?" 하고 묻자, 다산 선생은 아버지가 탄생의 근본이기 때문이라고 답했는데, 할머니는 "씨앗이 땅에 떨어지는 것은 그 베풂이 지극히 미미한 것이지만 부드러운 흙의 자양분으로 길러내는 땅의 은공은 대단히 크다."고 깨우쳐 주었다는 귀한 말씀을 다시 한 번 깊이 생각한다. 어머니의 은혜를 어찌 잠시라도 잊을 수가 있으랴. 새삼 어머니가 그립다.

[어버이날에. 2012. 5. 8.]

한국의 60년대는 가난을 벗어나기 위하여 온 국민이 혼신의 힘을 다하여 노력하던 시대였다. 온전한 직장도 없이 결혼(1964. 12. 6.)을 하고 보니 매사가 뜻대로 되지 않아 밝지 못한 나날을 보내게 되었다. 방이 많은 처가에서 당분간 부담 없이 기거하며 지내도 되었지만 시조모님과 시어머님을 뫼시고 평생 시집살이를 면치 못한 장모님께는 미안하기 한량이 없었다. 뿐만 아니라 이른바 처가살이를 하는 지경에 어찌 그리도 체면치레를 해야 할 일들이 많던지 정말 어려움이 적지 않았다.

내 형편에 학교를 졸업한다는 것 자체가 여간 고통스러운 일이 아니었다. 당시의 사회에서는 석사학위를 가진 것만 해도 최고의 학벌이었는데 일자리를 얻는다는 것은 너무 어려운 처지라 개인적으로 고민이 되지 않을 수 없었다.

5.16 이후 자원입대하여 군대 생활을 하고 33개월 만에 제대를 하고 나와서 문자 그대로 사회에 첫발을 내딛고 보니 모든 것

이 어리둥절하기만 하였다. 우리의 만남의 역사가 정말 제대로 전개되어야 하는데 물질적인 면에서 총각 시절에나 결혼 이후의 생활에서나 마이너스뿐이었다.

내가 젊었을 때는 지금의 사정과는 달리 처가살이하는 것을 아주 부끄럽게 생각할 때였다. 통계청 조사에 의하면 처가살이 남성이 1990년 1만 8천여 명에서 2010년 5만 3천여 명으로 세 배 늘어난 것으로 집계되고 시집살이 여성은 44만 4천여 명에서 19만 8천여 명으로 크게 줄었다고 한다.

일찍이 퇴계 이황도 가정이 어려워 큰 아들을 처가살이시키면서 아들에게 편지로 "굳세게 참고 순리대로 처리하며 수양하고 하늘의 뜻을 기다리는 것이 마땅할 것"이라고 위로하였다는데, 나에게는 이런 말로라도 위로해 줄 사람 하나 없었다.

그러나 우리의 만남이 결코 헛되지 않을 것이라는 믿음으로 "사람의 일생은 무거운 짐을 지고 먼 길을 가는 것과 같다."는 도쿠가와 이에야스의 말도 되새기며, 항상 새로운 비전을 가지고 열심히 노력하면 이루어질 것이라는 믿음이 날로 굳어져만 갔다.

"고맙다. 인내에 감사한다. 정말 사랑한다."는 말을 수만 번 되뇐다 하더라도 아깝지 않을 아내에게 어쩌다 보니 나는 "고맙다.", "사랑한다."는 말 한 번 제대로 못 해본 멋대가리 없고 미련하기도 한 남편으로 그냥 지내온 나날들이 아니었던가. 세월의 무게에 짓눌린 흔적들만 당신에게 남게 된 것 같아 더욱 마음이 무겁다.

어느 시인이 읊조린 말 "사람은 여자의 몸으로 태어나지 말 일 [人生莫作婦人身], 평생의 고락이 오직 남편에게 달렸다[百年苦樂由他 人]"고 하였으니 남편 잘못 만나 평생을 가난에 허덕이며 부끄러운 일들도 마다하지 않고 묵묵히 살아온 당신의 묵종默從과 인내에 가슴이 저릴 뿐이다.

정말 험난한 인고의 세월을 보낸 그 시절을 어찌 기억에서 지울 수가 있겠는가. 저녁나절이 되면 공중을 나는 새들도 깃들 곳을 찾는데 우리 인간도 머물렀던 그 자리들을 어찌 잊을 수가 있으랴.

"행복한 가정은 모두 비슷한 점이 있지만 불행한 가정은 제각기 다른 모습으로 불행하다."고 (톨스토이의 명작 '안나 카레니나'에서) 한 말은 많은 것을 회상케 한다.

하루 빨리 처갓집에서 이사를 나와 신접살림을 차려야 하는데 여러 가지로 어려움이 많았다. 그때는 아파트가 없었고, 단독주택에 셋방을 얻는 것이 유일한 선택이었다. 되돌아보면 결혼 이후 지금까지 20여 회 이상 이사를 거듭하였다. 공기가 잘 통하지 않는 집에서는 혹시 연탄가스로 불행을 당할까 봐 퇴근해 오면 언제나 '집안에 가스 냄새…?' 하고 신경 쓰이던 시절, 집주인의 간섭이 너무 심해 아이들의 생활이 자유롭지 못했던 시절, 악전고투 끝에 문패를 달 수 있는 집을 겨우 마련하였으나 큰방에 빗물이 떨어질 때 세숫대야를 바치고 있는데 "엄마, 다른 집으로 이사 가자."고 하던 장남에게 "그래야지" 하면서 웃어넘기던 시절,

조선조의 청백리 고불古佛 맹사성孟思誠의 일화를 생각하며 밤을 지새운 적도 있다.

비가 오는 어느 날 어떤 대감이 고불의 집을 찾았을 때 여기저기 빗물 새는 소리가 요란했다. 그러자 그 대감이 "한 나라의 정승이 이렇게 초라한 집에서…"라고 하자, 고불은 "허허, 그런 말 하지 마시오. 이런 집조차 갖지 못한 백성이 얼마나 많은지 알기나 하오? 그런 사람들 생각하면 나라의 벼슬아치로서 부끄럽소."라고 했다는 일화다.

새로 지은 집이 준공허가를 받지 못하여 수돗물 없이 살던 생활, 식당 안쪽에 화장실이 있는 집 등 구구각색의 사연들이 스며 있는 생활도 마다 않고 긍정적으로 생각하며 살아왔으니 지금은 다 아름다운 추억이라고 해도 될는지 모르겠다. 쉽게 살아지는 것이 없었다. 주름진 긴 세월을 회상해 보는 것조차 부끄러운 일인 듯하다.

"가난이 낮은 지위에 대한 전래의 물질적 형벌이라면 무시와 외면은 속물적인 세상이 중요한 상징을 갖추지 못한 사람들에게 내리는 감정적 형벌이다."라는 말이 생각나기도 하였다. 그러나 우리 부부는 '부지런한 자의 손은 사람을 다스리게 되어도 게으른 자는 부림을 받게 된다.'는 성서의 말씀(잠. 12장 24절)을 기억하고 젊음을 무기로 열심히 노력했을 뿐이고 인내忍耐가 우리 삶의 황금률임을 깊이 되새기며 살아왔다.

또한 미국 남북전쟁에 참여했던 남부군 소속 병사의 기도를 되새기며 크나큰 위로를 받기도 했다. 이 기도는 "큰 나를 이루기 위해 힘을 주십사 하나님께 기도했더니 겸손을 배우라고 연약함을 주셨습니다. 많은 일을 하려고 건강을 구했더니 더욱 가치 있는 일을 하라고 병을 주셨습니다. 행복해지고 싶어 부유함을 구했더니 지혜로워지라고 가난을 주셨습니다. 세상 사람들의 칭찬을 받고자 성공을 구했더니 뽐내지 말라고 실패를 주셨습니다. 풍요로운 삶을 누릴 수 있도록 모든 것을 달라고 기도했더니 모든 것 누릴 수 있는 삶 그 자체를 선물로 주셨습니다. 구한 것 하나도 얻지 못한 줄 알았는데 내 소원 모두 들어 주셨습니다. 하느님의 뜻을 따르지 못한 삶이었지만 미처 표현하지 못한 기도까지 모두 들어 주셨습니다." 라는 아름다운 내용으로 되어 있다.

일찍이 셰익스피어는 "어떤 이들은 위대하게 태어나고 어떤 사람들은 위대함을 이루고 어떤 사람들은 위대함을 떠안는다."고 지적한 바 있는데 우리네의 삶은 과연 어느 부류에 속하는 삶이었을까?

당신과 같이 한 세월이 어느덧 50년이 가까웠으니 쌓인 이야기들을 기록해 본다면 우리가 불러보던 찬송가처럼 "바다를 먹물 삼고 하늘을 두루마리 삼아도 어찌 다 쓸 수가 있겠습니까?" 그저 우리 둘의 가슴에 귀중하게 새겨두고 그것이 우리의 남은 인생 기쁘게 살아갈 수 있는 청량제가 되었으면 하는 소중한 바람이다.

예로부터 인물은 길러지고 명문가는 만들어진다는 말이 있다.

“여보! 우리 두 사람의 알뜰한 보살핌과 하느님의 은총으로 세 자녀가 다 말없이 건강하게 성장하여 자기들에게 주어진 역할을 감당하며 보람찬 사회생활을 하고 있으니 얼마나 감사한 일인가.”

하늘에서 비는 무엇을 바라고 내리지 않는 것처럼, 찬란한 햇빛 또한 아무런 대가 없이도 만물을 따뜻하게 비추어 주는 것처럼, 우리 자녀들도 베풀수 있는 위치에서 대가를 바라지 않고 스스로를 낮추면서 남을 높이며 배려하는 아름다운 마음으로 세상을 살아갈 것을 간절히 기도한다.

또한 깨끗한 마음의 향기가 물씬 풍겨지는 생활이 계속될 것을 바라며 우리들의 본래 모습 그대로 더욱 열심히 살아갈 것을 다시 한 번 다짐해 본다.

봄은 만남의 계절이라지요.
파아란 새싹들이 돋아나는 봄
아름다운 꽃들이 피어나는 봄
우리들에게 희망을 안겨주기라도 하는 봄이
어느 계절보다 좋다는 당신에게
한 번도 꽃 한 송이 선물하지 못한
여유 없는 남편이 되고 말았구려.
그래도 변함없이 제자리를 지켜준 당신
“미지근한 사랑이 오랫동안 따뜻하다”는 것을

경험이라도 하고 있는지…….

우리의 가훈처럼 "사랑으로 다스리고, 믿음으로 승리하고, 소망으로 인내"하는 당신의 삶에 머리 숙여 고맙게 생각합니다.

죽음이 우리를 갈라놓는다 해도 나는 결코 잊지 않으리라. 그대의 아름답고 고귀한 삶의 철학을.

여보! 어느새 먹는 나이는 거절할 수 없고 흐르는 시간은 막을 수 없다는 말이 실감나는 연륜에 이르렀네요.

일본 작가 '미우라 아야꼬'는 부부가 됨은 일생을 걸려서 살고 사랑하고 고통을 나누는 사이에 이루어진다고 자신의 소중한 경험을 토로한 바 있지요.

건강진단을 받아야 한다는 통지서가 몇 차례 왔는데 이번에는 우리 부부가 함께 건강진단을 받아보기로 하였다. 결과를 보러 갔더니 의사 선생님이 아내에게 어느 한 부위의 정밀검사를 받아보라고 권유하여 어렵게 서울의 종합병원에서 정밀검사를 해본 결과 수술을 받아야 한다는 것이었다. 이 무슨 청천벽력인가.

의사의 지시대로 병원에 입원하고 수술을 받게 되었다(2011. 7. 29. 오전 11시 20분). 수술실에 들어가기 전 보호자가 사인하는 절차가 있었는데 내용은 만약의 경우를 전제로 한 서류였지만 기분이 좋지 않았다. 기도를 하고 눈물이 어린 모습으로 수술대로 향하는 모습을 보니 만감이 교차되는 순간이었다.

"당신의 아내를 당신 자신을 사랑하듯이 사랑하고 소중히 지키시오."라는 '탈무드'의 말이 새삼스럽게 떠오른다. 두 시간 정도 걸린다는 말을 들었는데 네 시간이 지나도 수술실에서 나오지 않으니 정말 온갖 생각이 다 들었다. 눈에는 이슬이 맺힌 채 수술실로 향했는데 매사에 꿋꿋하고 강한 어머니상을 지닌 당신이 왜 그렇게 약해졌는가. 자녀들이 있다 한들 이곳에는 우리 둘뿐이었다. 당신과 함께 했던 추억의 길목에서 이렇게 서성거리면서 많은 것들이 떠올랐다.

사람은 태어날 때도 혼자이고, 괴로움도 혼자서 받고, 죽을 때

희수 기념

도 혼자서 간다는 것이 자연의 진행과정이란 것을 나이가 들수록 알게 되었지만 우리는 정말 이렇게 혼자서 가야 하는 것일까. 기도하고 걱정하고 초조한 시간을 보내는 중 수술실을 나오는 아내를 보니 정말 반갑고 고마웠다. 수술 부위가 아주 까다로워 시간이 오래 걸렸다는 의사 선생님의 말씀이다. 병실에 와서 환자보고 걸어보라고 하더니 수술이 잘 되었다고 했다.

나는 하느님께 감사 기도를 드렸다.

"다시 만날 수 있게 하여주시니 너무도 감사합니다. 삶이 아무리 고통스럽다고 해도 결국 행복이란 사랑하는 사람들과 비비적거리며 함께하는 것임을 깨닫게 해주시니 감사합니다."

여보! 지금까지 우리는 무엇인가를 이루기 위해 있는 힘을 다해 달려왔는데, 주위에 있는 사람의 손을 한 번 더 잡아보는 것이 훨씬 값진 것이라는 점을 알게 된 적도 있지 않습니까. 또 우리가 경험해 온 것처럼 힘든 일이 있어도 서로 믿고 내일을 향해 달려온 우리에게는 또 다른 내일이라는 날이 밝아 오고 있다는 사실을 믿고 희망을 가지고 새롭게 시작합시다. 그래도 당신의 정신과 사랑은 강하다는 것을 믿고 있습니다.

행복한 가정은 미리 누려보는 천국이라고 하였습니다. 우리의 인생길은 멀기 때문에 함께 가야 합니다. 우리의 약함을 믿음의 원천으로 삼아 줄 것을 믿습니다.

"두려워하지 말라 내가 너와 함께 함이라 놀라지 말라 나는 네 하나님이 됨이라 내가 너를 굳세게 하리라 참으로 너를 도와주리

제10회 대한민국 서예대전에서 입선한 아내와 함께

라 참으로 나의 의로운 오른손으로 너를 붙들리라"(사. 4:10)고 하신 말씀을 믿고 담대히 나아갑시다. 주님께서는 의롭고 당당한 삶을 사는 우리를 뜨겁게 축복하실 줄 믿습니다. 우리도 이제부터는 행복을 예약한 인생의 후반전을 감사하며 살아갑시다.

2011년 4월 11일(음 3월 9일) 아침 10시 반경에 집에서 전화가 왔다. 집사람이 침울한 음성으로 "큰집 형수兄嫂님이 하느님의 부름을 받았다."고 했다. 우리 가문의 맏종부 큰 일꾼 김필안金畢安 여사가 끝내 유명을 달리했다는 것이다. 사람은 이 세상에서 영원히 살 수 없다고 하지만 생사의 이별은 누구에게나 나름대로의 절실한 아쉬움이 있게 마련이다.

큰 형수님! 봄은 우리에게 다시 한 번 시작할 용기를 선물하는 고마운 계절이라고 하는데 그렇게도 열심히 살아온 형수님께서 불과 한 달 남짓 병원에 누워 준비하시고 이 세상을 등지고 홀연히 떠나야 했습니까.

형수님은 외롭고 슬프게 홀연히 떠나셨지만 당신이 남겨놓은 소중한 흔적들은 시간이 흐를수록 생각나고 더욱 길게 기억될 것 같습니다. 당신께서 살아온 부끄러움 없는 삶이 남은 우리들의 삶에 본보기가 될 것 같습니다.

이제부터는 모든 무거운 짐 어렵고 힘들었던 일들 다 벗어던지고 그 영원한 곳에서 평안히 쉬세요.

우리 형수님은 경주 석굴암 뒤의 산골, 달의 정기를 머금고 있는 함월산含月山 자락의 조용한 산골마을 김해김씨 가문에서 성장하여 불과 열여덟 나이, 그러니까 내가 네 살 때 우리 가문에 시집을 오셨는데 내 나이가 희수喜壽라 벌써 73년간 우리 집안에서 온갖 어려운 일 다 하셨다. 그러니 91년 동안 지상에 머무셨다.

우리 집안은 외로운 성씨에다 아버지가 혈혈단신 외동이시고 어머니는 딸로서는 혼자이니 나는 친사촌 고종사촌 이종사촌이 없는 처지로 정말 외로운 인척관계다. 따라서 형수님의 위치는 우리 문중에서 차종손次宗孫 가정의 맏종부로서 그 역할이 너무나 막중하였다.

되돌아보면 해방의 소용돌이 속에 아버지께서 좌우익 싸움에 휩쓸려 억울한 죽음을 당하신 후 가세가 더욱 어려운 가운데 칠남매 중 다섯 남매의 결혼 수발을 해주시고 자신의 자녀 육남매를 남부럽지 않게 잘 키워 시집장가 보냈으니 그 수고가 오죽했을까. 생각해 보면 형수님의 지나온 생애는 문자 그대로 인륜지대소사人倫之大小事를 치르는 일이었다. 얼마나 어려웠으면 일류학교가 아닌데도 합격증을 가져올까 봐 두려움이 앞섰다고 하니 말이다.

　당신이 염려했던 마음을 왜 내가 짐작하지 못하였겠습니까. 생각하면 가슴이 미어지는 죄스럽고 미안한 마음 측량할 길 없었지요. 형수님! 당신의 생애 가운데 무엇이 얼마나 미안하고 가슴 아픈 일이 있었기에 내 결혼사진에 당신의 모습은 끝내 볼 수가 없었습니까.

　형수님! 누가 무엇이라 해도 당신의 삶은 우리 가정의 매사에 최선을 다하는 삶이었습니다. 평생을 준비하는 마음으로 알면서도 항상 스스로가 손해 보는 생을 살아 오셨는데, 스스로를 위한 삶은 아예 생각을 할 수 없었던 당신의 생애가 너무도 가슴을 에는 듯합니다.

　당신의 인생사용설명서에 무엇을 어떻게 얼마나 기록해야 할지 망설여지는 순간이기도 합니다. 하늘을 두루마리 삼고 바다를 먹물 삼아도 애틋한 당신 삶의 흔적을 다 기록할 수가 없습니다.

　그런데 꼭 한 가지 잊을 수 없는 일이 있습니다.

　당신(당시 연세가 70대)의 둘째 딸이 부산에서 허리디스크 수술을 하고 병원 생활을 하고 있을 때 그 병원이 동래에 있다는 소리만 듣고 찾아보기 위해 무작정 경주에서 기차를 타고 동래역에 내려서 역무원에게 우리 시동생이 "대학에서 선생을 하는 견학필이며 집이 동래이니 좀 찾아 달라."고 부탁을 하니 찾아주더라고 한 사건이지요. 마침 그 역무원이 내가 부산 철도국 직원들 교양강좌에서 강의를 한 적이 있었는데 내 성씨가 희성이라 기억을 하게 되어 학교로 연락이 와서 만나게 된 사실입니다.

이 사건은 1950년대 말 우리 어머니의 연세가 60대 중반이었던 때 일가친척을 동원하여 경주에서 부산까지 걸어온 사건을 무색케 할 정도의 일이었습니다.

형수님! 당신이 몸져누워 응급실에 계실 때 찾아갔으나 시간대가 맞지 않아 만나 뵙지도 못했습니다. 음력 2월 11일 어머니 기일에 당신의 병상을 찾았을 때 뼈만 앙상한 몸을 만져보니 눈을 떠 바라볼 때 어머니 기일이라 큰집에 간다고 하니 대답 한 번 없더군요. 그것이 당신과의 마지막 만남이었습니다.

어쩌다 큰집에 가면 외롭게 지내시다 나를 만나면 하고 싶은 이야기가 많았는데 내가 들어주지 못한 것이 이제야 후회되네요. 나뭇잎은 바람을 싫어하지만 그래도 바람은 계속 불어오고 효도를 하려 해도 부모님은 기다려주지 않는다는 말이 새삼 되새겨집니다.

우리가 한 세상을 살아가면서 수없이 경험하게 되는 만남과 이별을 잘 관리할 수 있는 지혜가 있다면 삶이 얼마나 행복해질까 하는 생각이 오늘 따라 절실합니다.

2011년 4월 13일(음 3월11일) 당신이 시집온 그 마을 동쪽 산기슭에 어머니와 아버지 산소 왼쪽 능선 당신께서 우리 형님 오른쪽에 영면하시는 것을 보고 아버지 어머니 산소 앞에 우리 부부는 기도하였습니다. 당신이 사랑하던 맏종부가 이 세상의 일을 다 하고 당신 곁으로 왔습니다. 고생하신 맏며느리에게 후한 상을 주시라고, 영생복락 누리시기를 간절히 기도 하였습니다.

형수님! 꽃 피고 새 우는 봄날에 홀연히 떠나가신 그날 어찌 그리도 날씨도 좋고 기온이 알맞은지요. 당신은 먼 길 떠나는 계절이 봄이 좋다는 것을 어떻게 아시고 그렇게 택하셨습니까. 생명의 기운 가득한 봄날에 떠나는 것이 남아 있는 우리들이 좀 덜 슬퍼함을 또 어떻게 그렇게 아셨나요.

그러나 아직은 눈물 없이는 당신을 생각할 수 없지만 보고 싶습니다, 사랑합니다, 고맙습니다, 하는 말은 결코 잊지 않을 것입니다.

김 집사님, "천당에 가는 길 험하여도 생명 길 되나니 은혜로다"의 찬송을 소리 높이 부릅니다.

당신을 못 잊어 그리워하는 사람들의 가슴속에 사랑의 아름다운 꽃으로 피어날 줄 압니다. 아무쪼록 이제는 다 잊고 편히 쉬시기를 기도합니다. 명복을 빕니다.

봄이 오는 길목에서 형수님을 떠나보낸 텅 빈 마음 무엇으로 채워야 합니까.

[2011년 4월 13일]

5. 고향

고향은 자신과 연고가 있는 시골, 그리움이 더해진 곳이다. 고향! 생각만 해도 어머니의 가슴처럼 따뜻한 정이 느껴지는 말이다. 고향에 대한 그리움은 가정에 대한 그리움이고 부모 형제자매가 살았던 시절의 그리움이다. 대부분의 사람들은 고향을 떠나 타지에서 살고 있기 때문에 그저 추억이 스며있는, 잊을 수 없는 아름다운 곳이 고향이라고 할 것이다.

세계인권협약들을 보아도 '모든 사람은 고향을 찾을 권리가 있다'고 규정하고 있다. 자기 나라와 자기 연고지를 사랑하는 것은 인간의 상식이다. 그렇지만 나에게 고향은 아름다운 추억이 생각나는 곳이 아니라 회상해보고 싶지도 않은 슬픈 사연들과 기억들 때문에 남들이 그리워하는 고향과는 사뭇 다른 고향이다.

1948년 우리나라 최초의 총선거(5월 10일)를 마치고 난 직후, 정부수립을 앞둔 음력 5월 10일 설익은 좌익계의 난동으로 아버지가 희생되어 우리 집은 그야말로 돌이킬 수 없는 어려운 형편에 처하게 되었다. 아버지의 장례식도 제대로 치르기가 어려울 정도로 치안상태는 말이 아니었다.

급기야 우리 가족은 경찰 파출소가 있는 근처로 이사를 하지 않으면 안 될 어려운 형편이라 친척의 도움으로 이사를 하게 되었다. 가족이 말없이 뿔뿔이 헤어졌다가 날이 밝으면 다시 만나게 되던 때보다 경찰이 상주하고 있는 근처로 이사를 하고 나니 잠이라도 제대로 잘 수가 있어 다행이었다.

고향을 떠나 비록 멀지 않는 곳으로 이사를 했지만 정말 되돌아보고 싶지 않은 곳이었고 아버지가 희생당한 곳인데 언젠가는 다시 돌아올 것이라는 생각은 해볼 겨를도 없었다.

나는 특히 열다섯 살 때부터 객지 생활을 해왔기 때문에 고향에 대한 그리움도 생각할 겨를이 없이 바쁘게 살아온 처지다. 세월이 흘러 아버지가 돌아가신 지 38년 만에 어머니께서도 돌아가시게 되어 고향의 문중 산에 아버지와 합장하였다.

그렇게 하여 부모님의 산소가 있는 곳이 고향이라고 생각하니 다시 고향을 생각하게 되어 고향은 언제나 그리운 곳이 되고 말았으며 죽을 때까지 고향을 사랑할 수밖에 없다. 그래서 향우회도 만들고 한 달에 한 번씩 만나서 고향을 위한 작은 일이라도 해보기로 하여 내가 나온 초등학교에 어린이 신문도 보내는 등 힘이 닿는 대로 봉사해 보려고 노력하였다.

한때는 조그마한 독서실이라도 만들어주며 정년 이후의 생활도 구상해 보았지만 이미 내 고향은 내 마음속에 아로새겨져 있는 고향땅이 아니었다. 산업화와 공업화의 영향으로 고향마을은 복사꽃이 아름답게 피고 물 좋고 공기가 좋은 조용하고 아름다운 시골 마을이 아니고 농공단지로 개발되어 도시도 아니고 시골도 아닌 곳으로 변하였고 이웃들도 타지방에서 오신 분이 많아 낯선 고향이 되고 말았다.

　이것을 보고 언제든지 돌아갈 수 있는 고향이 있다는 생각에서 벗어나 지금 내가 사는 곳을 고향이라는 마음으로 살아가야 한다는 생각이 앞선다. 그래서 고향은 어쩌다 필요할 때 한 번쯤 들려 보는 여행자에 지나지 않는다고 할까. '멀리 떨어져 추억하는 곳이 고향'이라고나 할까.

　일찍이 일본 조치대학 명예교수 '와다나베 쇼이치'가 갈파한 것처럼 지방 출신 도시생활자에게는 "고향은 멀리 떨어져 추억하는 곳으로 전락하고 말았다. 첫사랑은 영원한 그리움으로 마음 한 켠에 남겨두는 것처럼 고향땅도 마찬가지다. 다시 만나 실망하고 돌아서는 것보다는 영원한 그리움으로 남겨두는 편이 나은 듯하다."고 한 말이 많은 것을 실감나게 한다. 지금은 나의 고향은 유년시절을 보낸 고향산천의 아름다운 풍경을 기억 속에서 들추어 보는 정도의 고향이 되어 버리고 말았다.

막내가 초등학교 1학년 때다.

담임선생님이 가훈을 알아오라고 하셨다며 "아버지! 우리 집 가훈은 무엇입니까?"라고 내게 물었다.

사실 내가 자라온 가정은 크게 내세워 자랑할 만한 것들도 없고 그저 평범한 시골 농촌가정이라 가훈이라기보다 아버지께서 시키시는 대로 자라왔고 아버지의 말씀이 곧 가훈이라고 할 정도였다. 자녀들은 부모님의 등 뒤에서 자란다는 말을 기억하면서 내 나름대로 최선을 다해온 삶이었기에 나는 "최선을 다하자"가 우리의 가훈이라고 하였다.

명색이 선비라고 자칭하면서 살아온 것이 오랜 세월인데 막내에게 우리 가훈이 '최선을 다하자'라고 해놓고 보니 어딘지 모르게 아쉬움이 많았다. 특히 우리 주 예수 그리스도의 은혜 가운데 성장해온 가정으로서 주님의 뜻이 내포되지 않은 가훈은 안 되겠다는 생각이 들어 고민하게 되었고 좋은 가훈을 얻기 위한 기도를 하게 된 이후 사랑, 믿음, 소망을 생각하게 되었다.

그런데 세월이 많이 흘러 막내의 초등학교 졸업식에 참석하게 되었는데 "너는 개근상을 받는데 우등상은 못 받네." 하고 말했더니 하는 말이 "저는 우리 집 가훈대로 최선을 다했지만 못 받을 수밖에 없습니다."라고 했다. 그 이유는 "어머니께서 학교에 자주 나오시지 못했기 때문"이라고 한다. 참 묘한 여운을 남기는 말이었다. 내 가슴이 아픈 말이기도 하였지만 더 말할 흥미도 없었다.

중학교에 가면 초등학교와는 다르니 더욱 열심히 할 것을 당부하였고 고등학교에서는 담임선생님이 학급 대표를 하라는데 아버지께서 학생 간부는 하지 않는 것이 좋다고 해서 할 수 없다고 하자 선생님께서 "아버지 말씀은 잘 듣고 선생님 말은 안 들어도 되느냐?" 하면서 기합을 받게 되었다는 말을 아내로부터 전해 들었다.

막내가 매사에 최선을 다한다는 각오가 잘 되어 있는 것 같아서 기분이 나쁘지는 않았다. 우리 아이들은 유치원도 가지 못했다. 친구들도 학교에서 사귀고 집에까지 데려와서 놀 필요가 없다고 하면 그렇게 생활해준 것이 고마웠다.

막내는 대학 졸업과 동시에 외무고시에 합격하여 외교관이 되었고 미국으로, 벨기에로, 스리랑카 등지로 다니면서 지금까지 모든 생활에 최선을 다하는 것을 보면 정말 고마운 생각이 든다. 지금까지 나는 삼남매의 아비가 된 막내에게 가훈이 새롭게 바뀌었다는 것을 말하지 못했다.

"사랑으로 다스리고, 믿음으로 승리하고, 소망으로 인내하자"
는 가훈을 액자에 적어 응접실에 걸어 두었다.

　무덤 앞에 세운 비석에 새긴 글을 묘비명이라 한다. 묘비명은 한 개인의 생사관生死觀을 압축하기도 한다.

　그래서 민족적인 지도자나 국가를 위해 공헌한 애국지사 등 그야말로 역사에 길이 남을 인물을 기리려는 뜻에서 비석을 세우고 비문을 만들어 놓는다.

　서양에서는 지도자가 업적을 남기고 싶을 때 대중에게 필요한 공공건물을 기증한 경우가 많다. 그러나 우리나라에서는 예로부터 일반적으로 무덤 앞에 비석을 세운다.

　가문에서 존경받고 학식과 덕행이 남다른 분에게 생전에 남긴 업적들이 타인의 귀감이 될 뿐 아니라 길이길이 본받을 만한 일들을 비석에 새겨 후손들에게 산 교훈이 될 수 있도록 한다.

　비석의 모양도 크기도 여러 가지임을 볼 수 있다. 예를 들면 비석의 높이가 8자, 6자, 5자, 3자 등이고 또 폭이 각기 다른 점, 비석 상단에 돌로 만든 관을 씌운다든가, 비석 앞면 상단에 사진을 붙이는 등 관직에 따라 벼슬에 따라 각기 다르기 일쑤다. 또 비문의 문장이 간결하고 고인의 업적이 잘 표현되어 있어야 하고 보는 사람으로 하여금 값지고 보람 찬 삶을 영위한 사람이며 자손들도 바르게 키워낸 사람이었음을 알 수 있도록 해야 한다는 뜻도 담겨져 있는 것 같다.

시인 조병화 선생은 '꿈의 귀향'에서 "나는 어머님의 심부름으로 이 세상에 나왔다가 이제 어머님의 심부름을 다 마치고 어머님에게 돌아왔습니다."를 발표하면서 묘비명으로 삼겠다고 했는가 하면, 시인 키츠는 "여기 물로 이름을 쓴 사람이 누워 있노라."라고 새겨달라고 한 것처럼 묘비에는 정말 물로 쓴 듯이 이름이 없다고 한다.

먹는 나이는 거절할 수 없고 흐르는 시간은 멈출 수 없다는 말이 오늘 따라 새롭게 느껴진다. 석양이 아름다운 것은 밝은 태양이 하루 종일 서산을 향해 열심히 달려갔기 때문이라고 하는데 나의 삶도 되돌아보니 남은 인생보다 살아온 나날들이 너무 긴 시간이었다.

인생의 의미가 나만의 완결이 아니고 항상 주변의 사람들과 사회와의 관계 속에서 살아오면서 외길 인생으로 느끼지 못한 사이에 무엇인가 귀감이 되는 흔적이 있었을 것 같기도 하지만 망설이고 있는 중에 글씨체가 남다르고 문장력이 좋은 죽마고우(서예가 이원혁)가 6척 크기의 비석에 알맞게 비문을 만들어주어 고이 간직해온 지가 10년이 훨씬 지났다.

세계적인 저명인사들의 비문도 몇 간 접할 기회가 있어 감명 깊게 읽어보았다.

인도의 성자 마하트마 간디의 무덤 앞 비석에 새겨져 있다는 묘비명은 '나라가 멸망할 때 나타나는 일곱 가지 사회악'이라고 하는데, 즉 "신념이 없는 정치 지도자, 노동 없는 부富, 양심 없는 쾌락, 인격 없는 교육, 도덕 없는 상업, 인간존엄이 무시된 과학, 희생 없는 신앙"이 그것들이라고 한다.

독일의 어느 묘지의 묘비에는 "시간은 여기 있고 사라져가는 것은 우리들이다."라고 적어놓았는가 하면 영국의 유명한 극작가 버나드 쇼는 "우물쭈물 살다가 내 이렇게 될 줄 알았지."를 묘비에 새겨달라고 유언하였다는데 많은 사람들이 여러 가지로 번역해 전하고 있어 원문 그대로 적어 본다.

"I knew if I stayed around long enough, something like this would happen."

그는 94년 동안 극작가, 소설가, 수필가, 음악평론가로 살면서 노벨문학상, 아카데미영화상을 받았으며 결코 어영부영 살지 않았으니 준비 없이 살면 안 된다는 경각심을 불러일으키는 글귀라고 할까.

스님들은 어떤 흔적을 남기지 않는다는데 생전에 걸레스님으로 불리던 중광스님은 "에이 괜히 왔다 간다." 하며 예술가답게 가셨다고 한다.

헤밍웨이는 "일어나지 못해서 미안하네."란 묘비명을 미리 선택하였다고 한다. 영국의 처칠은 "나는 창조주께 돌아갈 준비가 됐다. 창조주께서 날 만나는 고역을 치를 준비가 됐는지는 내 알 바가 아니다."라고 하였다.

프랑스의 드골 대통령은 "내가 죽은 후 묘비를 간단하게 하라."고 하였는데 유언대로 그의 묘비에는 "Charles De Gaulle, 1890-1970"이라고 적었다는 것이다.

또 평생 처녀로 산 우체국장은 "반송返送-개봉하지 않았음"이라는 묘비명. 손대지 않고 하늘로 돌려보낸다는 얘기일까? 8세기 돌궐족의 부흥을 이끈 명장 톤유쿠크의 묘비에는 "성城을 쌓고 사는 자는 반드시 망할 것이고, 끊임없이 이동하는 자만이 살아남을 것이다."라고 씌어 있다. 이는 변화무상한 환경에 잘 적응하며 살아야 한다는 것을 강조한 말이다.

그뿐인가. 영조가 사도세자를 위해 쓴 묘비명은 "끝내는 만고에 없던 사변에 이르고 백발이 성성한 아비로 하여금 만고에 없던 짓을 저지르게 하였단 말인가."로, 김광규의 시 '묘비문'에는 "이 묘비는 살아남아/ 귀중한 사료가 될 것이니/ 역사는 도대체 무엇을 기록하며/ 시인은 어디에 무덤을 남길 것이냐." 로 기록되어 있다.

시인의 참 마음을 되새겨보면서, 이형기 시인의 '낙화'라는 시에서 "가야 할 때가 언제인가를/ 분명히 알고 가는 이의/ 뒷모습은 얼마나 아름다운가(중략)"라는 싯귀를 떠올려본다.

미국의 코미디언 조지 칼린은 친지들에게 자기 묘비에 "이런,

십자가의 능력

그 사람 조금 전까지도 여기 있었는데"라고 적어달라는 부탁을 했는가 하면, 철학자 임마누엘 칸트는 "생각하면 할수록, 날이 가면 갈수록……", 또 칼 마르크스는 "만국의 노동자여, 단결하라!"고 하였다.

비문에 새겨질 글귀들이야 어떻게 쓰든 나는 나의 남은 삶에 그래도 최선을 다할 것을 다짐해 본다.

전치탁(부산시조시인협회장) 님은 요즈음은 비문을 길게 쓰지 않는다고 하면서 우리 부부를 위하여 다음과 같이 단수 시조로 준비해주었다.

詩碑文

首河

덕행의 강을 따라
학문의 숲을 지나
큰 사랑 바다가 된
올곧은 선비 하나
그 믿음 소명 받잡고
주님 품에 안기다.

마음밭
-현부인 의성김씨송-

지아비 뜻을 알던
지어미 믿음 하나
딸 아들 꿈을 가꿔
큰 어진 어미어라
꽃답다
그 사랑의 빛 누리 철철 넘치네

내가 묻힐 묘지를 종친회에서 감사하게도 고향 문중 산에 마련해 주었지만 사양하고 지난봄에 고향 가까운 공원묘원(경주공원묘원 국화 특2지역 제16열 1호)에 자리를 마련하였다.

따라서 지금은 이런 함축된 글귀의 비문들도 적어 넣을 곳이 없다. 왜냐하면 공동묘지에는 비석의 크기와 모양이 규격화되어 있기 때문이다.

죽은 사람은 잊혀지더라도 묘비의 글이 그 삶을 규정하는 것이라 묘비문이란 존재와 망각의 환승역이라고 했던가.

[2011. 음 9. 25.]

인생은 만남이다. 인생의 만남에는 다채로운 만남이 있다.

옛날 시골에서 보면 동갑계契, 상포계, 각종 동창모임 등 여러 가지 모임이 많았다. 그러나 나이가 회갑을 지나게 되면 서서히 계를 해체하는 것을 보았는데 아마도 당시로는 회원들의 수명 때문이 아니었을까 여겨진다.

나는 동래중앙교회에서 안수집사로 피택받고(당회장 목사 신동혁. 1982. 4. 10.) 열심히 교회생활 해오던 중 해운대로 이사하게 되어 집 근처 교회로 옮기게 되었다(2000. 1. 19.). 교회를 옮기는 것은 결코 쉬운 일이 아니었지만, 다니던 교회에서 해운대 제일교회로 어쩔 수 없이 옮기게 되었다. 옛날 군에서 뫼시던 장교님이 다니는 교회로 옮겨 나가게 되었는데(2008. 10. 13) 참 잘 옮겼다는 생각이 들었다.

당회장 목사님을 위시해서 섬기는 일꾼들은 물론이고 교우들도 참 좋았다. 나는 나이도 들고 신앙심도 자랑할 정도가 못 되어서 조용히 주일 예배나 열심히 참여하며 있는 둥 없는 둥 신앙으로 걸어온 길을 반추해보며 회개하면서 지내기로 작정하였다.

그러던 어느 날 장로님 내외분과 식사를 하면서 우리 교회에 나오는 몇 사람 부부들이 모여 함께 담소하며 신앙생활을 함께하면서 기회가 되는 대로 식사도 하고 취미생활도 하면서 지내보는 것이 어떨까 하는 이야기를 하게 되었다. 그래서 처음은 두 부부가, 다음은 세 부부가 모이던 중에 여섯 부부까지 모이게 되어 돌아가면서 식사를 준비하고 신앙을 돈독히 하면서 남다른 정을 나누는 시간을 갖게 되었다(2010년 1월 23일).

이렇게 하여 우리가 네 번째 모인 날(2010년 3월 6일)에 모임의 이름을 "편안한 동행"으로 선정하게 되었는데 회(會)의 명칭을 제안한 회원(송전석 장로)의 설명에 의하면 "몸이 괴롭거나 아프거나 힘들거나 하지 않고 편안하여 좋다, 또 마음이 불안하거나 걱정거리가 없이 편안하여 좋다"는 것에 "길을 같이 가는 사람, 같은 길을 함께 가는 사람"이라는 의미에서 '동행'을 택하는 것이 좋겠다고 하여 만장일치로 결정하게 되었다.

우리 모임의 심부름꾼으로 회장(견학필)과 총무(송전석)를 엄선하였고 회비를 마련할 방법도 의논하며 명실 공히 모임의 모양을 갖추어 운영하게 되었으니 존엄한 인격적인 만남이었다. 주일날은 예배를 마친 후 차도 한 잔 하면서 정담도 나누고 기회가 되는 대로 식사 모임도 하게 되고 취미활동도 하고 외국여행도 하고 신앙심을 더 돈독히 하기 위하여 목사님을 모시는 시간도 갖는 등 문자 그대로 편안한 동행 모임을 잘하고 있다고 하겠다.

회원들은 만나게 될 시간이 기다려진다고 하고, 만나면 웃을 일이 많아 참 즐겁다고들 한다. 우리의 만남이 축복된 만남, 행복한 만남이 되어야 한다는 바람이 회원들 마음속에 크게 자리를 잡아가는 것 같고 모두가 즐겁게 생각하는 것 같아 더욱 감사하다. 생각할수록 동행 멤버들은 하느님이 맺어준 아름다운 관계로 거듭나게 되는 것 같아 너무 기쁜 일이 아닐 수 없다.

내 개인적으로는 칠순을 계기로 각종 동창 모임, 향우회 모임, 여러 가지 취미서클 등에서 탈회하고 희수喜壽를 맞이하여 몇 개 남겨 두었던 모임마저도 탈회한 형편에 동행 모임에 새롭게 참여하여 심부름꾼으로 봉사하게 되었음은 너무나 이례적인 일이 아닐 수 없다. 사람이 마음으로 자기의 길을 계획할지라도 그의 걸음을 인도하시는 이는 여호와시니라(잠. 16장 9절)는 말씀을 다시 한 번 되새기게 된다.

또 여호와께서 사람의 걸음을 정하시고 그의 길을 기뻐하시나니 그는 넘어지나 아주 엎드러지지 아니함은 여호와께서 그의 손으로 붙드심이로다(시. 37장 23-24절). 우리 동행 모임의 멤버들은 앞으로 어떤 형편에서나 이 말씀을 붙잡고 우리를 향하신 하나님의 고귀한 뜻, 항상 기뻐하며, 쉬지 말고 기도하며, 범사에 감사하는 마음으로 생활할 것을 굳게 다짐했으면 좋겠다.

동행이라는 낱말에는 어려움도 희망으로 바꾸는 에너지가 함유되어 있다는 말도 있지만 하느님과 동행하는 삶이라야 하는데,

하느님의 뜻을 생각하고 하느님의 말씀대로 살아가는 것이 하느님과 동행하는 삶이라고(창. 6장 9절) 생각할 때 우리 동행 모임의 멤버들은 언제나 주님을 의지하고 주님과 함께 동행하며, 많은 사람들에게 따뜻한 동행자가 되어 승리의 삶을 영위하기를 다짐해 본다.

시대가 변하고 갈수록 신앙이 조직적으로 관리되는 느낌이 들어 고민스러울 때도 없지 않다. 한 여론조사에 의하면 기독교에 대해 좋지 않은 느낌을 가지는 이유 1위가 교인들이 진실성이 없어 보이기 때문(34%)이고, 2위는 교인들이 이기적이기 때문(11.8%)이었다고 한다(장윤재 목사, 이화여대 기독교학부 교수).

우리 동행 멤버들(김명엽 장로, 이말분 권사/ 강동섭 집사, 박옥조 권사/ 하복만 집사, 최정희 권사/ 송전석 장로, 송에스더 권사/ 로경환 장로, 형남실 집사/ 견학필 집사, 김길자 권사)은 해운대 제일교회가 민족과 열방을 향한 부흥의 진원지가 되게 할 것을 바라고 믿음생활에 많은 것을 깨우쳐주시고 복음의 말씀을 굳게 잡고(심욱섭 목사) 그리스도 안에서 받은 교훈대로 믿음 위에 굳게 서서 감사함을 넘치게 하라(골. 2장 7절)는 말씀을 기억한다.

우리 동행 멤버들은 성령에 하나가 되는 하느님의 가족들로 성숙된 신도가 되기 위해 노력하고 있다. 우리는 언제나 십자가 정신으로 혼탁한 사회의 리더가 되도록 노력할 것이다. 항상 건강하고 주님의 선한 일꾼들로 섬기는 역군들로 크게 쓰임 받는 우리 모두가 되도록 다시 한 번 다짐해 본다.

[2012년 1월 23일]

5장

심은 대로 거두리라

1 아버지의 자리

아버지란 말은 자신을 낳아준 어머니의 남편이란 뜻이다.

요즈음 매스컴에서 어린이 학대하는 어머니가 많다고 하는데 그 가정의 아버지는 어디 있나? 가족은 어느 곳에서도 볼 수없는 가장 전형적인 공동체, 즉 게마인샤프트Gemeinschaft이다. 가족은 있다는 것만으로도 힘이 되고 가족은 늘 돕고 서로 의지할 수 있어 행복하다는 것이다.

서양의 많은 학자들이 한국의 가족 제도를 부러워한 지 오래다. 미국의 하버드대학에서 경제사를 강의하는 로소프스키 교수는 한국에서 가장 잘 되어 있고 가장 부러운 제도가 있다면 그것은 가족 제도라고 지적한 바 있다.

지금 우리는 21세기 선진 문화국가를 만들어가는 큰 변화 과정에서 실패한 미국을 위시한 서양의 모델이 수입되어 아름다운 우리의 가족제도를 해체시키는 것을 방지하기 위한 대책을 시급하게 세워야 한다.

신의 첫 번째 선물이 가족이라는 말이 있다. 그런데 우리의 가족 제도의 현실은 어떤가?

I. 아버지다움의 정체성 상실

(1) 가장으로서 아버지상

과거 우리 가정에서의 아버지의 권위는 절대적이었다. 가족 안에서는 엘리트요, 리더로서 그 위치는 당당하였다. 자녀를 어른으로 만들어야 하는 책임이 있고 자녀들에게 생활의 기술, 취미, 예의범절, 정의와 도의를 가르치는 스승이었다. 어린 시절 친구들 간에 "우리 아버지가 말씀하시더라."고 하면 다른 이의 제기가 어려울 정도다.

33세의 나이로 출가한 비구니, 살아있는 약사보살이라고 하는 능행스님이 만든 충북 청원군 '정토淨土마을'은 가난한 사람들은 편안하게 죽을 곳도 없다는 현실에 착안하여 번뇌의 속박을 벗어난 깨끗한 곳을 지향하는 일념으로 만든 마을이다.

40대 남성이 말기 암으로 입촌했다. 치료비 부담으로 남은 가족에게 누가 될까 봐 아무 치료도 않고 마지막으로 보낼 곳을 찾아온 것이었다. 그런데 그는 "나는 아무런 이상이 없다."고 하면서 오히려 수능을 앞둔 고3 딸에게 문병도 시험 마치고 오라면서 전화로 "우리 딸 파이팅! 우리 딸 잘할 수 있어." 하고 용기를 주었다.

수능 당일은 죽어가면서도 그는 사력을 다해 전화기를 붙잡고 "우리 딸, 오늘 힘내야 돼. 아빠는 괜찮아. 수능 끝나면 바로 내려와." 하며 내색하지 않고 딸을 응원해준 그는 시험이 끝날 무렵 "스님, 제가 할 일은 이제 다 끝났네요." 하는 말을 남기고 눈을 감았다. 자식을 사랑하는 마음으로 책임을 다했기 때문인지 표정도 평온했다고 한다. 이것이 아버지다.

가정에서 아버지는 신적인 존재라는 것을 자녀들에게 강조한 사람도 있다(얼마 전 KBS 아침마당에 출연한 김진규 씨의 아내 김보애 씨의 말).

(2) 인격적인 아버지로는 실격失格

세상 살아가는 법을 가르치고 바르게 성장하는 길을 열어주는 정신적 지주가 아버지라는 뜻이다. 아버지의 역할이 중요한 것은 잘 아는데 별로 한 것이 없고 법적인 아버지였을 뿐일까. 요즈음 사회에서는 '아버지답지' 못한 일들이 많다. 옛날에는 자식이 잘못을 저지르면 죄송하다고 눈물을 흘리며 고개를 숙였는데 요즈음은 사죄 대신 오히려 우리 애가 꼬임을 당해서 그렇다고 강변하니 아버지답기는커녕 자녀들에게도 그렇고 사회생활에서도 너무 이기적인 면이 많다.

아버지는 자녀들의 삶의 거울과 같다는 뜻이다. 아버지의 삶의 모습은 곧 자식들이 본받을 상이라는 것이다. 그러나 아버지의 생활모습이 자식들의 본이 될 만한 것들이 별로 없다는 것이 문제다. 군림하려는 아버지, 대화에서 화제 자체가 자녀에게 도움이 될 만한 것들이 풍부하지 못한 점도 문제다.

20세기 초 철학자 니체는 "신은 죽었다."고 선언한 바와 같이 21세기에 들어 선진사회에서는 "아버지는 죽었다."고 할 수 있을 정도로 아버지의 위신이 말이 아니게 달라졌다.

20세기에 죽은 신神이 형이상학적인 신이었다면 21세기 초 사망 선고를 받은 아버지는 남성다운 점, 남성적 정체성의 화신化身으로서의 아버지다.

그렇다면 무엇이 아버지를 힘들게 했을까?

아버지의 역할이 문제가 된다. 자녀들이 사회생활에서 손색없이 활동할 수 있도록 교육도 시켜야 하고 대인관계도 잘할 수 있도록 훈련도 시켜야 한다. 그러자면 아버지 자신이 스스로 강하고 남자다운 모습으로 살아가야 하고, 보다 당당하게 살아가야 한다는 것이다. 다시 말해 빨간 색이 묻어도 빨갛게 변하지 않는 그런 삶이 되도록 말이다.

이제 우리는 보다 정직해질 필요가 있다. 우리 사회는 더 이상 충효忠孝의 유교적 도덕논리가 지배하는 사회가 아니다. 자녀에게 "부모의 말에 무조건 순종하며 살라."고 강요하던 시대는 갔다. 자식을 대화로 설득해야 할 뿐 아니라 때로는 부모가 자식에게 미안하다, 잘못했다고 사과하는 시대가 된 지 오래다.

도덕적 의무만 강조하는 윤리학의 시대는 가고 인간 사이의 사랑을 강조하는 윤리학의 시대가 온 지도 오래된 것 같다. 90년대를 대표했던 윤리학자이자 여성 철학자인 아네트 베이어 교수는 사랑을 받치고 있는 근본개념은 신뢰信賴라고 강조하였다. 부모는 자식을 믿고, 자식은 부모를 믿으며, 아내는 남편을, 남편은 아내를 믿을 때 가정은 윤리적으로 건전한 가족이라는 것이다.

아들이 아버지를 죽여 4개월 동안 방치한 사건, 보험금 때문에 남편을 살해한 사건, 아내를 살해한 사건은 말할 것도 없거니와 돈 때문에 이혼하게 되는 것이 10년 새에 7배나 급증했다는 통계도 있다. 가치관價値觀이 돈 하나로 통일되고 약육강식弱肉强食의 바람이 거세게 불어가는 시대에 아버지는 무슨 말로 어떻게 대비하라고 해야 할지 정말 난처한 사회 현상이다.

앞에서 소개한 정토淨土 마을의 경우, 1년에 100여 명의 말기 환자들이 죽어 가는데 능행스님은 돌이켜 보기도 싫을 만큼 '힘든 죽음' 뒤에는 모두 돈이라는 욕망을 놓지 못한 공통점이 있다고 했다. 스님은 15년 동안 여유롭고 흔쾌하게 죽음을 받아들인 사람은 채 20명도 안 됐다고 고백한다.

딱 한 사람, 평생 화장실 청소와 바느질로 자식을 키운 70대 할머니가 아름다운 세상에 다시 태어날 수 있다는 믿음이 있었던지 손 흔들고 가시더라고 한다.

공수래공수거空手來空手去라는 말이 있다. 빈손으로 왔다가 빈손으로 가는 것이 인생이다. 이 말에는 인생의 허무함도 담겨 있지만 욕심 없이 세상의 삶을 살아가자는 겸손한 마음과 나눔의 정신도 담겨 있는 것이다. 성경에 "발가벗고 세상에 태어난 몸 알몸으로 돌아가리라"(욥. 1장 20절) 하였으니 이제 늙은 사람이 나설 자리도 없다. 그러나 세상의 가치관이 어떻게 바뀌든 "진지함과 성실"이란 가치는 인간이 살아가는 데 가장 기본이라는 말만은 꼭 하고 싶을 뿐이다.

Ⅱ. 핵가족시대核家族時代의 아버지의 자리

(1) 아버지의 수난시대受難時代

가부장제家父長制를 요구하지 않는 사회로 변했다.

인간은 자신의 힘을 남에게 증명하고 다른 사람으로부터 자신을 인정받고 싶어 하는 생물이라고 한다. 불철주야不撤晝夜 바쁘게 달려왔건만 잃은 것은 청춘이요. 남은 것은 고독孤獨과 축 처진 육신뿐이고, 어느새 훌쩍 커버린 아이들이 대견해서 말을 걸어보면 그때 가장 많이 들을 수 있는 말은 "예". "아니요", "아빠는 몰라도 돼요."다.

대부분의 아버지들은 '아버지 없이도 흠잡을 때 없이 완벽하게 짜여진 가정의 문화적 질서'에 당황하게 된다. (용돈은 어머니로부터,

학교생활을 마치고 집에 오면 모든 계획은 어머니가 짜서 그대로 해야 한다.)

통계청이 실시한 청소년 조사에서 27%가 어머니와 하루 두 시간 넘게 이야기한다고 한다. 반면에 42%는 아버지와 대화하는 시간이 30분도 안 된다고 했다. 1955~1963년에 태어난 베이비붐 세대 남성들은 자식과 대활할 틈도 없이 일했던 아버지 밑에서 자랐다.

2010년 10월 모 방송사 프로그램에 소개된 초등학교 2학년의 시가 인터넷을 통해 소개된 적이 있다.

엄마가 있어 좋다
나를 예뻐해 주셔서.
냉장고가 있어 좋다
나에게 먹을 것을 주어서.
강아지가 있어 좋다
나랑 놀아주어서.
아빠는 왜 있는지 모르겠다.

"긴 세월 동안 가장으로서의 아버지의 의미는 돈 벌어 오는 기계였을 뿐" 가장의 권위가 사라진 가정에서 아버지의 고독은 커져만 간다.

과연 내 자리는 어디인가를 묻고 싶은 막막한 아버지들, 이제 아버지의 의자에 자식들을 앉히지 않는 어머니는 없다. 지난날의 우리 가정은 아버지를 중심으로 이루어진 경제공동체였기 때문에 가장의 기氣를 세우는 일은 가족공동체家族共同體의 생존을 위한 중요한 조건이었다. 그러나 지금은 어떤가?

가족의 서열이 바뀌고 있다. 아버지 입장에 보면 "며느리-손자-남편-강아지-가정부-시아버지"라는 것이다. 자녀와 같이 생활하지 않는 아버지가 자녀의 가정에 와서 며칠 간 지내보니 자신의 아들의 서열이 가정에서 세 번째였고, 받는 대접이 마음에 들지 않아 그 집을 떠나면서 "3번아 잘 있거라. 6번은 간다."고 하였다는 것이다.

(2) 수직적 관계에서 수평적 관계로서의 아버지의 자리

지금 우리 사회는 처자식을 위해 분주하게 일만 하는 아버지가 아니고 사소한 일까지도 아내와 상의하고 자식들과 함께하는 시간을 많이 가지고 관심을 맞춰가는 아버지라야 한다. 왜냐하면 현대사회는 목숨 바칠 사랑보다 일상을 나눌 사람이 더 절실한 시대이기 때문이다. 이제는 수평적 관계를 만들어내는 아버지라야 한다는 것이다.

즉 아내와 대화시간이 많아야 하고 취미생활도 가족과 함께 하고 외식, 여행도 마찬가지다. 그러다 보니 요즈음은 자식이 속내를 털어놓을 '친구 같은 아버지'가 바람직한 아버지인 것처럼 되어 있다. 엇나간 자식을 보고 꾸짖기보다 눈치 보는 아버지마저 있다고 한다.

무서운 것은 며느리의 처사다. 아이의 시험기간 동안에 시어머니가 방문해서도 안 되고, 시아버지가 자기 삶의 경험담을 손자에게 함부로 말하면 아이 공부에 방해가 된다는 등 시아버지 시어머니는 개입할 여지가 없다.

결론적으로 가족의 중심적 역할을 할 수 있는 아버지의 자리가 확보되고 보다 당당하게 가정의 대들보의 역할을 하는 아버지가 있는 가정은 건전한 가정, 행복한 가정이다. 우리 사회에 꼭 필요한 덕목들인 협동, 믿음, 봉사 등은 건전한 가정이 원천이라고 할 수 있다.

삶의 보람을 느낄 수 있는 가정, 철없는 자식 세대에게 잃어버린 가족애를 일깨우고 인간에 대한 예의를 가르치는 것, 물질 만능주의의 피해를 막는 아버지, 즉 돈 있는 사람은 끔찍이 모시고 없는 사람을 업신여기는 풍조를 고쳐주는 것이 또한 웃어른의 몫이요 아버지의 몫임을 인정해야 한다.

가족의 기능은 대개 세 가지 정도다. 부부간의 애정과 부모자식 간의 헌신적 애정과 같은 애정愛情 배양기능培養機能이 첫째다. 자녀의 인성지도 등 가정교육의 육성 기능이 둘째다. 가장 강력한 교육기관은 정부의 손에 달려 있지 않고, 교육의 성패는 학교보다 가정에 의해 좌우된다는 말이다. 그리고 늙은 부모 봉양, 장애자녀 돌보기 등 복지기능이 셋째다.

어머니는 사랑이요, 아버지는 삶의 표준이라는 말이 있다. 어머니의 사랑과 자녀들을 올곧게 성장할 수 있는 길을 열어주는 정신적 지주인 아버지의 역할이 조화를 이루는 가정을 우리는 희망하고 있다. 가정은 사회를 이루는 가장 기초적인 단위이기 때문에 가정이 건전하게 발전하면 그 결과로 국가는 건전한 발전을 하게 마련이다.

법정스님의 잠언록에 보면 저마다 서 있는 자리에서 자기 자신답게 살라고 하였다. 과거나 미래 쪽에 한눈을 팔면 현재의 삶이 소멸해 버린다. 지금 이 자리에서 최선을 다해 최대한으로 살 수 있다면 여기에는 삶과 죽음의 두려움도 발붙일 수가 없다고 한다. 우리 모두 가족 구성원으로서 각자의 위치에서 최선을 다하는 삶이 되도록 노력하자.

[2011. 5. 가정의 달에]

2 인생의 깊은 만남

인생의 삶이란 곧 만남이다. 만남이 없이는 인생을 생각할 수 없다. 어떤 철학자는 "인생은 끊임없는 조우遭遇요, 해후邂逅가 인생이다."라고 하였다. 사람이 산다는 것은 깊은 만남의 역사를 만들어 가는 것이다.

자녀교육의 전설로 통하는 전혜성 박사는 미국에서 한국인뿐만 아니라 외국인으로서 드물게 미국 정부의 고급 관료에 두 자녀가 선택되었는가 하면 6명의 자녀를 포함하여 가족 8명이 11개의 최고 학위를 취득하였다고 알려지고 있는데 그는 자녀들에게 "재주가 덕보다 앞서면 안 된다."는 교훈을 했다고 한다.

돌이켜 보면 우리네 아이들은 그렇게 훌륭하지 못한 부모 만나서 경제적으로 어려운 가정에 유치원도 못 가고 중고교 시절에 학원 출입도 못 해보고 과외공부도 물론 못 시켜온 주제에 무슨 할 말이 있겠냐마는 그래도 자식들 성장과정을 지켜본 아버지로서 울타리 역할을 해오는 과정에서 미안했던 일, 고마웠던 일,

감사했던 일이 많았다.

먼저 자식들 셋은 하나 같이 부모의 말을 외면하지 않았다는 점이 너무 고마웠고, 나를 닮아 머리가 남들처럼 좋지 않기 때문에 다른 사람 한 번 보면 되는데 여러 번 보아야 된다는 것을 강조하였다.

장녀 은영恩英이는 대학 진학 때 바이올린을 전공하기로 하고 대학 4년간 객지에 가서 사용될 하숙비를 모아서 외국에 대학원을 가보는 것이 어떠냐는 나의 제의에 거역하지 않고 순종했다.

내가 봉직하고 있는 대학에 입학원서를 제출하려고 하니 그가 다니던 고등학교의 선생님은 물론이고 교장선생님까지 원서를 써주지 않으려고 했는가 하면 원서 접수를 하는 우리 대학의 행정직원도 성적이 좋은데 정말 원서를 낼 것이냐, 원서를 접수해도 되느냐고 나에게 전화가 올 정도의 성적이었다.

그러나 우리 대학에 입학하자 한국 지도자 육성장학재단에 4년간 장학생으로 선발되어 부모의 신세를 지지 않고 장학생으로 졸업하고 독일로 유학을 하게 되었으니 참 고마웠다.

자신의 희생으로 어려운 가정형편에 동생들이 공부를 할 수 있다는 것만으로도 다행이라고 생각하였기 때문에 자기가 원하던, 서울에 있는 대학으로 진학할 것을 포기한 것은 나로서는 경제적으로 크게 보탬이 되었던 것이다.

장녀 (병원장 가족)

그리고 중매로 만난 사위 오세중吳世仲 박사(정신과 전문의)는 훌륭한 가정에서 태어나 우리나라 정신의학과의 선두주자인 아버지 오석환 박사님(전 부산대학교 의과대학 학장 역임)의 가르침 덕분으로 의사로서 모범이 될 뿐 아니라 부부 간의 정이 남달라 잘 지내는 것을 보면 정말 고맙고 흐뭇하다.

특히 내 나이 7순이 되는 기념으로 우리 내외와 딸(은영)과 그의 두 딸이 함께 차남이 근무하던 EU본부가 있는 '벨기에'로 갔던 길에 딸이 유학했던 독일을 방문하게 되었다. 그가 자취하며 공부하던, 하이델베르그의 성城 밑에 버스길에서 쳐다보면 돌계단

옆의 가장 끝집, 집주인이 늙은 할아버지 할머니였고 우리가 간다고 편지를 했기 때문에 반가이 반겨주었다. 3층집인 것 같은데 실제로는 그렇지 않고 화장실도 멀고 여러 가지가 불편하여 우리 부부는 하룻밤을 자고 인근호텔로 옮겼다.

밤늦게 버스를 타고 들어와서 성城 밑까지 힘들게 다녔다고 생각하니 가슴이 저렸다. 또한 어학연수를 받을 때는 선생이 소개하는 바이올린을 사지 않는다고 여러 가지로 불이익을 당했다는 일화 등 충분하지는 않더라도 좀더 생활비를 보냈더라면 하는 생각에 잠이 쉽게 들지 않던 밤이 있었다.

장남 종철種哲은 초등학교 입학을 해서 처음 소풍날 제 어머니가 몸살이 나서 따라가지 못하고 혼자 갔다. 내가 퇴근해서 보니까 얼굴이 검게 타서 너의 얼굴이 왜 그렇게 탔느냐고 물으니 햇빛이 많은 곳에서 밥도 먹고 놀아서 그렇다고 하였다.

왜 나무 그늘 밑에서 도시락을 먹고 놀지 그렇게 했느냐고 물으니 엄마가 온 학생들은 나무 그늘 밑에서 선생님과 함께 먹고 어머니가 오시지 않은 사람은 급우 가운데 고아원 아이들과 함께 보리밭 옆에서 도시락 나누어 먹고 함께 놀았다고 한다.

학교에서 "책을 읽을 수 있는 사람?" 할 때 손을 들면 잘 읽혀주지 않는다고 불평을 했고, '소년중앙'이라는 어린이들이 보는 월간지에서 '하느님에게 보내는 편지'라는 제목의 글이 우수작으로 뽑혀 전교생 앞에서 교장선생님으로부터 상을 수여받게 되자 그때부터 학교생활에 자신감을 얻게 되었단다.

중고교 시절에는 학교 공부에 충실해서 대학예비고사 성적이 전국에서 2등이고 부산에서는 수석이 되어 다니던 학교에서는 물론이고 부산시 교육감으로부터 상을 받게 되었고 서울대학교 법학과에 입학했다. 장학생

장남 (법관의 가족)

이 되어 대학원까지 잘 마치고 사법고시에 합격하여 법조인으로 최선을 다하고 있으니 고마운 일이 아닐 수 없다.

좁은 고시원방과 하숙비를 줄이려고 반지하방에서 하숙한 때를 생각해보면 너무 미안하고 죄스럽다. 하루 24시간은 누구에게나 있는 것이지만 이 시간을 누가 잘 활용하느냐에 따라 결과가 다르다고 강조하였고 규칙적인 생활을 해야만 건강에 무리가 없다고 한 점을 기억하고 열심히 노력한 것 같다.

어느 날 내가 서울 출장 중에 밤 11시에 서울대학교 앞 산꼭대

기 고시원 집 앞에 서 있으니 정확하게 시간을 지켜 집으로 돌아오는 것을 보고 이야기한 대로 시간을 지켜 생활하는 데 대해 흐뭇했다. 준비해 간 치킨을 먹게 하면서 20여 분 동안 만나고 돌아오니 그래도 안심이 되었으나 막상 잠자리에 들어서는 그의 노력이 결코 헛되지 않아야 한다는 일념에서 열심히 기도를 드렸다. 끝내 소기의 목적을 달성하게 되었으니 이루 형언할 수 없는 기쁨이요, 가문의 영광이었다.

더욱이 중매로 만난 우리 맏며느리 이하정李河晶(동희그룹 이동호 회장의 3녀)은 알뜰한 부모님의 가정교육으로 전통적인 풍습도 잘 익혔으며 대학은 영문과를 졸업하고 우리 집안 맏종부로서 손색이 없으니 정말 고맙게 생각한다.

특히 경제적으로 어려운 집에 시집을 와서 불평 없이 아들딸 잘 키우며 남편을 잘 보필하는 것이 법조인의 내자로서 부족함이 없으며, 긍정적인 그의 삶의 태도가 그저 자랑스럽고 기특하고 고마울 따름이다. 특히 글로벌 경쟁시대에서는 외국어가 선택이 아니라 필수이고 외국인과 더불어 사는 것이 곧 사회생활이고 보면 이에 걸맞은 자녀로 양육하겠다는 그의 결심을 행동으로 옮기고 있는 삶이 (일정기간 동안 준영이와 나현이를 데리고 미국의 워싱턴에서 생활하고 있음) 정말 누구나 할 수 있는 일은 아닐 것 같고 알뜰한 노력의 결과는 클 것으로 여겨진다.

차남 종호는 학부형들의 열성이 지극했던 분위기가 만연한 초등학교에 추첨으로 입학하게 되었다. 제대로 학교 선생님을 찾아가 보지도 않는 부모 슬하에서 6년간의 세월동안 많은 것을 생각하였는지 내가 졸업식에 가서 "너는 왜 우등상은 못 받고 개근상만 받게 되었느냐?"고 물으니 "어머니께서 학교에 잘 오시지 않았다."는 말로 변명 아닌 변명을 할 때 같은 선생이라는 직업을 가진 나로서는 다시 한 번 나 스스로의 근무 자세를 되돌아보게 되었고 또 미안한 감이 앞섰다.

고등학교 시절에는 담임선생님께서 자기 반의 실장을 하라고 하자 집에 가서 아버지에게 말씀드리고 하라고 하시면 하겠다고 하자 담임선생님께서는 너의 아버지의 말씀은 중요하고 나의 말은 중요하지 않으냐고 하면서 아주 심한 야단을 맞았다고 한다.

그는 누가 "너의 취미가 무엇이냐?"고 물으면 공부하는 것이라고 말할 정도로 외길인생이었다. 대학을 다니다가 군에 가기 위해서 신체검사를 하였는데 일명 '평발'이라 군에는 갈 수 없고 방위병으로 갈 수 있다는 판정에 따라 방위병으로 근무하고 복학하여 고시 준비를 하였다.

마침 대한민국 외무고시(30회)에 합격하였고 또 재무고시 1차를 합격하고 2차 시험 준비를 한다기에 외교관 생활을 하려면 재무고시는 보지 않았으면 좋겠다고 만류하였다. 그는 정말 피나는 노력으로 대학 4년 동안 장학생으로서 영예의 졸업을 하였으니 너무도 감사하고 기쁜 일이 아닐 수 없었다.

중매로 만난 우리 둘째 며느리 최유경崔由京은 최영준 권사님

(문교부장관을 역임
한 최규남 박사님의
외아들)의 장녀로
서 교육자의 가정
에서 착실한 부모
님의 가르침을 받
고 대학과 대학원
에서 미술을 전공
하였는데 남편의
연수 과정에 미국
콜롬비아대학 대
학원에서 종호는
국제정치학을 전

차남 (외교관 가족)

공하여 국제정치학 석사, 며느리는 또 미술학 석사 학위를 받았
다. (학위수여식에는 내가 직접 참석하였다. 2000년 5월 16일)

온순하고 알뜰한 성격의 우리 둘째 며느리는 경제적으로 여
유롭지 못한 우리 집안에 시집 와서 아들 딸 셋을 낳아 정성을
다하여 돌보고 어머니의 사명을 잘 감당하면서 외교관 부인으
로서 최선을 다하는 것을 볼 때 정말 고맙고 기쁜 마음 한량이
없다.

특히 요즈음 세태는 웬만하면 외식을 즐겨하는데 가족들이 모
였을 때 스스로 준비하여 집에서 식사를 하려고 하는 점은 경제

적인 문제를 떠나서 성의를 다해 손님을 맞이하려는 태도로서 정말 자랑스럽게 칭찬하고 싶다.

일찍이 극작가 버나드 쇼는 다음과 같이 갈파했다.

"인생에서 진정한 기쁨은 자신이 가장 중요하다고 생각하는 목적을 위해 자기 자신을 사용하는 것이다. 세상이 자신을 행복하게 해주지 않는 것을 불평하고 배 아파 하는 열병을 앓는 이기적인 고깃덩어리는 진정한 기쁨을 얻을 수 없다. 내가 살아있는 동안 사회를 위해 무엇인가를 할 수 있다는 것은 나의 특권이라고 생각한다. 나는 죽을 때 나 자신이 완전히 소진된 상태이기를 원한다. 나는 이러한 목적을 가지고 인생을 즐긴다. 나에게 있어서 인생은 곧 꺼지는 촛불이 아니라 일종의 찬란한 횃불이다. 이 횃불을 다음 세대에 넘겨주기 전에 내가 들고 있는 순간만은 가능한 한 최대로 밝게 밝히고 싶다."

우리들의 삶은 어떻게 빛나며 다른 사람의 삶을 밝혀주는 횃불의 역할을 할 수 있을까.

우리의 아들, 딸, 사위, 며느리들 너무도 고생이 많은 것 같다. '인생의 모든 것은 다 곧 지나갈 것이다.'라는 말도 있지만 당하고 있는 어려움은 인내로 극복해야 될 줄 안다.

생각해 보면 우리 가정의 구성원들 모두의 만남은 정말 "인생의 깊은 만남, 하느님이 특별히 베풀어주신 남다른 만남이 아닐 수 없다."고 여겨진다. 구름이 겹겹이 하늘을 뒤덮어도 태양은 빛나는 것처럼 우리 자녀 내외들은 어느 곳에 있든지 다들 자기

본분을 잘 지키며 성공하는 인생길을 당당하게 나아가고 언제나 베푸는 위치에서 섬기는 자세로 열심히 살아갈 것을 나는 간망懇望할 뿐이다.

3. 청렴하고 존경받는 공직자

세계적으로 유명한 사람들이 가족사를 숨기고 싶다는 말, 자식농사 망친 위인들의 속 탄 사연들, 결국 위대한 남자들도 자식 때문에 울었다는 이야기들이 많다.

영국의 블레어 총리는 재임 중에 아들이 만취 상태에서 저지른 행동에 대하여 눈물까지 글썽이며 "총리보다 아비 노릇이 더 힘듭니다."라고 토로하였는가 하면, 중국의 원자바오 총리는 "내 아이의 사업을 말리지 못한 것이 평생의 한"이라고 하였다.

나의 경우는 선친(堅鎭源)께서 여자 형제도 없는 외동아들이었기 때문에 슬하에 많은 자녀를 얻으려 노력했다는 이야기를 들었다. 그래서인지는 몰라도 나는 칠남매 막내아들로 태어났다. 일제 때 초등학교에 입학하고 6학년 때 해방정국의 복잡한 정세 속에서 아버지가 희생되었기 때문에(해방정국의 상황을 알기 위해서 연구했던 내 박사학위 논문이 '한반도에서의 미군정에 관한 연구'였다) 중학교 입학시험을 놓쳐 방황하기도 했다.

나는 열다섯 나이에 고민도 많이 하고 남모르게 울기도 많이 하였기에 그때 이래로는 잘 울지 않는다. 이때는 시골에서 중학교 가는 학생이 흔하지 않았고 어려운 가정 형편에 자녀가 학교에 다니지 않을수록 경제적으로 도움이 된다고 생각하던 시절이었다. 당시의 가정 사정으로는 내가 스스로 나서지 않으면 학교를 갈 수 없는 상황이었다.

나는 당시의 학제도 잘 모르고 친구들이 다니는 학교를 늦게 가보니 정규학교가 아니었다. 적만 올려놓고 내 나름대로 고민하다가 어디에 알아볼 데도 없어 어린 마음에 정식학교가 아니면 다닐 필요가 없다고 생각한 나머지 정규 중학교에 갈 생각만 했다. 정규 중학교는 공립학교라야 한다는 소리를 들었는데 우리 고장에는 공립학교가 공업중학교(6년제) 하나밖에 없었다. 그 학교를 다니는 친척에게 물어보니 공립학교를 감독하는 곳은 군청 학무과라고 했다. 그 말을 듣고 군청 학무과로 찾아가서 물어 보았더니 젊은 직원이 사무를 보면서 하는 말이 학생이 다니는 학교에서는 정규중학교에 옮겨갈 수가 없다는 것이었다.

실망이 컸지만 그래도 나는 공립학교에 가려고 우선 그 학교에 다니는 친척 학생의 노트를 빌려 공부하면서 아침저녁으로 군청 학무과 직원을 찾아가 인사하면서 전학할 수 있는 길을 알려달라고 간청을 했다.

3개월 정도 지나서 퇴근하는 길에 그가 사는 집으로 따라가서 내 사정을 이야기했더니 들어 보고는 나의 끈기에 마음이 동했는지 "딱한 사정이군." 하면서 수속절차를 알려주는 바람에 서류를 갖추어 8개월 만에 공립중학교로 옮겨가게 되었다.

어려운 가정형편인데도 큰 형님(견용필堅龍弼)께서 송아지를 팔아 학교에 납부해야 할 돈을 마련해 주시면서 "너는 아버지 없는 자식이라는 소리를 듣는 행동을 해서는 절대로 안 된다."고 단호하게 말씀하셨다. 그 후 나는 형님의 은혜를 한 번도 잊어본 적이 없다.

이 기간 동안 나는 너무도 많은 것을 알게 되었다. 실패하더라도 좌절하지 않고 꾸준히 노력하면 길이 열린다는 것도 알았다. 또 세상인심이 아무리 각박하다 해도 도와주는 사람이 있는가 하면 종교를 통해 얻는 힘도 대단하다는 것을 느꼈다. 별로 가진 것 없어도 열정과 노력이 밑천이 되는 삶도 있다는 것을 체험하게 되었다. 당시의 상황에서는 밥을 먹기도 힘이 드는 판국에 학교를 다닌다는 것은 정말 어려운 처지가 아닐 수 없었다.

이런 과정을 통해서 나는 6년제 중학교로 옮겨가서 6.25도 겪게 되었고 중학교 3년, 고등학교 3년으로 학제가 바뀌면서 어려운 중고등학교 시절을 보냈으며, 4.19와 516 등 격동기의 현대사를 몸소 겪었던 셈이다. 생각해보면 나는 정말 억지 공부를 했다고 할 수 있다. 이때 나는 스스로 모든 문제를 해결해야 한다는 일념으로 남다른 고민도 해야 했고 남보다 많은 노력을 할 수밖에 없는 처지였다.

나는 숨겨야 할 가족사도 없고 경제적으로 어려웠던 삶이 불편한 일이 될지는 몰라도 흉이 되는 일은 결코 아니라고 생각했다. 열다섯 살 때부터 객지 생활을 하면서 모든 것은 내가 선택하고 스스로 결정할 수밖에 없었으니 이런저런 시행착오도 겪어야 했고 외롭고 부족한 면이 너무 많았다.

큰 사람은 부모가 만든다고 하였는데 솔직히 내 슬하의 세 자녀들에게 잘해준 것이 제대로 없다. 그 흔한 유치원에도 보내지 못했는가 하면 과외공부를 시켜준 일이 한 번도 없다. 돌이켜보면 삼남매에게 그들 나름대로 아름다운 추억거리라도 만들어 주어야 할 텐데 그렇지 못한 것이 미안하고 한스러울 뿐이다.

우리 부부는 일요일에 걸어서 교회에 나갈 때 우리 자녀들은 주일학교에 다녀오는 것이 다니고 있던 학교 이외의 출입이었다. 우리 집의 삼남매는 학교 도서관에서 공부하더라도 반드시 밤 10시까지는 집에 돌아와야 하는 것이 불문율이었다. 그 이후 시간의 공부는 집에서 간식이라도 먹고 각자 상황에 따라 하는 것이었다. 지금과는 달리 우리 아이들이 중고등학교를 다닐 때는 학교 공부만 열심히 하면 대학은 입학할 수 있었다.

감사하게도 자녀들이 모두 어려운 가정 사정을 생각해서 열심히 공부하여 대학에도 무사히 입학하고 장학금도 받았기 때문에 월급을 받아 생활하는 처지에서 경제적으로 많은 도움이 되어 여간 다행한 일이 아니었다. 부모로서 한 일이라면 열심히 기도하고 그저 울타리 역할을 부지런히 했다고 할까.

딸아이는 독일에서 바이올린을 전공한 음악학도로서 자기분

수 지키며 열심히 생활하고, 장남은 서울법대 대학원(법학 석사)을 수료하였는가 하면 사법시험에도 합격하여(사법연수원 25기) 법관 생활을 하고 있다. 차남은 외무고시(40회)에 합격하여 외국연수 중에는 미국 컬럼비아대학에서 국제정치학 석사학위를 받아 외교관 생활을 하고 있으니 얼마나 감사한지 모르겠다.

특히 나의 전공이 정치학인데 막내가 외교관 생활을 하게 되어 내가 관심을 가지고 연구해 오던 분야에서 일을 하고 있으니 더할 나위 없이 기쁘다. 또한 아내가 대학에서 법학 공부를 했는데 장남이 법관 생활을 하게 되었으니 이 또한 감사하고 더 없는 기쁨이 아닐 수 없다.

특히 한국의 성씨姓氏가 통계상으로 약 300여 개에 가까운데 우리 성씨는 희성에 자손이 많지 않아 속된 표현으로 크게 출세한 사람도 없고 비난의 소리를 들을 사람도 지금까지는 없는 것 같다. 평범한 소시민으로서 주어진 일에 충실한 생활을 해오는 가운데 우리의 자녀가 사회지도층에서 당당하게 생활하게 되었으니 얼마나 감사한 일인가.

공직생활을 하고 있는 두 자녀에게 신수傘壽를 바라보는 이 연륜에 이르기까지 최선을 다해 살아왔지만 막상 챙겨보니 버릴 것이 더 많고 후회되는 일도 없지 않은 삶이었던 것 같아 자녀들에게 혹시라도 귀감이 될 만한 일로 남길 게 없을까 봐 걱정이 앞선다.

일찍이 다산 정약용 선생은 전남 강진에서 유배생활을 하면서 아들에게 유산으로 물려줄 재산이 없어 근勤과 검儉 두 글자를 유산으로 남긴다고 편지를 써 보냈다고 하는데 이는 곧 게으름과 낭비를 삼가라는 의미다. 나는 다산처럼 명망 높은 선비도 아니라 무엇을 유산으로 물려주어야 될는지 모르겠다.

그래도 공직생활을 하는 우리 자녀들에게 부모로서 욕심을 내어 당부할 말이 있다면 공직의 표상表象이 되었으면 하는 마음 간절하다.

인생이란 나를 찾아가는 힘든 여정이라고들 하는데 나는 과연 어떤 사람이 되어야 할 것인가를 깊이 고민해야 할 것이다. 개인의 영달만이 아닌 국가와 민족을 위한 큰 봉사자가 되기를 간절히 기원한다.

특히 예수 믿는 사람의 정체성은 빛과 소금의 존재임을 명심해야 될 줄 안다(마. 5장 13절~14절). 공직자는 스스로의 몸가짐이 무엇보다 중요함을 항상 생각해야 한다. 세상을 움직이는 것은 정치나 권력, 돈이 아니라 인격人格이다. 인격은 타고나는 것이 아니라 지속적으로 자신을 가다듬는 노력의 결과로 형성된다. 영국의 개혁운동가 '새무얼 스마일즈'는 궁극적으로 인생을 지배하는 가장 고결한 재산이 인격이라고 하였다.

공직자의 기본 소양은 불편부당不偏不黨의 자세라고 하겠다. 공직자의 윤리성은 직업적인 양심을 뜻한다는 사실을 명심해야 한다.

공직에 있는 사람은 우리 사회의 지도층이다. 언행, 품위도 지키며 남을 배려하는 마음도 가져야 한다. 아울러 사회지도층은 솔선수범해야 하고 다른 사람들의 행할 길을 열어주는 안내자의 역할도 해야 한다는 것이 중요하다.

또한 공자님 말씀에, 부귀富貴라는 것은 누구나 탐내는 것이지만 정도正道로써 얻은 것이 아니면 누리지 말아야 한다는 것이다. 이는 공직자가 명심해야 하는 점이다. 특히 공직자가 당당하게 살라는 의미에서 "마음은 후회가 없도록 하라는 심불참心不懺과 얼굴은 부끄럽지 않게 하라는 면불혼面不魂, 허리는 구부리지 말라(아첨하지 말라는 뜻)는 요부굴腰不屈(조선조의 성총스님의 말)은 오늘의 시대에도 재음미해야 하는 글귀라고 여겨진다.

그래서 공직자는 엄격하게 스스로를 통제해야 한다. 인재가 최대의 자본임을 명심하고 인간관계를 중시해야 한다. 자신과의 관계가 좋지 않으면 다른 사람과의 관계가 잘 될 수는 없는 것이다.

우리가 살아가는 환경은 그야말로 변화무상하므로 기회와 위험을 분간하고 다양한 환경에는 다양하게 대처해야 하고 끊임없이 변하는 환경에 대처하기 위해서는 끊임없이 변해야 한다고 할 때 한 마디로 우리는 스스로 유연성 있는flexible 삶이라야 한다는 점이 강조된다.

화禍는 입에서 나와 몸을 망치고 복福은 마음에서 나와 스스로를 빛나게 한다는 명언도 새겨볼 필요가 있다.

우리가 살아가다 보면 어려운 일도 만나게 되고 이룩해야 할 일들이 잘 풀리지 않고 벽에 부딪칠 때 벽이 있는 이유가 있다고 한다. 그 벽은 우리가 무언가를 얼마나 절실히 원하는 지 시험하는 기회라는 것이다. 또 절대로 포기하지 말 것, 때로는 인내하고 기다릴 것을 권면하였다. (카네기멜론대학교의 랜디 포시Randy Pausch 교수의 마지막 강의)

　나도 살아오면서 때로는 마음이 허전해질 때 고등학교 영어 선생님이 수업시간에 학교의 가교사, 이름 하여 피란 교실(6.25전쟁으로 본교 건물은 육군병원으로 사용하게 되었음)에서 교과서에 실린 소련의 시인 푸슈킨(1799~1837)의 시 '삶이 그대를 속일지라도'를 자주 낭송하기도 하였다. 어떤 문인들은 삶의 근원적 슬픔과 허무를 노래한 시라고도 한다.

　　삶이 그대를 속일지라도
　　결코 슬퍼하거나 노여워하지 말라
　　슬픈 날을 참고 견디면 즐거운 날이 오리니
　　마음은 앞날에 살고
　　지금은 언제나 슬픈 것이니
　　모든 것은 덧없이 사라지고
　　지나간 것은 또 그리워지나니

　이런 시다. 나는 우연하게도 1989년 8월 10일 모스크바 근교에 있는 푸슈킨의 생가를 방문해볼 기회도 있었다.

긴 인생여정에서 명예, 지위, 돈이 중요해서 원하는 대로 가지게 되었다 하더라도 건강과 가족이 없다면 바로 실패한 인생이 되어 버린다.

일반적으로 사람들은 그렇게 된 다음에 진정한 성공의 의미를 알게 되면 이미 때는 늦었으니 우리는 이런 시행착오는 없어야 함을 항상 생각해야 할 것이다.

성경 말씀에 자식은 부모의 등 뒤에서 성장한다고 하였다. 나는 이 말씀이 마음에 들지 않는다. 왜냐하면 나 자신의 삶의 모습이 자녀들에게 귀감이 될 만한 점이 별로 없기 때문인지도 모른다. 더욱이 자식은 부모의 인격 수준 이상으로 크지 않는다는 말도 있기 때문이다. 그래서 우리의 자녀들은 나를 닮지 않기를 간절히 바라고 살아왔다.

하지만 우리의 오랜 속언에 '부선지자父善知子'라는 말이 있다. 이는 자식을 가장 잘 아는 것은 그 아버지라는 것이다. 마찬가지로 그 아버지를 잘 아는 사람이 또한 그 자식이라는 것이다. 따라서 내가 걸어온 길을 모르게 할 수도 없다.

내 생애의 끝자락에 이르고 보니 나의 삶은 언제나 계획하고 통제하는 것이었다. 가능한 한 능력이 닿는 범위 안에서 내 의지로 컨트롤할 수 있어야 한다고 생각해 왔다. 도전할 가치가 있다고 여겨지면 무모할 정도로 달려들기도 한 결과, 목적을 달성하기 위하여 오로지 최선을 다하는 삶이었다.

일찍이 알버트 아인슈타인 박사는 "사람은 항상 새로운 사실을 생각하지 않으면 로봇과 같이 되어 버린다."고 경고하지 않았던가. 생각해 보면 불투명한 내일의 행복을 위해 수많은 오늘을 희생하며 살아왔다고 하는 것이 솔직한 고백이다.

물질적으로 어려워서 부모가 자식에게 걱정을 끼치게 된 점, 사회적으로 출세하지 못해 자녀들의 사회생활에 음양으로 크게 보탬이 되지 못한 점 등 생각해 보면 이루 말할 수 없이 많다. 가장 후회스러운 것이 있다면 그동안의 삶에서 많은 추억을 함께 만들어보지 못한 점이다.

삶이라는 통로에서는 무수한 아픔과 고달픔 등의 시련들은 그 누구도 피해 갈 수 없으며 삶에 대한 대가로 스스로가 치러야만 하는 것들이다.

그런데 이런 것들 중에는 먼 훗날 자식들이 되새겨가며 사랑을 느낄 수 있는 것들이라든지, 또 살아가면서 시련에 대처할 수 있는 힘을 얻을 만한 추억들이라든지 간직하고 싶은 것들이 있게 마련이다. 한 마디로 오늘 겪고 있는 고난과 역경에 대한 미래적인 의미가 무엇인지를 알아야 한다는 점이 강조된다(롬. 8장 18절).

따라서 나는 간절히 기도한다.

내 자녀에게는 "나처럼 소심해서 어려운 일이 가로놓였을 때도 쉽게 포기하지 말고 용기 있게 헤쳐 나갈 지혜를 주시옵소서. 나는 다른 사람처럼 명석한 두뇌를 갖고 태어나지 못했기 때문에 스스로 다른 사람보다 더 많이 노력하지 않으면 안 된다는 점을 깨닫게 하여 주시옵소서."라고. 또한 "수신修身이 하루아침에 이루어지는 것도 아니고 재가齋家도 급조되는 것이 아님을 알게 하여 주시옵소서."라고.

그리하여 나처럼 산다고 허덕이는 사이에 고장 난 벽시계처럼 멈추어 설 줄 모르는 세월만 흘려보내는 우를 범하지 않고 후회 없는 삶이 지속되기를 간절히 바란다. 우리의 삶을 가장 잘 사용하는 방법으로 삶보다 더 오래 남을 수 있는 일에 사용하는 것이라고 자신 있게 주장한 사람도 있지 않았던가.

터키의 소설가 오르한 파묵이 2006년 노벨문학상을 받아들고 한 연설이 '아버지의 여행가방'이었다.

그의 아버지는 시인이 되고 싶었지만 가족을 먹여 살리느라 평생 사업가로 살았다고 한다. 그는 말년에 아들에게 습작 원고가 든 여행 가방을 맡기면서 "내가 죽거든 읽어봤으면 좋겠다."고 했다. 아버지가 눈을 감은 뒤 아들은 원고를 읽으며 아버지의 젊은 날을 돌아봤다. 파묵은 가족을 챙기느라 청춘의 꿈을 접었던 아버지께 노벨상을 바쳤다는 일화는 그래서 숙연한 느낌을 준다.

또한 인생사를 긍정적으로 받아들여야 한다는 점이다. 사람이 겪는 모든 시험이라는 것이 아무리 어려워 보여도 스스로 겪어 나갈 수 있을 정도의 시험을 당하게 된다는 것이다.

미국 카네기 대학 공대에서 생활에 실패한 사람 1만 명을 상대로 조사한 바에 의하면 85%는 인간관계에서 실패한 사람이었다고 한다. 특히 인생사를 부정적으로 보는 데서 문제가 있었다고 하는 점을 눈여겨 볼 필요가 있다.

특히 공직생활을 하는 자녀들에게 바람이 있다면 부모의 일생은 근검절약하며 알뜰살뜰 노력한 덕분에 굳이 한양 조씨(청록파 시인 조지훈)들이 남인南人의 자존심을 지키기 위한 가훈家訓으로 정한, 이른 바 삼불차三不借가 아니더라도 우리 가정은 "글월을 남에게 빌러가지 않고, 재물을 빌러가지 않으며, 사람을 빌러가지 않을 것"을 항상 생각해 왔다.

일찍이 아리스토텔레스는 "사람은 배우기를 원한다.(형이상학 제1권 1장 첫 문장의 말)"고 하였는데 이 말의 유효기간은 죽는 날까지라고 한다. 권력, 명예, 부를 모두 가진 사람이 허무감을 느낀 끝에 현자賢者에게 묻기를 "인생의 목적이 무엇입니까?" 했더니 "한 평생 배우러 왔다가 갑니다."라고 하였다.

"고통 없는 배움은 없다."는 아리스토텔레스의 말과 데카르트가 설파한 "크게 깨우치려면 모든 것을 의심하라."는 말(김형철 교수의 서양인문 오딧세이)을 재음미해보기 바란다.

비록 자녀들에게 많은 것을 남겨줄 형편도 아니지만 자녀들에게 물질적으로 신세를 져야하는 사정은 더욱 아니기에 천만다행이라고 여겨진다. 그래서 나는 우리의 자녀들은 언제나 베풀 수 있는 위치에서 생활할 수 있도록 간절히 기도하고 있다.

"주라 그리하면 너희에게 줄 것이니 곧 후히 되어 누르고 흔들어 넘치도록 하여 너희에게 안겨 주리라 너희가 헤아리는 그 헤

아림으로 너희도 헤아림을 도로 받을 것이니라”(눅. 6장 38절)는
말씀을 기억하기 바란다.

조선조의 상촌象村 신흠申欽이 지었다는 글을 보자.

매일생한불매향梅一生寒不賣香

매화는 일생동안 춥게 살아도 결코 그 향기를 팔지 않으며,

월도천휴여본질月到千虧餘本質

달은 천 번을 이지러져도 그 본질은 남아 있고,

유경백별우신지柳經百別又新枝

버드나무는 백 번 꺾여도 새로운 가지가 올라오며,

동천년노항장곡桐千年老恒藏曲

오동나무는 천년이 되어도 항상 곡조를 간직하고 있다.

바로 이러한 글귀의 참뜻을 익혀 품격 있는 공직생활을 해주었
으면 하는 생각이 간절하다. 뿐만 아니라 언제나 창의적인 리더,
즉 아래 사람이 항상 배울 수 있도록 도와주는 멘토로서 그들과
진정으로 소통하는 자세로 생활하기 바란다.

일찍이 톨스토이는 어떻게 생각하면 인간은 역사의 수레바퀴
를 굴리는 수단이라고 하였지만 우리의 자녀들만은 역사의 수레
바퀴를 굴리는 주역으로 일을 해주었으면 하는 간절한 소망도 있
음을 기억해 주기 바란다.

또 우리 인간에게는 세 그루의 나무가 있는데 그것은 가시

나무. 십자가나무. 유실수 나무라고 한다. 그런데 가시나무에서 유실수 나무에 가려면 반드시 십자가 나무를 통하지 않고는 갈 수 없다는 것을 깨달아야 한다. 이는 곧 하느님의 은혜가 없이는 얻어지는 것이 없다는 의미임도 깨달아야만 한다는 것이다.

테레사 수녀님은 미국 의회 연설에서 "섬길 줄 아는 사람만이 다른 사람을 다스릴 자격이 있다."고 외쳤을 때 기립박수를 받았다고 한다.

그뿐이 아니다. 섬김의 덕목을 강조한 신라의 경순왕은 스무 살 때 심신수련을 위해 전국을 다니면서 좋은 일 세 가지를 보았는데 하나는 높은 자리에 있으면서 지위가 낮은 사람보다 겸손하게 사는 사람과 큰 부자이면서 검소하게 지내는 것이 그 다음이고 세 번째로는 본디 귀하고 힘이 있으면서 그 위세를 쓰지 않는 것(삼국유사)이라고 하였듯이 우리의 사회생활에도 섬김의 중요성이 강조된다. 다른 사람을 배려하고 섬기며 살겠다는 마음가짐이 바로 선진 시민상이 아닐까.

시간과 조수간만은 사람을 기다려 주지 않는다. 그래서 시간은 덧없이 흘러가는 것이라고 하지 않던가.

시간의 걸음걸이에는 세 가지가 있다고 한다. 즉 미래는 주저하면서 다가오고, 현재는 화살처럼 날아가고, 과거는 영원히 정지해 있다는 것이다(F. Siller).

살다보면 좋든 나쁘든 상황situation은 반드시 변화하게 마련이다. 우리 인간은 누구나 자기에게 배당된 시간을 살다가 간다. 보이는 이 세상에서 보이지 않는 저 세상으로 떠나가지 않으면 안 되는 운명이다.

　흔히들 삶은 기회라고도 하는데 우리는 이 기회를 통하여 은혜 받는 생활이 되어야 할 줄 믿는다.

5. 심은 대로 거두리라

요즈음 우리 사회는 자녀들을 많이 두지 않는다. 그것은 교육
비가 너무 많이 들어 어쩔 수 없기 때문이라고 한다. 이러한 세태
속에서 우리 가정은 친손과 외손을 합하여 모두 일곱 사람이다.

외손 오주연吳周娟은 연세대학교 재학 중에 덴마크 코펜하겐 대
학교에 가서 교환학생으로 수학중인데 영어를 잘해서 무역진흥
공사(KOTRA) 덴마크 지사에 인턴사원으로 입사되어 1년간 휴학
을 하고 근무해보기로 결정하였다고 한다,

그의 동생 승현昇泫은 고등학교 3년간 장학생으로 기숙사 생활
을 하면서 대학입시 준비에 여념이 없는데, 아마도 대학에서 컴
퓨터 전공학과로 진학이 될 것 같다고 한다.

또 친손 중에 종손인 견준영堅焌榮은 미국 워싱턴 D.C에 있는
SPRING HILLS elementary school 6학년에 재학 중이고,
그의 동생 나현娜玹(그의 아버지가 법관으로서 1년간 미국 연수를 하던 기
간에 그곳에서 태어났음)이는 같은 학교 1학년이며, 그의 사촌 민정

손자손녀들

珉禎이는 그의 아버지가 외교관으로서 주미한국 대사관에 근무하기 때문에 미국 워싱턴 D.C에 있는 KENT GARDENS elementary school 4학년이며 그의 동생 재영 宰榮이는 1학년이고 민하 玟河는 유치원생이다.

어쩌다 보니 일곱 사람의 손녀 손자들 중에서 6명이 외국에서 공부를 하게 되었는데 결코 우연은 아닌 것 같다. 글로벌 시대에 더 넓은 세상을 상대로 살아가려면 일찍 준비해야 될 것이 너무나 많고 외국인들과 일찍부터 사귀어 보는 것도 참 좋은 경험이 될 것 같다.

나는 우리의 손자 손녀들을 만나볼 때마다 이들은 하느님의 크신 뜻과 섭리와 계획이 있을 텐데 하느님께서는 어떻게 쓰실까 하는 생각이 든다. 생각할수록 이들을 위해 내가 해야 할 첫째의 일은 감사기도를 드리는 일이라고 생각된다.

이들은 하느님의 깊은 뜻에 따라 살아가게 될 것인데 우리 민족과 국가에 필요한 인물로 건강하게 성장해줄 것을 간절히 소원

한다. 아울러 많은 사람들에게 선한 영향을 끼칠 훌륭한 지도자가 되기를 기도드린다.

우리 가정의 꿈나무들은 언제나 하느님의 은혜와 축복을 누리며 살아가는 아름다운 삶이 연속되기를 기도한다.

우리 가정의 꿈나무들은 어떤 사람이 될 것인가를 먼저 생각해 보아야 한다.

우리 사회에서 자라나고 있는 아이들은 일류대학과 성공과 출세에 대한 이야기만 듣고 성장하다 보니 정말 필요한 세상사는 법을 모르고 훌쩍 자라는 것 같아 안타까운 경우가 많다.

사람이 살아가다 보면 어느 것을 선택하고 어느 것을 포기해야 할 것인지 고민해야 할 때가 있다. 지혜로운 선택은 많은 책들을 읽어서 얻은 지식과 다양한 경험에서 얻어진다는 것을 명심해야 할 것이다.

인생에는 두 갈래의 길이 있다. 99%나 되는 많은 사람들은 다른 사람이 가는 길을 간다. 그러나 1%의 사람들은 남들이 가지 않았던 길, 미지의 길을 선택한다. 도전하면서 용기 있게 모험에 나선다(시인 마르셀 프로스트). 자신의 계획대로 주체적인 삶을 산다고 할 때 큰 차이가 있음을 알 수 있다.

어떤 위치에 있는 사람이 되기 위해 인생을 살아갈 것이 아니라 무엇인가를 하기 위해서 인생을 살아가야 한다는 점을 생각해야 할 것이다.

나는 자녀들에게 최고의 유산은 재물이 아니고 가치價値라고 생각한다. 즉 세상 살아가는 법을 모르면 가치도 지위도 권력도 명예도 다 필요 없다고 여겨진다.

우리 주위에서 공부 많이 한 바보들이 많다는 지적도 수없이 해왔음을 결코 남의 일로만 여겨서는 안 된다.

우리의 인류역사 속에는 '쓸 만한 바보useful idiots'라는 용어를 찾아볼 수 있는데 이 말은 소련의 볼세비키 혁명을 이끌어 온 '레닌'이 서구사회의 친공親共 좌파들을 가리킨 말로서 "지식인들 가운데 우둔하고 설익은 자들을 포섭해서 혁명역량을 키우는 데 동원해야 한다는 뜻에서 만들어낸 용어"라고 할 수 있다. 쓸 만한 바보가 함부로 이용당할 때는 없는지 생각해야 할 것이다.

일찍이 퇴계 선생은 평생 벼슬을 사양한 것만도 72회에 이를 정도로 출세보다는 자기 수련과 제자 교육에 더 관심이 많았다고 한다. 그의 중심사상인 경敬을 현대용어로 풀이하면 '마음가꾸기'라고 할 수 있고 건강과 음식에 신경 쓰는 만큼이라도 마음을 다스리는 데 관심을 쏟는다면 한결 사회가 바르게 발전할 것이라는 주장도 있다(퇴계학연구소 이사장의 주장).

신학자 조지 래드 박사(예일대 교수)는 우리 각자는 이 세상에 태어날 때 서로 다른 기본능력, 재능, 또 은사를 가지고 태어나는데 그 중 90%는 개발을 하지 못하고 겨우 10%만 개발하여 사용하다가 죽는다고 하였다. 우리 각자는 어떤 재능과 능력을 가지고 있는지 알아보고 찾아보아야 할 것이다.

발명왕 에디슨Thoma Alva Edison은 천재란 1%의 영감과 99%

의 노력으로 만들어진다고 한 것처럼 우리는 노력만이 성공의 열쇠가 된다는 점도 명심해야 한다.

또한 범사에 감사할 줄 아는 사람, 자신이 현존하고 있는 것이 얼마나 감사한 일인가를 깊이 생각해야 하고 열심을 다해서 주어진 일에 충실해야 한다. 현실에 충실해서 손해 볼 것이 없다는 말도 있지 않는가.

부모님을 공경하고 그 은혜에 감사해야 한다.

미국의 링컨 대통령은 "오늘날 나 자신이 존재하는 것은 모두가 어머니의 은혜입니다. 왜냐하면 나는 어머니로부터 꿈꾸는 것을 배웠고 고난 중에 결코 그 꿈을 포기하지 않고 가꾸어가는 인내와 끈기를 배웠기 때문입니다." 하고 외쳤습니다. 감사는 축복의 씨앗을 뿌리는 것이다. 그래서 은혜를 아는 겸손한 사람이 되어야 한다(신명기 8장 10절).

미국의 유명한 여성 문화 인류학자 마거릿 미드Margaret Mead(1901~1978)는 "세상을 변화시키려고 하는 사람들의 능력을 절대로 과소평가하지 마라. 작은 그룹이더라도 그러한 일을 할 수가 있다."고 하였다. 우리의 손자 손녀들은 인생의 그늘에서 고통 받는 사람이 있다면 눈물을 닦아줄 아름다운 마음, 여유로운 마음을 가지는 삶이 되어야 한다.

영국의 극작가 폰 실러드는 "현재의 짧은 순간을 소홀히 하는 사람은 그가 가진 전부를 내던지는 셈이다."라고 강조하였다.

우리의 삶에서 한 번 오고 영원히 다시 오지 않는 것은 시간,

말슴, 기회라는 세 가지라고 한다. 그래서 우리는 현재가 스스로의 일생을 좌우하는 가장 소중한 시간이라는 점을 깨달았을 때 스스로의 과거는 아름다워지고 스스로의 미래도 즐겁게 다가온다는 것을 생각해야 할 것이다. 자신에게 주어진 시간을 잘 관리하는 능력이 있어야 한다.

(예를 들면 주어진 시간의 우선순위를 정하여 시간을 배정하고 관리하지 않으면 시간을 낭비할 경우가 있기 때문이다.)

일상생활에서 항상 말을 조심해야 한다. 성경에도 듣기보다 말과 성내기는 더디하라(약. 1장 19절)고 하였다. 모로코 속담에 "언어가 입힌 상처는 칼이 입힌 상처보다 깊다."는 말이 있는데 이는 그만큼 말의 위력이 대단하다는 뜻이라는 점도 기억해야 한다. 그래서 '구사일언九思一言', 즉 '아홉 번 생각하고 한 번 말한다.'는 고사성어도 있다.

하느님은 왜 사람에게 두 개의 귀를 만들고 입은 하나밖에 만들지 않았을까. 입과 귀의 사이는 10cm밖에 안 되지만 어떻게 쓰이느냐에 따라 천양지차가 있다는 것이다 .또 '탈무드'에는 자기 혀를 보물처럼 지켜야 한다고 했다.

'침묵은 지성인이 입는 황금의 갑옷'이라는 말이 있는가 하면, '말은 자신의 입안에 있을 동안에는 자신이 말言의 주인이지만 한 번 입 밖에 나와 버린 다음에는 자신은 말의 노예가 된다.'고 하였다. 마음이 혀를 움직여야 한다. 마음이 혀로 인해서 움직여져서는 안 된다.

톨스토이는 "해야 할 말을 하지 못해 후회스러운 경우가 백 가지 중 하나라면 하지 말았어야 할 말을 해버려 후회스러운 일은 백가지 중 아흔아홉이다."라고 했던 말을 기억해야 한다.

예로부터 병은 입으로 들어오고 화는 입에서 나온다고 하였다. 우리가 겪는 대부분의 불화는 자신의 말 때문인 경우가 많다는 점을 꼭 명심해야 할 것이다.

또한 우리가 살아가는 중에 어떤 경우에서든 기회가 오게 마련인데 자신에게 찾아온 기회를 놓치지 말아야 한다. 그러기 위해서는 스스로의 삶이 언제나 진지하고 어떤 사소한 일에도 소홀함이 없는 지혜로운 삶이 되어야 한다는 점도 명심해야 한다. 인간사에는 밀물과 썰물이 있으니 밀물을 타면 성공에 이르고, 놓치면 평생의 항해가 여울과 불행에 묶이게 된다고 하였다(셰익스피어의 희곡 '율리우스 카이사르'에 있는 말이다).

한편 우리가 생활한다는 것은 다른 사람과 더불어 살아가는 것을 의미한다. 다시 말해서 인생의 의미는 자신만의 완결이 아니라 늘 주변의 사람, 사회와의 관계 속에 살아가고 있다는 것이다. 그래서 우리는 사회생활에서 대인관계에 문제가 있으면 안된다. 다른 사람의 존재가치를 인정해야 하고 사람간의 만남은 먼 미래를 위한 투자라고 생각해야 한다.

특히 글로벌 시대 색다른 민족, 세계 각국의 언어가 사용되고 있는 세상에서 뛰어난 공감의 능력이 요청된다. 외국에서 오래 살고 말이 다르고 문화가 다른 사람들과 치열한 경쟁관계에서 성공한 사람의 말에 의하면 "한국 사람들은 다른 사람들의 마음과 감정을 이해하고 공감하는 능력이 뛰어나고 무엇인가를 만들어 내는 창조도 중요하지만 다른 사람의 슬픔과 아픔을 같이 나누는 공감 능력도 대단히 중요하다."고 하였다(세계은행 총재 김용).

또한 우리는 무엇보다도 자기 자신과의 관계가 좋아야 한다. 왜냐하면 자신을 보는 눈으로 다른 사람을 보기 때문이다.

우리가 산다는 것은 다른 사람과 관계를 맺고 살기 때문에 다른 사람과 좋은 관계가 유지되어야 한다. 상대방의 약점을 찾지 말고 장점을 찾아 좋은 관계를 유지하는 관계 속에서 즐거움을 찾아야 한다. 따지고 보면 사랑할 시간도 짧은데 무엇 때문에 미워하며 살아야 하는가를 깊이 생각해 볼 일이다.

대인관계서 성공의 비결은 상대방의 능력을 인정해야 하고 상대방의 좋은 점은 칭찬하고 허물은 덮어주는 것이라고 하겠다.

사람들은 자신의 삶이 승리의 삶, 성공적인 삶이 되도록 하기 위해 노력한다.

그러한 삶이 이룩되기 위해서는 스튜어트 골드스미스의 주장에 의하면 25%는 '나는 원하는 것을 소유할 만한 가치가 있는 사람이다'라는 의미의 긍정적 자아 이미지를 갖는 것이고, 25%는 '목표를 달성할 수 있다'고 믿는 'I can' 정신이며, 또 다른 25%는 자신이 원하는 바를 구체적으로 정확히 아는 것이고, 나머지 25%는 생각을 실행에 옮기는 추진력이라고 하였다.

1945년 8월 일본에 원자폭탄이 투하된 후 존 솔론 디키 총장

(미국의 다트머스대학)은 학생들에게 다음 2가지를 꼭 기억하도록 강조했다고 한다.

첫째 세상의 문제는 바로 여러분의 문제라는 것이다. 둘째 세상에 불가능한 것은 없다. 세상의 모든 문제는 사람들의 생각에서 나오는 것이다. 열정과 끈기만 있다면 처음에는 불가능해 보였던 일들도 가능해진다고 하였다. 세상이 정의 내린 삶에 만족할 것이 아니라 스스로의 노력이 세상을 변화시킬 수 있다는 것을 의심할 필요가 없다는 것이다.

또 어떤 일을 할 때는 항상 즐거운 마음으로 최선을 다해야만

두 아들과 그 가족

좋은 결과를 얻게 되고 다른 사람으로부터 인정도 받게 된다는 점을 명심해야 한다.

인종차별을 종식시켜 인류 역사를 바꾼 마틴 루터 킹 목사는 거리의 청소부라 할지라도 미켈란젤로가 그림을 그리고 베토벤이 음악을 연주하고 셰익스피어가 시를 쓰듯이 거리를 쓸어야 한다고 갈파한 바 있다.

우리가 살다보면 즐거운 날도 있고 우울한 날, 넘어지는 경우도 있게 마련이다. "인생의 가장 큰 영광은 결코 넘어지지 않는 데 있는 것이 아니라 넘어질 때마다 일어서는 데 있다."고 한 만델라Nelson Mandela의 경험담에는 정말 많은 의미가 함유된 점을 재음미해볼 만하다. 또 탈무드에 "비난의 소리에 미소로 답할 수 있는 사람은 리더Leader가 될 자격이 있다."는 말이 있다.

아름다운 내일을 만드는 오늘을 소비형 인간(현실의 만족을 취하는 사람)이 되지 말고 저축형 인간(궂은 날에 대비하는 사람)으로서 정말 값지게 살아가는 우리 가정의 꿈나무들이 될 것을 기원한다. 가정의 역사도 한 세대에서 다음 세대로 이어져 가는 하나의 흐름 속에서 존재한다고 할 때 이 흐름은 다음 과정을 거치면서 그 맥을 이어가는 것이 특징이다.

즉 '역사를 만드는 사람들', '역사를 쓰는 사람들', '역사를 읽고 그 역사를 재창조하는 사람들'인데, 나는 우리 가정의 꿈나무들은 역사를 읽고 그 역사를 재창조하는 사람들이 되기를 바라며 글로벌 엘리트가 될 것을 간절히 기원한다.

진정한 성공의 첫째 요건은 세상에 대한 기여라고 하겠다. 성공은 베푸는 양으로 측정된다는 말도 있다. "자기가 태어나기 전보다 세상을 조금이라도 살기 좋은 곳으로 만들어 놓고 떠나는 것이 진정한 성공"이라고 부르짖은 사람도 있다(랄프 왈도 에머슨).

피에르 루이기 첼리(로마 루이스 대학 총장)는 "무엇보다 나라의 미래를 생각하면서 몸과 마음을 다 바쳐서 새 역사를 만들어 가겠다는 각오를 다져야 한다. 문화적 혁신이 필요하다."고 외쳤다(자신의 아들에게 "조국을 떠나라. 너는 다르게 살 권리가 있다."고 한 기고문에서).

사람의 값은 가격price이 아니라 가치value여야 한다. 우리의 꿈나무들은 가치, 매력, 감성이 수반되어야 세상에서 영향력을 발휘할 수 있음(김진현, 세계평화포럼 이사장)을 명심하기 바란다. 눈물을 흘리며 씨를 뿌리는 자는 기쁨으로 단을 거두리로다(시. 126장 5절).

하느님과 함께하는 삶은 영생을 얻게 되는 삶, 승리의 삶이 되고, 매사에 형통한 삶을 맛보게 된다는 것을 명심하고 언제나 맡은 일에 최선을 다하고 하느님의 축복 속에서 희망찬 꿈나무들의 삶이 될 것을 바라고 소원한다.

  전라남도 장흥군 안양면 기산리 632-1번지에 미륵사彌勒寺라
는 작은 암자가 있다. 법진(견차상堅且祥) 스님이 창건주로 있는
암자이다. 스님이 탁발하러 다니면서 부모 없는 여자 아이 셋을
데려다 학교도 보내면서 알뜰히 돌보는 가운데 한 여식이 고등학
교를 다니는 중에 그 학교 교장선생님(당시 장흥여자고등학교)으로
부터 감사장을 받게 되었다. 스님은 그때 자신이 많이 배우지 못
하였는데 형편이 허락하는 대로 어려운 학생에게 장학금을 주도
록 해야겠다는 결심을 하게 되었다고 한다.

  스님은 항상 "사람은 누구나 공수래공수거空手來空手去란 말을
생각해야 한다."고 하였다. 즉 빈손으로 왔다가 빈손으로 간다는
것이다. 성서에도 "내가 모태에서 알몸으로 나왔사온즉 또한 알
몸이 그리로 돌아가올지라 주신 이도 여호와시요 거두신 이도 여
호와시오니 여호와의 이름이 찬송을 받으실지니이다"고(욥. 1장
21절) 하였다.

또 스님은 사람이 마지막 갈 때 입고 가는 옷에는 주머니가 없음을 강조할 때도 있었다. 이는 곧 지나친 욕심 없이 이 세상을 살아가야 한다는 겸손한 마음과 나눔의 정신도 있어야 함을 강조한 것이라고 하겠다.

나눔은 불교에서 '보시布施', 즉 베푼다는 뜻이다. 이 '보시'에는 재물로 베푼다는 재시財施, 진리를 가르쳐주는 법시法施, 두려움과 어려움을 함께 나누는 무외시無畏施가 있다.

천년만년 살 것 같아도 하루살이와 크게 다를 바가 없는 것이 우리의 삶이라고 하면 불가에서 '보시바라밀'이라 해서 베푸는 행동을 통하여 행복을 만들어 가는 것을 수행으로 삼고 있다는 스님의 법문도 있다는 것이다.

이러한 생각들을 나에게 상의를 하기에 나는 장학회를 만들려면 최소한 기본금이 2~3억이 있어야 되는데 지금 당장 어려우니 준비해서 해야 한다고 하자 스님께서는 "그런 격식을 갖추려면 언제 하겠는가. 돈이 모아지는 대로 매년 얼마씩을 학교에 갖다 드리면 학교에서 알아서 처리할 것이 아니겠는가?"라는 말씀이었다.

성서에 나오는 "너는 구제할 때 오른손이 하는 것을 왼손이 모르게 하라"(마. 6장 3절)는 말씀이 생각났다. 실은 나도 결혼 주례를 할 때마다 얼마간의 사례비를 받은 것을 값진 데 쓰려고 모으고 있는 얼마간의 금액이 있는데 이것을 합쳐서 장학재단이 마련될 때까지 우선 스님의 법명을 붙인 '법진장학회'란 이름으로 매년 3명씩을 학교에서 추천받아 수여받는 학생의 체면도 생각하여 장학증서를 만들고 형식을 갖추어 수여하기로 하였다.

우리가 하는 일이 비록 작은 것이지만 누군가에게 희망의 씨앗이 되면 그 이상 무엇을 바라겠는가.

2001년부터 장흥고등학교 학생 3명에게는 매년 수여하되 형편이 허락하는 대로 전라남도에 소재한 고등학교의 추천을 받아 합쳐서 6명이 될 때도 있고, 9명이 될 때도 있었다. 이렇게 기쁜 마음으로 매년 장학행사를 하다 보니 장학금도 마련되었다. 2005년에는 법진장학회가 장흥고등학교로부터 감사패를 받기도 하고, 장흥군민보에 기사도 실려 주위 사람들로부터 축하를 받는 일도 있었다. 장학금을 받은 학생들로부터 스스로의 희망과 결심이 담긴 감사의 편지를 받기도 하였다.

섬광閃光처럼 지나가는 시간의 흐름 속에서 장학사업도 연륜이 더해가는 가운데 더욱 기초가 다져져 갔지만 스님께서 건강이 점차 악화되어 끝내는 회생하지 못하고 입적하게 되었다(2009년 12월 25일, 음 11월 27일). 병원에 입원한 지 한 달여 만이다. 정말 믿음이 있는 사람의 모습은 고통이 없어 보이고 걱정 근심이 없어 보였다. 그러나 시간의 무게를 가볍게 해줄 수 있는 지혜가 나에게 없는 것이 정말 가슴 아플 뿐이었다.

세상을 살아가다 보면 아쉬운 일들이 참으로 많다고 하지만 그중에서도 가장 섭섭한 것은 죽음으로 인한 이별이 아닐까.

그러나 암자를 비워둘 수도 없고 하던 장학사업도 중단할 수 없어 여승이신 정욱定煜스님께서 열성을 다해 암자를 가꾸고 계시다가 건강문제로 어려움을 겪는 중에 대한불교조계종 범어사 총무국장 법명 도관道觀(高己勳-승려번호:1485-177) 스님에게 미륵사를 범어사의 말사로 등록함과 동시에 미륵사에 따른 농토 등 재산 일체를 기증하고(불기 2554년, 서기 2010년 1월 7일) 거동사巨洞寺에 계시는 승찬僧燦스님을 모셔오게 되었다.

법진 스님의 뜻이 담긴 장학 사업은 영원토록 이어갈 것을 약속하고 스님의 거룩한 염원을 기리기 위해 장학금 수여식을 스님의 기일忌日로 작정하였는데 12월은 방학기간이고 날씨가 추우니 스님의 기일을 음력 9월 9일로 옮겨서 거행하기로 하여 그날 스님의 고귀한 뜻과 수행의 흔적도 생각하면서 장학금을 전달하기로 하였다. 2011학년도까지 장학금을 수여받게 된 학생은 남녀 합하여 63명이었다.

무엇이든 베풀려고 할 때 행복의 씨앗이 싹트게 됨을 깨달은 스님께서는 애써 가꾸고 섬기던 미륵사와, 쓰지 않고 푼푼이 알뜰히 모아 마련한 농토와, 남을 돕기 위해 불철주야 노력하시던 일과 장학 사업들도 영원히 번창해 갈 것이다.

베풀고 나눔이 바탕이 된 사회가 살기 좋은 사회임을 깨닫게 하는 스님의 바람이 널리 전파되고 그 정신 길이길이 빛날 것이다.

나는 어린 시절을 농촌에서 보냈기 때문에 농촌 사람의 생활상을 너무도 잘 안다. '농農은 천하지대본天下之大本'이라고 하는 말도 너무나 많이 들어왔다.

고등학교 졸업 이후 도시에서 줄곧 생활해 왔지만 큰집이 농촌이기 때문에 농촌의 이모저모를 잘 알고 있었다.

지나온 세월을 더듬어 보면 농촌을 떠나 생활한 지가 오래 되어 시골의 여러 가지 풍경들이 까마득한 추억들로 영글어 가는 가운데 죽음을 생각하게 되었고 묘지 문제를 고민해야 할 시기까지 살아왔으니 나의 삶도 제법 오랜 세월을 지나온 것이 틀림없다.

늙음이 아주 먼 것 같았는데 가까이 다가오고 보니 살아볼 때 늘 먼 시간만이 아니었다.

삶이란 죽음을 전제로 하는 것이고 지구상에 70억 인구가 살고 있지만 사람은 언젠가는 죽는다는 것 말고는 확실하게 아는 것이 없기에 우리의 삶은 언제 죽을지 모르는 일상이 아닌가.

죽음의 준비를 하는 것이 좋을 것 같아 아내와 더불어 생각하고 있는데, 어느 날 이웃에 사는 분이 기장군 장안사 쪽에 조그마한 야산이 있는데 살 의향이 있으면 소개하겠다고 하여 내 형편에 알맞은 크기이고 집에서 가는 거리도 적당하여 마련하게 되었다(1995년도).

이듬해 봄부터 가족묘지 할 정도는 남겨두고 형편이 닿는 대로 유실수라도 심어 퇴직 이후 가꾸어 보기로 작정하고 시간이 되는 대로 우리 부부는 부지런히 가서 밭을 일구어가는 데 최선을 다하였다.

이렇게 퇴직 준비를 하는 중에 우리 집 옆에 농협(해운대 농협 장산지점)이 문을 열게 되었고 나는 봉급 수령, 각종 공과금 납부 등을 이 지점에서 하게 되었다.

이 지점을 책임 맡은 지점장(심상문)이 어떻게나 친절한지 그야말로 흙냄새 물씬 풍기는 시골 출신 사나이였다.

자기 고향에 가시오가피 묘목이 보이던데 한 번 알아보겠다고 해서 묘목 600주를 시골에서 가져와 함께 우리 밭에 가서 심기도 하며 가까이 지냈다.

어느 날 "교수님 언제 퇴직하십니까?" 하고 묻기에 2001년도에 하게 된다고 하자 "농협 조합원이 되는 것이 어떻겠는가?" 하고 묻기에 지금 농사짓는 흉내를 내고 있는데 앞으로 한 번 생각해 보겠다고 하자 그는 더욱 적극적으로 농협 조합원이 되면 여러 가지 좋은 점이 있다는 것도 알려주었다. 그래서 나는 농업인의 자손으로서 점차 우리나라 농협에 관심을 갖게 되었다.

1945년 8.15해방 직후 전형적 농업국이었던 한국에서 농업협동조합의 설립은 농지개혁과 함께 국민의 큰 관심사였다. 오랜 논란 끝에 정부가 1958년 농업인의 자주적인 협동 조직을 통하여 농업인 생활력의 증진과 농민의 경제적·사회적 지위향상을 도모하기 위하여 설립된 것이 농업협동조합이었다.

농협이란 농업인이 모여 협동을 통하여 경제적 이익을 얻고 자신의 권리를 지켜나가기 위하여 만들어진 농업 생산자 단체로 농업 및 생활자재 구입, 생산된 농산물 판매, 필요자금 조달 등 가입 조합원의 경제 활동과 관련된 사업을 하는 것이며, 민주적으로 운영되는 조직으로 최대 이윤을 목적으로 운영되는 주식회사와는 근본적으로 다른 단체였다.

또 국민경제의 균형 있는 발전을 위한 일환으로 농업 생산력 증진과 농민의 경제적·사회적 지위향상을 위해 설립된 농업협동조합은 1961년 8월 15일 농업협동조합법에 의하여 1167개의 단위조합이 조직되어 곡물 검사, 농산물 유통, 소농보호정책 등을 주요 업무로 하여 민주적으로 운영되고 있다고 한다.

나는 농협에 대한 최소한의 상식으로 해운대 농협에 조합원으로 가입하게 되었다.

퇴직금의 3분의 1을 상호금융자산으로 위탁하고 조합원으로서 조합 발전에 미력이나마 이바지하고 있는 중에 2002년에는 해운대농업협동조합장(김만엽)으로부터 감사패를 받게 되는 기쁨도 있었다.

인생에서 진정한 기쁨은 자신이 가장 중요하다고 생각하는 목적을 위하여 자기 자신을 사용하는 것이다. 세상이 자신을 행복하게 해주지 않는 것을 불평하고, 배 아파하고, 열병을 앓은 이기적인 고깃덩어리는 진정한 기쁨을 얻을 수 없다.

내가 살아 있는 동안 사회를 위해 무엇인가를 할 수 있다는 것은 나의 특권이라고 생각한다.

"나는 죽을 때 나 자신이 완전히 소진된 상태이기를 원한다. 나는 이러한 목적을 가지고 인생을 즐긴다. 나에게 인생은 곧 꺼지는 촛불이 아니라 일종의 찬란한 횃불이다. 이 횃불을 다음 세대에 넘겨주기 전에 내가 들고 있는 순간만은 가능한 한 최대로 밝게 밝히고 싶다."(극작가 버나드 쇼)고 한 말이 많은 것을 시사해 주는 것 같다.

생각해 보면 우리 사회의 문제들은 근본적인 것과 기본적인 것, 현실적인 것을 혼동하고 있기 때문이라는 지적이 많다. 근본적이란 인간과 자연의 관계를 말하고 기본적인 것은 인간과 인간의 관계라고 할 때 우리 농협은 근본을 잘 가꾸는 것이 주요한 업무 중의 하나라고 할 수 있다.

일찍이 민세 안재홍(1891~1965) 선생은 '다살이(만민공생萬民共生)'를 강조하였다.

농협의 구성원과 조합의 발전을 위하여 헌신적으로 노력하고

주어진 업무에 최선을 다하는 해운대농협의 조합장(송병철)의 참
뜻을 잘 이해하고 사심 없이 알뜰하게 봉사하고 있는 상무 오재
창, 이흥석 님(장산지점장 역임)을 위시하여 이석찬, 구익제 지점장
등 많은 사람들이 자기가 하는 일을 천직으로 생각하고 그 일에
보람과 긍지를 느끼는 데 대해 나는 고개가 숙여진다. 자기 일에
애착을 가지고 최선을 다하는 사람처럼 믿음직스러운 분들이 또
어디 있겠는가.

이러한 사람을 만나면 이 각박한 세상에서 생활의 보람을 느끼
게 되는 우리 조합원들이 많을 줄 안다.

세계적인 일류기업들이 경제위기를 넘기기 위한 도전과 혁신
을 강조하고 있는 지금 특히 지상보도로 '밥상 주권' 위기라는 말
이 나오고 있다(조선일보. 2012. 11. 21자 참조).

과일, 수산물 등 먹을거리 자급률이 매년 급격하게 하락하는
추세라고 한다. 즉 곡물 78%가 수입되고 쇠고기 45%가 수입산
이라고 한다.

2010년 대비 작년 한 해 동안 줄어든 쌀 생산량은 62만 톤으
로 소비량으로 환산하면 국민 한 명당 64일치 소비하는 쌀이 줄
어든 셈(농협경제연구소 황성혁 연구위원)이라는 것이다.

프랑스나 스위스 같은 나라들은 먹을거리의 자급률이 높기 때
문에 큰소리치며 생활하고 있지 않는가.

나는 남해고속도로를 지나가는 경우가 많다. 오래 전에 교과
서에서 우리나라 농토를 이야기할 때 김해평야는 빼놓을 수 없는

넓은 평야이다.

그런데 그 평야에 한 때는 수많은 비닐하우스가 번쩍거리더니 어느새 경전철 레일 공사가 진행되고 고속도로가 넓혀지고 물류창고 등의 큰 건물이 들어서서 평야가 점차 잠식되어 이제는 아파트가 건설되고 일반주택은 상가로 바뀌는 등 그 변화되는 형상이 예사롭지가 않다.

일제하에서 안재홍 선생이 부르짖던 우렁찬 큰 소리 "이 나라의 논밭은 조선인이 먼저 갈아야 하겠고 이 땅의 벌과 비탈과 진펄과 개골창은 조선인이 먼저 이룩하고 갈아 먹어야 한다.

그것을 할 수 없는 곳에 함께 일어나 지켜야 하고 싸워야 하고 고쳐가야 하고 새 제도를 세워야 하고 이를 방해하는 어떤 자들이고 부숴치워 버려야 할 것이다."라는 애국의 외침은 어디를 향해 메아리치고 있을까.

"범사에는 기한이 있고 천하만사가 다 때가 있기 마련"(전. 3장 1절)이라고 하는데, 식량의 무기화가 확실시되는 세상에 우리는 노출되어 있음을 깨달아야 할 때이다.

우리 5000만 국민을 먹여 살릴 쌀 이외의 새로운 제품, 즉 신수종新樹種을 개발했다는 소리는 아직 듣지도 보지도 못하였으니 농사짓는 평야가 잠식되는 상황을 보고 걱정되지 않는 사람은 없을 것 같다. 우리의 농업에도 '기회'보다 '위기'의 요인이 훨씬 많다는 것을 절감하고 농업인 조합원과 함께 농협이 이에 대응 능력을 신장시키는 데 중심을 잃지 말고 앞장서야 할 때임을 재인식해야 할 것이다.

농업기술도 발전해야 하고 농협의 경영도 시대에 맞게 노력하고 변해야만 살아남을 수 있다는 것을 생각해야만 하겠다.

농업인과 국민이 바라는 새로운 농협, 녹색산업의 동반자, 품질 좋은 농산품을 쉽게 만날 수 있게 하는 농협, 농협의 수익은 농업·농촌 지원 재원으로 활용될 수 있도록 하는 농협, 농협은 농업인이 참여하여 만든 협동조합(NH농협, 농업인의 든든한 벗 참조)으로 거듭나 농업인의 든든한 대들보가 되어야 하는 것이 지상명령임을 다시 한 번 새겨보는 계기가 되었으면 한다.

8. 버킷리스트 Bucket List

버킷리스트란 '죽다'라는 의미를 가진 영어속어 "Kick the Bucket"에서 유래된 말로 죽기 전에 반드시 하고 싶은 일을 적어 놓은 목록을 의미한다.

사람은 누구나 스스로가 짊어진 무거운 짐과 함께 길고 힘겨운 시간을 보내고 나면 시간의 정점에 와 있는 것처럼 성숙의 결정을 생각하게 되는 것 같다.

죽음이 행복한 삶을 위한 역설적 화두가 되는 것이 세계적 추세라고 하는 순간인데 팔순을 바라보는 나 자신이 이러한 문제를 생각하게 됨은 어쩌면 생의 끝자락이 지닌 일들을 확인해보고 싶은 생각 때문일는지 모르겠다.

어느 신문에 '버킷리스트'에 대해서 "비록 보잘 것 없는 일들이었지만, 더 없이 소중한 평범한 것들이지만, 보다 특별한 것들 축복 같은 일상과 사람들 속에서 행복의 조각들을 맞추다"고 지적한 글이 내 마음에 와 닿는다.

나는 어릴 때 들은 풍월로 어느 유명한 선비 가문의 가르침에
서 "남에게 글을 빌리러 가면 안 되고, 돈을 빌리러 가도 안 되고,
사람을 빌리러 가도 안 된다."고 한 말이 너무도 마음에 와 닿아서
내 마음 속에 평생토록 기억하고 이를 실천하려 노력하였다.

인생이란 불행의 조각들이 엉켜 있는 실타래와 같은 것, 우리
에게 필요한 것은 기쁨을 늘리고 슬픔을 줄이는 지혜뿐이라고 한
사람도 있는데(미셸 몽테뉴) 나의 삶은 어떠하였는가.

많은 사람들이 아호雅號를 사용하고 있다. 나도 그것이 있었으
면 하는 생각을 늘 하고 있던 차제에 1950년대 말 우연한 기회에
서울에서 평소에 잘 아는 어떤 분이 역학자(伯出伊)를 만나러 간다

명패들

고 하며 같이 가보는 것이 어떠냐기에 동행을 하였다. 역학자는 나와 동행한 사람의 인생행로에 대해 많은 것을 지적하고 주의해야 할 점도 일러주고 하였다.

나를 보고는 아호를 하나 만들어 많이 사용하는 것이 좋겠다고 하여 '수하首河'라는 아호를 얻게 되었다.

수하라는 아호가 지닌 의미로는 '군자득과君子得科 소인득재小人得財'라는 것이었다. 나는 그때부터 기회가 닿는 대로 오늘까지 사용하고 있다.

옛말에 학수천년鶴壽千年 구수만년龜壽萬年이라고 하였는데 선고先考께서 작명을 하실 때 어떤 의미로 '학鶴'자를 사용하셨는지 그 깊은 뜻은 잘 모르지만 학을 뜻하는 글자를 내 이름자로 사용하고 있기에 학처럼 숭고하게 살아보려고 노력해 왔다.

그래서 내가 한 일이 좋은 평을 못 받는 경우나 잘못되었을 때 다음과 같은 사명대사의 유명한 한시漢詩를 소리 높여 암송하기도 하였다.

我本靑山(天上)鶴아본청산(천상)학

나는 본래 청산에 노니는(하늘 위의) 학으로

常遊五色雲상유오색운

항상 오색구름을 타고 놀다가

一朝雲霧盡일조운무진

하루아침에 구름과 안개가 사라지는 바람에

誤落野鷄群^{오락야계군}

들판의 닭 무리 속으로 잘못 떨어졌다.

이 시는 도쿠가와 이에야스가 사명대사에게 다래와 같은 시로 선제공격을 하자 대답으로 내놓은 한시漢詩이다.

임진왜란이 끝나고 1600년 9월 15일에 일본이 천하 패권을 놓고 '세키가하라 전투'에서 도쿠가와 이에야스[德川家康]의 동군이 히데요시[豊臣秀吉] 세력인 서군에 승리함으로써 일본열도를 통일시켰다. 사명대사四溟大師가 일본을 방문한 것은 이에야스의 기세가 충천한 시기였다.

石上難生草^{석상난생초}

돌에는 풀이 나기 어렵고

房中難起雲^{방중난기운}

방안에는 구름이 일어나기 어렵거늘

汝爾何山鳥^{여이하산조}

너는 도대체 어느 산에 사는 새이기에

來參鳳凰群^{래참봉황군}

여기 봉황의 무리 속에 끼어들었는가

(조용헌 '살롱' 참조)

"인생에서 목표로 삼아야 할 것은 두 가지다. 그 하나는 원하는 바를 이룩하는 것이고 다른 하나는 그것을 즐기는 것이다."라고 한 사람도 있다(Logan Pearsall Smith). 무한 경쟁시대를 살아가는 사람들에게 죽음은 자신을 돌아보는 결정적 계기가 되고 있다는 지적도 있는데 나는 은퇴 이후의 생활을 생각하면서 여생에 대한 목표를 세워보는 중에 먼저 죽음에 대한 준비를 염두에 두게 된 것이다.

그것은 대학시절 철학교수(대한민국 초대 문교부장관이신 安浩相 博士)님의 강의에서 "사람이 죽음을 잘해야 한다. 잘 죽었다는 것은 잘 살았다는 것을 의미한다."고 하신 말씀을 깊이 음미해볼 때 여생을 아니 죽음을 어떻게 준비해야 할까를 생각하게 된 것이다. 이것은 세월의 의미가 한층 더 절실하게 와 닿는 나이가 되었기 때문이 아닐까 싶다.

나는 우리 자녀들에게 가능한 한 나로 인한 짐은 내가 할 수 있는 데까지 준비해두고 떠날 생각을 하고 있다. 특히 장남은 국내에서 이리저리 발령이 나는 대로 전근을 다녀야 하는 법관이고, 차남은 외국으로 이 나라 저 나라 명령에 따라 전근을 다니는 외교관의 직업이기 때문에 내가 죽은 후의 문제도 미리 준비하지 않을 수 없다.

그래서 먼저 내가 묻힐 장소, 다시 말해서 가족묘지의 준비였는데 고향 근처(경주공원묘원)에 준비하고 나니 한결 마음이 가뿐하다.

남은 인생의 삶을 준비해 보는 가운데 내 삶의 언저리에는 간

소장하고 있는 저서들

직해야 하는 것보다 버릴 것밖에 없는 시점에 벌써 도달한 것 같다. 은퇴 당시 세월의 흔적이 묻어 있는 서적들 일부는 학생들의 자습실에 가져가게 하고 3000여 권의 전문서적들은 학교 도서관에 기증을 하였으니 나에게는 더 없이 중요하고 30여 년의 교직 생활에 참 길잡이가 되고 수많은 역경들을 헤쳐 나갈 수 있는 지혜의 보고를 정리하고 나니 정말 섭섭한 마음 측량할 길이 없었다.

다음으로는 묵은 사진첩들을 치우는 문제다. 앨범들은 내가 대학 졸업할 때의 앨범(졸업준비위원장이란 직책을 맡아 내가 손수 앞장서서 제작한 작품) 외에도 30여 권이나 되었고 앨범에 붙이지 못한 사진들이 너무 많았다. 살아오면서 사진으로 남겨진 흔적들을 소

지나온 날들의 사진

각종 위촉장들

각종 상패와 축하패들

각하는 데는 일순간이지만 수많은 인간관계에서 차곡차곡 쌓아 온 알뜰한 정들과 갖가지 일들은 너무나 많고 등장된 인물들도 헤아리기 힘들 정도로 많았다. 그래도 남은 사진첩과 정년퇴임식의 비디오테이프를 위시하여 20여 개의 비디오테이프가 있는데 이는 또 시기를 보아서 처리하려고 한다.

또한 내가 지내온 시간의 침전물 같은 졸업장, 표창장, 훈장증, 학위기, 위촉장, 임명장, 감사패, 축하패, 기념패, 공로패, 송공패, 학위패 등 100여 가지가 있는데, 종이로 된 것은 태우면 되는데 패로 만든 것은 정말 처리하기가 여간 거추장스러운 것이 아니라 일부는 사진을 찍어보고 자녀들이 보관하기 좋은 훈장증 등은 남겨 두고 처리할 수밖에 없다. 이렇게 수많은 관계 속에서 이루어지는 것이 인생의 삶이 아니던가.

뿐만 아니라 어쩌다 보니 은행통장을 수십 년간 보관해 왔는데 월급쟁이를 하면서 나름대로 알뜰히 살아온 증거품이 되기도 한다. 이사를 자주 하였기에 드나들었던 은행도 많았고 졸업생이 금융기관에 취직하면 그들의 실적을 올려준다는 뜻에서 얼마 안 되는 금액이지만 자연적으로 거래를 하게 된 점도 있어 금융기관의 통장을 모두 헤아려 보니 290여 개가 되는데(기념으로 한데 모아서 사진을 찍었음) 소액이나마 적금통장이 대부분이었다.

어려운 처지에 자녀들의 뒷바라지를 한 것이 다른 사람에게 비하면 보잘 것 없을는지 몰라도 나로서는 세 자녀 공부시키고 혼

일생을 함께 했던 저축통장

사를 치르는 과정에서 은행에서 돈을 차용한 일은 딱 한 번밖에 없었다(1991년 신한은행 서면지점).

이 순간 삶을 노래하듯 '미소라 히바리'(일본의 국민가수)가 부른 노래(1989) "흐르는 강물처럼"을 한 소절 읊고 싶다.

그저 모르는 체 걸어 왔네
길고 좁은 이 길을
울퉁불퉁한 길 구불구불한 길
지도조차 없는 그것이 인생이지
이 흐르는 강물처럼 하염없이
하늘은 황혼에 물들어 갈 뿐이네.

삶의 진실을 다시 한 번 깨닫게 하고 세월 속에 갇혀 있었던 영욕의 시간과 삶의 무게를 새삼 느끼게도 한다. 이처럼 추억의 갖가지 무게들을 영원한 망각으로 묻어버리기에는 너무도 아름다운 나만의 애틋한 추억들이다.

진화론의 창시자 찰스 다윈은 살아남게 되는 것은 가장 강한 종種도 아니고 가장 지능이 높은 종種도 아니며 변화에 가장 잘 적응하는 종種이라고 하였다. 그러나 나는 변화에 잘 적응하려고 노력한 것보다는 지금까지의 나의 삶은 인내의 연속이었는지도 모르겠다.

일찍이 마하트마 간디도 "어떤 사람이든 추위, 더위, 배고픔,

목마름을 이기지 못하고 불쾌한 일을 참고 견디는 힘이 없다면 그는 결코 인생의 승리자가 될 수 없다. 그런 사람은 결코 빛나는 명성을 얻을 수 없을 것이다. 인내는 정신의 숨겨진 보배다. 그것을 활용할 줄 아는 사람이 현명한 사람이다."라고 강조하지 않았던가.

우리 인생은 하나님의 선물이라고 하였으니 "아무 것도 염려하지 말고 다만 모든 일에 기도와 간구로 너의 구할 것을 감사함으로 하나님께 아뢰라. 그리하면 모든 지각에 뛰어난 하나님의 평강이 그리스도 예수 안에서 너희 마음과 생각을 지키시리라(빌. 4장 6절~7절)"는 말씀으로 큰 힘을 얻게 된다.

뿐만 아니라 예수 믿는 사람은 풍성한 삶, 거룩한 삶, 선한 일을 많이 하는 삶이 되어야 하며 "근심하는 자 같으나 항상 기뻐하고 가난한 자 같으나 많은 사람을 부요하게 하고 아무 것도 없는 자 같으나 모든 것을 가진 자로다(고후. 6장 10절)"라고 하신 말씀을 항상 아로새기며 열심히 살아왔음을 고백한다.

이제 얼마나 남아있는 나의 삶인지는 몰라도 학의 날갯짓만큼이나 긴 여운을 숭고하게 남기는 삶이 되었으면 하는 간절한 소망이다.

6장

그래도 최선을

흔히들 이 시점에 인사하게 되는 것을 이름 하여 고별사라고 하지만 저의 경우는 지금까지 도와주시고 지켜보아 주신 여러분에게 제가 살아온 것을 보고 말씀 올린다고 하는 것이 옳을 것 같습니다.

지금까지 나는 정년停年이라는 낱말이 나에게는 해당되지 않는 단어로 생각하고 살아 왔는데, 이런 자리에 서게 되었습니다. 나는 농경시대農耕時代에 태어나 어느덧 디지털문명의 시대까지 살고 있으니 인류사회의 변화무상함을 새삼 느끼게 합니다.

인간의 역사는 만남의 역사인 동시에 인간의 삶이란 만남의 삶이라고 여겨집니다. 오늘 이 자리에는 내 인생의 고비마다 걱정해 주시고 큰 힘을 주신 분들이 함께 자리하였습니다.

되돌아보니 저는 내 인생을 깨운 소중한 선물들을 여러 사람으로부터 많이 받았기에 찬송가에서 하느님의 사랑을 노래하듯이 "하늘을 두루마리 삼고 바다를 먹물 삼아도 여러 사람들로부터 받아온 한없는 사랑을 다 기록할 수가 없습니다.”

먼저 내가 여기까지 살아오는 동안에 부모형제 외에 학업을 마칠 수 있도록 이끌어주신 선생님도 많습니다.

그 중에서도 특별히… 고인이 되셨습니다만 정재환 동아대학교 총장님께 감사하고 있으며, 또 사회생활을 시작하는 데 크게 지도해 주신 선생님들 중에는 특히 남성, 한성학원의 전 이사장을 역임하신 고 구암 김근제 선생님의 은혜를 결코 잊을 수 없어 항상 감사하고 있습니다.

그래서 깊이 생각해보니 은혜롭다는 의미가 담긴 헬라어의 '유카리스티아'라는 단어까지를 기억하게 되었습니다.

또한 나는 지금까지 생활해 오는 중에 지조志操와 의리를 지닌 사람이 되어야 한다는 것을 죽음으로 보여주신 아버지의 유지를 실천하려 노력해 왔으며, 인내忍耐가 성공하는 삶의 근원이 된다는 것을 어머니의 생애에서 터득하고 그것을 값진 삶의 지침으로 생각하고 생활해 왔습니다.

교직을 천직으로 생각하고 40년에 가까운 긴 세월을 한눈팔지 않고 나름대로 연찬 활동을 해 오는 동안에 “가르치는 것이 배우는 것보다 어렵다.”는 진리도 터득한 지 오래였지만 그 결과는 그저 아쉬움뿐입니다.

뿐만 아니라 내가 달려온 길과 내가 수행해야 할 일이 반드시 옳다고 생각될 때는 그것은 하늘이 준 사명으로 여기고 나의 생명을 걸고 최선을 다했다는 것이 나의 삶의 철학이었음을 떳떳하게 말할 수 있지만 교단을 떠나게 되는 이 순간 나는 젊은이들에게 나만의 어떤 교훈도 특별하게 없었던 것 같고, 학문적 성과물도 불과 몇 편의 논문과 몇 권의 저서뿐이라 아쉬움이 너무 많음을 솔직히 고백하게 됩니다.

일찍이 철학자 니체는 자유로운 사색과 집필을 위하여 대학 교단을 헌신짝처럼 버렸다고

정년퇴임식 때

하는데, 나는 교단에 나서던 그 순간부터 학생들에게 크게 공헌하지 못할 때는 교단을 물러나야 한다고 작심하였지만, 아담 스미스는 그의 저서 국부론에서 "대학교수가 특권과 고정수입에 의해서 지위와 생활이 보장되면 학문이 침체에 빠진다."는 말도 일찍이 알았는데, 어쩔 수 없이 물러나지 않으면 안 되는 이 순간까지 머물러 있었다는 것은 '교수도 생활인이기 때문에'라는 궁색한 변명으로 일축하게 됨이 더 없이 부끄러울 뿐입니다.

그래서 또 한 번 되돌아보니 나는 긴 삶 속에서 맹자가 말한 인

생의 삶의 형태로 보아 날로 계산해도, 해로 계산해도 모자라는 삶이었음을 솔직히 고백할 수밖에 없습니다.

스승은 학문뿐만 아니라 삶의 본을 보이는 것이라고 하였는데, 나는 주어진 업무에 최선을 다했지만, 시류時流의 흐름에 떠밀려 참되고 바른 것이 온당하게 평가받지 못하고 외면당하는 국면을 인격도야와 학문의 도장에서 남달리 경험하게 된 것이 못내 깊은 흔적으로 남아있을 뿐입니다.

성현들의 말씀에 '진정한 스승이란 그 존재만으로도 큰 가르침이 되는 그런 사람'이라고 하였는데, 선생의 권위가 비록 곤두박질치는 시대라고 하더라도 존재하는 것만이라도 많은 가르침을 주는 스승이 되어야만 하는 것도 새삼 절감하게 됩니다.

그러나 나는 이 순간 "성공이란 그 결과로 헤아리는 것이 아니라 그가 쏟아 부은 노력의 통계로 평가된다."는 에디슨의 말로 위로받았으면 하는 안타까운 마음이 앞섭니다.

이제 나는 젊은 날들의 갖가지 추억들이 한없이 쌓인 대학 캠퍼스를 마음에 새겨 넣고 세월의 속력에 떠밀려서 총총히 떠나렵니다.

떠나는 이 순간을 기리는 기념논문집을 위해 연구 활동에 바쁜 중에서도 귀한 연구논문들을 보내주신 여러 교수님들에게 감사의 인사를 드리면서 특히 학문적으로 베풀어주신 넉넉한 마음에 보답하는 뜻으로 저도 계속 연구 활동에 증진하겠습니다.

사람은 누구나 만세에 지워지지 않는 가치 있는 일을 하고자 합니다만 남을 가르친다는 것이 얼마나 힘들고 가치 있는 일인지를 절감하였습니다. 그러하기에 나는 죽을 때까지 이 길을 묵묵히 걸어갈 것입니다.

이제 나는 내 인생의 황혼을 향한 여행을 떠납니다. 특히 이 자리에 참석하신 여러분과 남다른 상생의 정을 나누면서 인생의 무게로 넘어질 때는 서로 일으켜 주면서 이 사회에서 함께 살아오고 살아갈 수 있게 된 것을 더 없는 기쁨과 가장 큰 힘으로 생각하면서 우리 앞에는 언제나 밝게 빛나는 새로운 아침이 있다는 것을 믿습니다.

한편 가정적으로 감사한 일은 어려운 가정 형편 속에서도 오직 사랑과 봉사, 인내로서 평생을 알뜰히 내조해준 나의 반려자에게 너무 수고했다는 말과 감사하다는 말로 위로하고 싶고, 지금 이 순간까지 나에게 기쁨과 영광이 있었다면 나의 내자의 공으로 돌리고 싶다는 말을 서슴지 않고 할 수 있는 것이 정말 자랑스러울 뿐입니다.

또 어려운 중에도 바르게 자란 나의 아들, 딸에게 이 순간 아버지로서 고맙다는 말을 할 수 있는 것이 얼마나 감사하고 기쁜 일인지 모르겠습니다. 언제나 이 사회에서 크게 공헌하는 사람, 다른 사람을 위하여 크게 베푸는 삶을 영위해 주기를 바라는 마음이 간절합니다.

나는 퇴직 후의 생활을 여생, 즉 남은 인생이라고 말하지 않고 기다리고 기다리던 인생, 후반 인생이 시작되는 것이라고 믿으며 나의 후반 인생은 내가 진정 하고 싶은 삶을 살아보려고 합니다.
시간에 쫓기지 않고 말입니다.

그래서 이제부터의 삶이 나의 삶에 대한 진정한 평가를 받게
되는 시기인 것으로 알고 여러분의 기대에 어긋나지 않는 삶, 더
욱 인간다운 삶을 영위하는 데 최선을 다할 것을 다짐하면서 그
저 감사하였다는 말로 인사를 끝내겠습니다.

여러분! 언제나 좋은 생활이 될 것을 기원합니다. 감사합니다.

[정년퇴임식, 부산그랜드호텔 2001. 2. 23.]

2. 흉상銅像 제막식에 즈음하여

　　오늘 경성대학교를 설립하신 순산 김길창 목사님의 동상 제막식을 거행함에 설립자님의 목회활동을 흠모하는 목사님들과 학원이사님, 재단 산하 각 급 학교 교장님들, 그리고 설립자님의 종부宗婦이신 백옥자 여사님을 위시하여 가족 분들과 많은 내외 귀빈 여러분을 모신 가운데 경건하고 성스럽게 봉행하게 됨을 참으로 영광스럽고 기쁘게 생각하는 바입니다.

　　설립자님이 떠나가신 지가 어언 35개성상이 되고 우리 대학이 설립된 지 54주년입니다.

　　그동안 우리 구성원들은 목사님께서 '나'를 넘어서는 소망을 가지고 한평생을 살아오신 숭고한 발자취를 더듬어보고 장엄하고 거룩한 삶을 기릴 수 있는 기념물들이 너무 없어 민망스럽고 안타까운 일이 아닐 수 없었습니다.

　　사람은 역사적 시간이 주는 환경을 벗어나서 살아갈 수는 없는 것입니다.

　과거와 현재의 끊임없는 대화가 곧 역사라고 했을 때 역사의 참 뜻은 보존하는 것이며 역사는 잊어질 수는 있어도 결코 지워질 수는 없다는 일념에서 설립자님의 숭고한 기독교정신과 혼이 깃들어 있는 경성대학교 개교 54주년 기념일에 맞추어 우리 구성원들의 뜻을 모아 설립자님의 동상을 세우게 됨이 다소 늦은 감이 있습니다만 다행스러운 일이라 하겠습니다.

　오늘날 우리는 많은 정보와 다양한 가치관의 혼재 속에서 새로운 삶의 지혜를 갈망하고 있습니다. 우리는 설립자님의 동상 제막을 계기로 일생동안 하나님의 말씀이 지식의 근본임을 몸소 실천하시고 사랑과 봉사의 숭고한 기독교 정신을 건학이념으로 인재양성에 최선을 다하신 설립자님의 경건했던 삶의 발자취를 통해 잃어버린 성배聖杯에 대한 해답을 얻는 계기가 되고 90평생 살아온 발걸음들은 영원히 아름다운 길이 되었음을 다시 한 번 되돌아 볼 수 있는 좋은 기회가 되었으면 하는 바람이 간절합니다.

　설립자님의 숭고한 삶의 흔적들이 우리 모두의 삶에 더 없이 고귀한 귀감이 될 것으로 생각합니다.

　뿐만 아니라 오늘날 우리나라 대학들이 처한 여러 가지로 어려운 여건 가운데 치열한 경쟁에서 새롭게 변화하지 않고는 살아남을 수 없다는 절박한 현실을 직시해야 합니다.

　아울러 우리 대학 구성원 모두는 화합과 단결, 더 많은 노력과 지혜를 모아 대학 발전에 이바지하는 참다운 역군이 될 것을 다짐하는 계기가 되었으면 좋겠습니다.

끝으로 설립자님의 동상 제작에 혼신의 힘을 다해주신 이기주 교수님께 감사의 말씀을 드리면서 아울러 이번 흉상제막식을 위해 많은 노력을 하신 교직원 여러분께도 감사의 말씀을 드립니다. 감사합니다.

서기 2009년 5월 29일 學校法人 韓星學園

理事長 堅鶴弼

오늘 우리 경성대학교는 하나님의 특별한 은총^{恩寵}과 사랑 속에서 개교 55주년을 맞이하게 되었습니다.

일찍이 국내외적으로 활동할 수 있는 인재의 양성을 꿈꾸었던 설립자 김길창^{金吉昌} 목사님의 소망과 비전이 이제 세계를 향하여 학생을 내보내고 세계 각국에서 학생을 받아들이는 지금의 명문사학^{名門私學} 경성대학교로 성장하게 되었음을 우리 다함께 감사하게 생각하게 됩니다.

특히 우리 대학은 작년 3월 제10대 김대성^{金大成} 총장님의 취임과 함께 교육 본연의 가치를 재확립하고 대학 설립의 본래적 이념을 재확인하는 이른바 '교육 르네상스', '경성 르네상스'의 기치^{旗幟}를 높이 들었습니다.

교육 르네상스, 경성 르네상스의 목적과 가치는 시대에 걸맞은 지혜^{知慧}로운 제반 정책의 추진과 혼연일체^{渾然一體}가 된 구성원들의 열렬한 노력의 뒷받침 속에서 우리 대학을 질적으로 발전시켜 새로운 도약跳躍의 부흥기를 맞게 해줄 것으로 믿고 있습니다.

지난 55년의 역사를 회고해 볼 때 대내외적으로 크고 작은 어려움들이 많았지만 구성원들의 지혜와 협조로 어려움과 위기를 딛고 오늘의 발전을 일구었다고 생각합니다.

또한 55주년 기념일을 맞이하여 새롭게 다짐해야 할 것이 있다면 오늘날 전 지구적 추세趨勢인 경쟁력 강화라고 하겠습니다. 이는 곧 교육개혁의 무한경쟁에 직면해 있다는 것입니다.

특히 우리 모두가 주지하고 있는 바와 같이 내년이면 69만 명의 학령인구가 2016년이면 62만 명, 2020년에는 51만 명, 2024년이 되면 42만 명으로 급감急減하게 되는 상황입니다. 이처럼 눈에 보이는 위기는 오히려 작은 문제가 될 수 있고, 미래의 불확실성이 대학에서는 더 큰 문제가 될 수도 있을 것입니다.

따라서 우리는 눈에 보이지 않는 도전들까지도 미리 연구하여 대비해야 하는 새로운 프레임의 발전 계획과 새로운 대학 운영이 필요할 것으로 사료됩니다.

이 모든 현안들은 대학본부나 일부 보직교수님들과 직원선생님들이 해결해 낼 수 있는 문제만은 아닙니다.

우리 구성원 모두가 한마음으로 단합團合하고 지혜를 모아야 하는 문제라고 하겠습니다.

현재 우리가 당면하고 있는 여러 가지의 어려움들, 그리고 계속해서 우리를 향해 달려올 도전들을 생각할 때 역사는 잊혀질 수는 있을지라도 결코 지워질 수는 없다는 말을 되새겨 보면서

55주년 개교기념행사

지금의 경성가족 모두가 경성대학교 발전사에 한 획을 그을 수 있는 역군으로서 보다 많은 애교심을 발휘할 때라고 생각됩니다.

그렇지만 크게 걱정되지는 않습니다. 왜냐하면 김대성 총장님도 늘 말씀해 온 바처럼 우리 교수님들, 직원선생님들, 그리고 학생들의 경성을 향한 무한한 애정과 알뜰한 정성을 알고 있고 믿고 있기 때문입니다.

저는 우리 학원의 이사장으로서 당연한 말씀이 되겠지만 우리 대학의 발전을 위해 최선을 다하는 재단財團이 되도록 가일층 노력하겠다는 말씀을 드려야 하겠습니다.

우리 대학이 안정 속에서 지속적인 발전을 도모해 갈 수 있도록 이사장으로서 맡은 바 책무에 최선을 다하겠습니다.

오늘 장기근속長期勤續과 우수한 연구업적으로 상償을 받은 교수님과 선생님들, 그리고 모범상을 받은 학생들 모두에게 진심으로 축하를 드립니다.

아울러 함께 자리해주신 교내외 귀빈과 경성가족 여러분께도 깊은 감사의 인사를 드립니다. 끝으로 하나님의 축복이 우리 경성대학과 모든 경성가족들 위에 언제나 함께 하시기를 기원祈願하면서 기념사에 가름합니다.

감사합니다.

서기 2010년 5월 30일 경성대학교 개교 55주년

학교법인 한성학원 이사장 견 학 필

우리 대학을 새롭게 발전시키지 않으면 안 된다는 지상명령을 결코 외면하지 않고 경성가족 모두가 당면한 중차대한 과제를 해결해 나가는 데 적극적으로 동참해야 한다는 다짐을 새롭게 보자는 뜻에서 이 자리에 나왔습니다.

지금 대학본부에서 연구하고 머리를 맞대고 의논하며 반드시 성취해야만 한다는 일념으로 애쓰고 노력하는 어려운 과제가 어떤 것들인지 경청해 볼 때 첫째로는 교육과학부의 기본 방향이 학령인구의 대폭적인 감소에 따른 교사인력의 대폭 축소의 일환으로 교과부 주관의 교직과정평가문제를 들 수 있습니다.

다시 말해서 2011학년도 우리 대학은 일반학과의 교직과정, 교육대학원, 사범계 3개 학과에 대한 평가를 성공적으로 받기 위한 준비를 철저히 하여 최대의 효과를 거양해야 한다는 과제가 눈앞에 있습니다.

그 다음으로는 2014년부터 정부의 각종 행 · 재정지원行 · 財

政支援 제한制限이 계획되어 있는 이른바 대학인정평가제大學認證評價制에도 건실하게 대비하는 한 해가 되어야 하는 과제라고 합니다. 즉 교수 충원율이 61%, 교사확보율校舍確保率이 100%, 교육비환원율敎育費還元率도 100%로 만들어야 하는 과제 등 최소의 비용으로 최대의 효과를 올릴 수 있도록 정도正道에서 어긋남이 없는 정책적政策的 지혜知慧를 탐구探究해야 한다는 과제입니다.

이러한 과제를 해결하지 않고는 우리대학의 미래는 없다고 하겠습니다.

우리는 위기라는 낱말을 남발하지도 않았는데 위기불감증危機不感症에 걸린 듯 하는 분위기가 없지 않은 것 같습니다.

우리가 경험해 본 것처럼 지금 처해 있는 상황들이 그렇게 좋지는 않다 하더라도 새로운 상황으로 변화하는 것을 귀찮게 생각하기가 쉽습니다.

그래서 위기니 혁신이니 스스로가 정말 변화되어야 함을 강조해도 자신에게 익숙한 것들, 지금까지 해온 것에만 집착하기 쉽고, 무사안일주의無事安逸主義에 도취될 가능성도 없지 않은 것이 문제가 될 수 있습니다.

우리를 둘러싼 여러 가지 여건들을 볼 때 정말 스스로 변화된 자세가 요청되기도 합니다.

우리는 지금 새로운 대학발전의 기로에 서 있습니다. 그 어느 때보다 중요한 시기이고 어떻게 대처하느냐에 따라 우리 대학의 미래가 바뀌게 될 것입니다.

신년사를 하는 저자

　오늘날 한국 대학들이 처한 현실, 즉 대학 간의 치열한 경쟁을 직시해 볼 때 새롭게 거듭나지 않고는 살아남을 수 없는 것이 냉엄한 현실임을 절감할 때 교수님들께서는 연구력研究力 강화强化에 가일층 집중하는 한편 학과장을 중심으로 만일의 경우 학과라는 철벽을 허물어도 살아남을 수 있는 방안 등 당면과제들을 해결하는 데 지혜를 모아야 할 때임을 강조하게 됩니다.

　아울러 행정업무에 매진하고 있는 우리 선생님들께서는 주지하고 있는 바처럼 행정업무의 생명은 신속, 정확, 공정公正한 업무業務 수행이라고 할 때 우리 모두는 타성을 경계하고 끊임없는 노력만이 요청되는 현실임을 다시 한 번 깨닫고 자신에게 주어진 업무에 더욱 충실해야 될 줄 압니다.

이제 우리 대학 800여 구성원들에게 맡겨진 중차대한 과제를 구성원 전체의 공감으로 가장 효과적인 '평가 시스템'을 정착시켜 계획의 타당성과 진행과정을 점검點檢하고 교과부 정책의 방향과 변화 추이를 예의 주시하며 우리 모두는 이른바 '활동성活動性 외톨이'가 되지 않고 맡겨진 일들을 긍정적인 자세로 최선을 다할 것을 간절히 소망하고, 아울러 대학발전에 앞장서는 역군役軍이 되기를 새롭게 다짐할 것을 간절히 기원합니다.

끝으로 새해에는 경성가족 모두에게 하느님의 축복이 가득하기를 기도드립니다.

감사합니다.

2011년 1월 3일 학교법인 한성학원 이사장 견 학 필

　이 시간 20년, 22년, 27년, 29년, 30년의 세월을 한 결 같이 맡은 직분에서 충실하게 근무하시다가 이렇게 건강하게 퇴임을 하시는 교수님과 선생님들에게 먼저 축하의 말씀을 드립니다.

　먼저 경성대학교와 특별한 인연으로 30년에 가까운 긴 세월동안 교수활동을 통하여 많은 제자들을 길러내시고, 교수님들의 주옥같은 많은 연구물들은 후학들의 연구 활동에 값진 영향을 미치게 될 것이며, 그 업적들이 후학들에게 크게 유용하게 이용될 때마다 보석처럼 빛날 것이며 교직생활의 보람을 더더욱 느끼게 될 줄 믿습니다.

　또한 행정업무와 각종 전문직에서 수많은 업적을 남기고 퇴직하는 여러 선생님의 피땀 어린 값진 흔적들은 우리 대학의 발전과 더불어 영원히 빛날 것입니다.

　현재는 미래를 위하여 새롭게 출발할 수 있는 때라는 말이 있습니다. 이제 경성대학교를 떠나는 여러 선생님들께서는 주어진 시간에 얽매이지 않고 보다 여유로운 새로운 삶의 터전을 가꾸게 될 것입니다. 남은 인생은 보다 값지고 더욱 보람 있는 새로운 삶을 힘차게 시작할 것을 기대합니다.

사람의 평균수명이 늘어나고 있는 요즈음 중년 이후의 삶이 더 이상 나약한 늙은이가 되어서는 안 된다는 의미에서 이른바 'Third Age'라는 말을 만들어낸 미국의 세덜러Willam Sadler 박사는 은퇴 이후의 30년의 삶이 새로워져야 한다는 의미에서 'Hot Age'라고 하여 왕성한 활동을 해야 한다고 주장한 바 있습니다.

참고로 Hot Age를 살고 있는 사람들의 공통점을 살펴보면 ① 내면적인 만족을 추구하고, ②자기 자신을 위해 살아도 이기적利己的이라는 지탄을 받지 않는다는 점을 잘 알고 있으며, ③여가를 즐기는 일을 하고, ④자발적이며 능동적인 삶을 살며, ⑤베푸는 삶을 통하여 행복을 찾게 되고, ⑥인생의 마지막도 즐겁게 준비하는 삶 등이라고 합니다.

행복한 가정생활은 미리 누려보는 천국이라는 말도 있습니다.

그동안 여러 가지 일들로 미루어 두었던 가정사들도 이제부터는 빠짐없이 챙기면서 지금 이 순간 즐겁게 퇴임하게 되는 것도 가족들의 알뜰한 보살핌의 덕이었다는 점을 생각해보면 여러 선생님들께서는 가족들을 위한 봉사와 더욱 행복한 가정을 이룩하여 더욱 건강하고 값진 여생을 보내시기를 간절히 기원하면서 축사에 가름합니다.

2011년 8월 26일 학교법인 한성학원 이사장 견 학 필

　귀뚜라미 울음소리가 가을밤을 지새우게 하더니 낙엽이 찬바람에 뒹구는 계절로 접어들었다. 참 자연의 섭리를 다시 한 번 실감케도 한다.

　나뭇잎이 무성하던 여름에 미처 느끼지 못하던 것들이 새롭게 생각되는 일들이 많다. 승자는 넘어지면 일어나 앞을 보게 되고, 패자는 넘어지면 뒤를 돌아보게 된다는 말이 있던데, 나는 근자에 와서 지나온 일들이 생각나는 경우가 많은 것을 보면 늙었다는 것이겠지.

　내 주위를 돌아보니 가까이서 정을 나누던 친구들이 하나둘씩 유명을 달리하고 내 삶에 알뜰한 멘토 역을 맡아오던 선생님들, 제자들에게 말로 가르쳤는가 하면 자신의 전 생애와 인격을 그 말을 토대로 보여 주시려고 노력하시던 선생님들이 주위에 안 계신 지도 오래되었다.

　1968년 2월 어느 날, 선배 한 분이 내 이력서를 받아갔는데 한참을 지난 후 어떤 분이 찾아와서 육영사업을 하시는 대선배분이 같이 일을 해보자는 청탁이 있으니 함께 만나보는 것이 어떠냐는 것이었다.

그 선배님은 자기와 대학 동기생인 B박사가 정치인으로 활동하고 있었다.

그 분을 돕는 모임에서 앞으로의 계획과 그동안의 일에 대한 경과보고를 우연찮게 내가 하게 되었고, 그 자리에서 그 선배님께 인사를 드리면서 뵙게 되었는데 나를 군계일학群鷄一鶴으로 보았는지 몰라도 만나자는 전갈에 감사하며 뵙게 되었다.

그 선배님은 육영사업을 하시는, 전국에서도 잘 알려진 분으로 그 어른이 교장으로 있는 학교에 당분간 출근하기로 하였다. 사람의 운명은 자신이 결정할 때보다 다른 사람에 의해 결정되는 경우가 많다는 이야기는 들었는데, 나는 그 선배님과 학교일 이외의 다른 일도 함께 하게 되었다.

함께 일을 하게 되던 어느 날, 그 어른이 인사시켜준 분과 1960년대 말부터 공사 간에 특별한 정을 나누어 왔는데 그 세월이 어언 40여 년이 훌쩍 넘었구나. 긴 세월 동안 함께하였기에 눈만 마주쳐도 서로의 감정이나 기분을 짐작해 볼 수 있을 정도였다.

내가 직장에서 정년을 하고 그 어른의 청탁으로 다시 함께 할 수 있는 기회가 되어 사무실은 한 층을 달리하여 근무하게 되었다. 나는 마음속으로 한성학원 이사장직을 맡기로 작정하면서 조용히 있는 둥 없는 둥 업무를 수행하고 꼭 있어야 할 곳에만 있겠다는 신념으로 근무하기로 굳게 다짐하였다.

어떤 이는 그 어른과의 관계에서 나의 위치를 이른바 Brain-trust 또는 책사策士라고 하였지만 내 자신의 소양으로는 가당치 않는 지칭이고 혹여 그 어른이 불러 상의하는 일이 있었다면 사고思考를 보다 깊고 넓게 하는 것을 주문할 정도였다고나 할까.

그런데 어느 이른 봄날 퇴근하여 집에 있는데 그 어른의 건강에 문제가 있다는 연락을 받고 D대학병원에 도착하니 응급실로 옮겨지는 순간이었다(2010. 3. 11. 오후 7시).

그 순간부터 예상되는 갖가지의 일들이 나의 머리를 짓누르기 시작했다. 특히 학원의 일들은 의논할 곳이 마땅치가 않았다.

당면하게 될 어려운 문제들에 대처할 수 있는 지혜로운 방법은 무엇일까. 시련에 대처하는 여러 방식 중에서 어떤 것을 선택하느냐에 따라 학원의 위치와 발전해 가는 길도 달라질 수 있기 때문이다.

문제해결의 방법에는 일반적으로 힘을 사용할 수 있는 방법과 아니면 설득을 통한 해결방법이 있을 뿐일 것으로 생각되었다. 나는 직위를 이용한 힘을 사용할 수 있는 위치도 아니었다.

설득을 통한 문제해결 방법밖에는 없다고 여겨지기에 보직을 맡아 열심히 노력하고 있는 몇 분을 만나보기도 하고 또 학교를 위하는 마음이 있으며 그 어른과 친교관계가 두텁다고 생각되는 몇 사람을 만나보기도 하였다.

지성인의 집단일수록 권리주장이 앞서고 교육을 통해 인성의 함양을 바라고 실행해야 할 것을 주장하는 위치에서는 융합보다는 개인의 욕심이 앞서고 진정성이 결여된 소통이 있었을 뿐이었다.

별은 빛날수록 외롭고 유명한 사람은 외롭게 마련이라는 말도 들은 바 있지만 정말 외롭게 고민하면서 후일 어떤 전문가가 와서 챙겨보아도 그 길이 최선의 방법이었구나 하고 느껴질 수 있는 길을 찾기 위하여 노력하였다.

환자는 병원을 3개월마다 옮겨야 하는 관계로 나는 주로 저녁에 간병인이 돌보고 있는 병실을 자주 들르면서 환자분과 눈도 마주쳐보며 이야기도 나누어보고 나름대로 생각을 정리하면서 최선의 길이 어떤 것인지를 기도하는 중에 찾아보기도 하였다.

먼저 학원의 후계구도를 생각해 보니 미리 준비하는 것이 좋을 것 같아 다른 직장에 근무하고 있는 사람을 사무국장으로 발령을 내면서 사람됨이 중요함을 인식해야 한다는 점과 인간관계가 더없이 중요함도 강조하였다.

그러나 나는 개인적으로 이외로 온갖 고초를 겪게 되었지만 역지사지로 생각하고 인내하며 최선을 다할 수밖에 없었다.

다행히도 많은 사람들의 기도와 가족들의 알뜰한 보살핌과 환자 본인의 많은 노력 등으로 크게 회복되어 업무를 생각하고 어렵게나마 결재도 하는 상황까지 이르렀다.

하지만 그 어른이 학교가 처한 여러 가지 어려운 상황을 고려한 끝에 급박하게 된 학원사태의 책임을 통감하고 남은 임기를 채우지 않고 그의 직책을 다른 사람에게 물려주겠다는 결심이 있었다는 가족들의 전갈이 있었다.

나는 새로운 결단을 하지 않으면 안 될 시점에 이르렀다. 어느 목사님의 설교말씀에 예수 믿는 사람의 정체성Identity은 세상의 소금과 빛(마. 5장 13~14절)이라고 강조한 것을 기억한다.

나는 특히 두 주인을 섬길 수 없다는 점을 일찍부터 몸소 실천해 왔다. 사나이가 처리한 일들은 뒷말이 있어서는 안 된다는 점도 익혀왔는데 여러 가지 일들이 설왕설래說往說來할 소지가 있어 매끈하게 일을 처리하기가 어려워졌고, 정말 내 생리에 맞지 않는 일을 처리해야 하는 운명에 놓이게 되었다.

아직은 의사 발표가 서투르기는 하지만 본인을 직접 만나 의논을 하고 싶은데 그런 분위기도 상황도 아니어서 아쉽고 정말 안타까웠다.

내가 맡은 자리를 그 어른이 맡게 되는 데는 의의가 없고 더없이 잘된 일이지만 가족의 일부에서 이해가 안 되는 일이 생길 가능성도 있고 또 구성원들로부터도 못내 아쉬워할 일들이 생겨질 것만 같아서 고민을 하지 않을 수 없었다. 특히 선택을 강요받았을 때 신념과 선의를 가진 사람으로서 어떤 길을 걸어가는지를 당당히 보여주어야 하는데……

또한 어떤 일이 처리되면 기쁨도 있어야 하고 만족감도 있어야 하는데 내가 처리하고 떠나야 하는 이번 일만은 결코 그렇게 될 것 같지는 않다는 예감이 앞섰다. 특히 다른 사람이 짜놓은 각본

대로 연출을 하려 하니 정말 자존심 상하고 선뜻 내키지 않은 일
일 뿐만 아니라 팔순이 가까워 공적公的 일의 마무리가 내 생각과
는 너무나 다르게 전개되며 명예회복의 기회는 영원히 없다고 생
각하니 정말 괴롭고 망설여졌다.

특히 인간의 가치는 천하보다 귀하다고 하였는데(마. 16장 26
절) 아무리 둘러보아도 내 생각에 힘이 될 만한 사람은 없는 것 같
았고, 범사에 기한이 있고 천하만사가 다 때가 있다고 하였는데
(전. 3장 1절) 내가 떠나고 나면 당신 고독하게 지내면서 애 많이
썼다는 인사말 나눌 사람은 없을지라도 "나는 학원 발전을 위해
미력이나마 최선을 다했습니다." 하고 마지막 인사말을 나눌 수
있는 기회마저도 없는 현실이었다.

나는 오래전에 시련을 당했을 때 가장 많이 자신을 이용한 사
람이 제일 먼저 뒤돌아서고 앞에서 가장 친절하게 가까이 하던
사람이 제일 먼저 못 본 체하는 세상인심을 경험한 바도 없지 않
다. 사람은 누구나 마지막이 중요한 것이다.

용도 폐기되는 것 같은 상황으로 끝을 맺는다는 것은 정말 바
람직하지 못한 것인데…….

"일의 끝이 시작보다 낫고 참는 마음이 교만한 마음보다 낫다"
(전. 6장 8절)는 성경구절을 또한 생각하게 되고 '애교심'이라는 말
한 마디로 나의 자존심은 희석되지 않으면 안 될 상황이 되고 말
았다.

그러나 나와 그 어른과의 관계는 이로움利益이 매체가 되는 일

반적인 인간관계가 아닌, 서로 믿고 의지해온 특별한 인간관계였고 어떠한 상황에서도 진실 되고 성실한 모습을 보이는 것이 그 어른에 대한 나의 변함없는 마음이다.

많은 구성원들 중에는 나의 이번 처사에 대해 평소 나답지 않는 일을 했다고 원망스러운 눈초리로 보는 사람이 많을지라도 나는 계절이 추워진 후에야 소나무와 잣나무가 뒤늦게까지 푸르름을 간직하고 있었던 사실을 깨달을 수 있을 때가 올 것을 믿고 마지막으로 그 어른을 위한 일을 마무리한 다음 미련 없이 떠나기로 결심하였다.

[歲寒然後새한연후 知松柏之後彫也지송백지후조야 大冬松柏대동송백

계절이 추워진 후에야 송백이 뒤늦게까지 푸르름을 간직했던 사실을 깨닫는다. 다시 말해 아주 큰 추위에도 흔들림 없이 소나무와 잣나무처럼 지조를 지킨다는 뜻이다.

대동송백은 1947년 김구 선생이 전국을 다니면서 백성들을 만나 강조하시던 글귀다.]

"운명은 타고나는 것이 아니라 포기하지 않고 끝없는 도전으로 개척하고 변화시키는 것이다."라는 말도 있습다.

바라옵건대 세상의 욕심은 다 내려놓으시고 그 누구도 대신해 줄 수 없는 스스로의 제2의 값진 삶을 위하여 더욱 열심히 노력하여 건강을 하루 빨리 회복하시고 자유스럽게 하고 싶은 일, 나

누고 싶은 이야기, 가고 싶은 곳을 마음대로 활보하면서 만나고 싶은 사람 만나 담소하며 즐거운 여생을 보내시기를 기원합니다.

아울러 끝까지 '좋은 영향력을 끼칠 수 있는 진정한 리더'가 되어 주실 것을 간절히 바랍니다.

[2011년 9월 30일]

굽이쳐 흐르는 강

초판 1쇄 인쇄 2013년 4월 8일

초판 1쇄 발행 2013년 4월 8일

지은이 견학필

펴낸이 이재욱

펴낸곳 (주)새로운사람들

디자인　새로운사람들 디자인실

마케팅 · 관리 | 김종림

ⓒ 견학필 2013

등록일 1994년 10월 27일

등록번호 제2-1825호

주소 서울시 도봉구 덕릉로 54가길 25 (우132-917)

전화 02-2237-3301, 2237-3316

팩스 02-2237-3389

e-mail/ssbooks@chol.com

ISBN 978-89-8120-479-2 (03810)

*책 값은 뒤표지에 씌어 있습니다.